# 鋼鐵德魯伊

## VOL. 5〔陷阱〕

# TRAPPED

THE IRON DRUID CHRONICLES

凱文．赫恩——著 戚建邦——譯

KEVIN HEARNE

# 鋼鐵德魯伊

## ■書評推薦

「赫恩自稱漫畫宅，將自己對那些帥呆傢伙們痛扁邪惡壞蛋的熱愛，轉變爲一流的都會奇幻出道作。」

——《出版人週刊》（*Publishers Weekly*）重點書評

「赫恩是個幽默機智的出色說書人……本書可說是尼爾．蓋曼的《美國眾神》加上吉姆．布契的《巫師神探》。」

——*SFF World* 書評

「強大的現代英雄，擁有古老祕密、累積了二十一個世紀的求生智慧……以活潑的敘事口吻……一部旁徵博引的都會奇幻冒險。」

——《學校圖書館期刊》（*Library Journal*）

「融合了現代背景與神話，令人愛不釋手、歡笑不斷的喜劇。」

——阿利．馬麥爾（Ari Marmell），奇幻作家

「這個風趣幽默的新奇幻系列在故事中融入凱爾特神話還有一個思想前衛的遠古德魯伊。」

——凱莉・梅丁（Kelly Meding），奇幻作家

「凱文・赫恩爲古老神話注入新意，創造出一個異常熟悉又高度原創的世界。」

——妮可・琵勒（Nicole Peeler），奇幻作家

「赫恩用合理的解釋把神話巧妙織進故事之中，這是部超級都會奇幻。」

——哈莉葉・克勞斯納（Harriet Klausner），著名書評與專欄作家

「這是我近年讀過最棒的都會/超自然奇幻。節奏緊湊、詼諧又機智、神話使用得當，這是爲厭煩了狼人與吸血鬼的奇幻讀者而生的作品。喜愛吉姆・布契、哈利・康諾利……或尼爾・蓋曼《美國眾神》的讀者們一定會很享受這本書。極度推薦！」

——*Grasping for the Wind* 網站書評

「如果你喜愛幽默有趣的都會奇幻，那《鋼鐵德魯伊》是你的菜。如果你喜歡豐富精彩的都會奇幻，更該拿起《鋼鐵德魯伊》，以及凱文・赫恩未來出版的任何東西。」

——*SciFi Mafia* 網站書評

# 鋼鐵德魯伊

## ■書評推薦

「在這部有趣而高度不敬的作品裡，赫恩創造了一連串節奏飛快的動作戲與唇槍舌戰。」

——《出版人週刊》（*Publishers Weekly*）

「赫恩的文筆充滿速度感又精準……《魔咒》浸滿了魔法，而且棒呆了。實在很難找到更棒的小說！」

——*My Bookish Ways* 網站書評

「《魔咒》裡笑料不斷……讀這本書臉上很難不掛著微笑。」

——*Blood of the Muse* 網站書評

「我愛、愛、愛死這系列了，而《神鎚》鐵定是目前最棒的一本……到最後大戰之前，你會忍不佳用曲速翻頁，但仍然翻得不夠快！」

——*My Bookish Ways* 網站書評

「在第三集讓人腎上腺素飆升的鋼鐵德魯伊冒險裡……赫恩給了我們活潑情節與酷斃的動作場面，書迷鐵定會很興奮！」

——《出版人週刊》（*Publishers Weekly*）重點書評

「《圈套》結合了前幾集有趣的觀點，也給了這個英雄傳奇一個讓人激動的黑暗轉折……絕妙的新章序幕，讓人加倍期待下一集。」

——*Fantasy Book Critic* 網站書評

「帶來超棒的情節、超幽默的敘述，超有趣的動作派小說。」

——*The Founding Fields* 網站書評

# 鋼鐵德魯伊

VOL. 5

## 目次

# 獻辭
# DEDICATION

獻給所有曾在美麗事物中見證永恆

或是

曾經覺得得去想想棒球的人

# 世界之樹與九大國度

# YGGDRASIL AND THE NINE REALMS OF THE NORSE

## THE RIVERS OF HVERGELMIR 源自赫瓦格米爾之泉的河流

1. SVÖL 斯沃爾河　2. GUNNTHRÁ 剛索羅河　3. FJÖRM 弗羅姆河
4. FIMBULTHUL 芬姆布爾索河　5. SYLGR 斯爾格河　6. SLIDR 斯來德河　7. HRÍD 何利德河
8. YLGR 伊爾格河　9. VIR 維河　10. LEIPTR 萊普特河　11. GJÖLL 鳩尤爾河

ÁLFHEIM
阿爾福海姆
VANAHEIM
華納海姆
ASGARD
阿斯加德
NIDAVELLIR
尼達維鐸伊爾
JÖTUNHEIM
約頓海姆
MIDGARD
朱德加德
NIFLHEIM
尼弗爾海姆
MUSPELLHEIM
穆斯貝爾海姆
SVÁRTALFHEIM
斯瓦塔爾夫海姆
1
2
3
4
5
6
7
8
9
10
11

# 第一章

你知道在將睡未睡時，你的肌肉想和腦袋惡作劇而產生的那種渾身痙攣現象嗎？你突然驚醒，然後立刻對你的神經系統發脾氣，想弄清楚剛剛究竟是怎麼回事。我有次抓到自己對神經系統發飆：「可惡，老兄！」——沒錯，我叫我的神經系統老兄，而這位老兄容許我這麼叫他——「我都快睡著了，結果你把我要數的羊都殺光啦。」

這有點像我走在凱貝高原上的感覺，只不過是蓋亞在全身痙攣。那比較像是一種我透過刺青感受到的不適抽動，類似你冬天打赤腳步入車庫，然後奶頭激凸了一樣。但就像那些神經肌肉痙攣，這種現象令我心煩，很想知道究竟是怎麼回事。不同的是，此刻我不是要睡覺，而是要享受爲期十二年的學徒訓練過程的高潮——除了開頭幾個月和中間一段可怕事件外，其他時間都算風平浪靜。關妮兒終於將要成爲正式的德魯伊了，感受到蓋亞震動時，我們正在找地方讓她與大地進行羈絆。我用混合情緒和影像的元素語言向凱貝元素提問：//困惑/提問：怎麼回事？//

//困惑/不確定/恐懼//凱貝回應道。這令我不寒而慄。我從來沒聽說元素會困惑的。話說回來，他會恐懼則是非常正常：儘管力量強大，元素幾乎什麼都怕，從採礦到土地開發，一直到樹皮甲蟲。有時候他們眞的是膽小鬼。但他們從來不會無法肯定蓋亞在做什麼。我突然停步，令關妮兒和歐伯隆一臉疑惑地轉身看我。我問凱貝在懼怕什麼。

／／大海另一邊的神域／早夭／燃燒／燃燒／燃燒／／

好了，這也讓我感到困惑。凱貝並不是指飛機【註】。他（或她，如果和這個元素交談的是關妮兒的話）是指一整個實質存在的神域，與地球另一端大地緊密相連的神域。／／提問：哪個神域？／／

／／不知名／那個神域的神在找你／緊急／要告知你的位置嗎？／／

／／提問：哪個神？／／

這個問題的答案會讓我知道是哪個神域在燃燒。他一時之間沒有回應，我則趁機向關妮兒和歐伯隆解釋。「凱貝有點問題。等等。」他們知道不要在這個時候打擾我們，認爲我開口是要讓他們提高警覺，這是很明智的想法。任何讓你目前所處生態環境的實體化身擔心的事，都該大幅提升你偏執妄想的程度。

／／神的名字：佩倫／／凱貝終於說道。

我幾乎是下意識地以／／震驚／／作爲回應，因爲我的反應眞的就是震驚。斯拉夫神域正在燃燒，甚至可能滅亡？怎麼會？爲什麼？我希望佩倫可以提供答案。如果他找我是期待我有答案的話，我們兩個都會很失望的。／／好／告訴佩倫我的位置／／

我也想知道佩倫怎麼會知道要找我——有人告訴他十二年前我是詐死的嗎？凱貝再度沉默片刻，我利用這段時間告訴關妮兒和歐伯隆現在是什麼情況。因爲不朽茶，他們和我一樣都沒有變老。

「嘿，佩倫不就是你之前跟我提過的那個體毛很多，可以化身爲老鷹的傢伙嗎？」歐伯隆問。

「對，就是他。」

「我一直不懂他爲什麼不幫刮鬍膏或是有二十五片超薄震動刀片的刮鬍刀打廣告。他肯定適合宣傳一大堆產品。」

「我也不知道。或許你有機會問他。」

／／他來了／／凱貝說。／／很快／／

「好了，要來了。」我大聲說道。

「什麼要來了，阿提克斯？」關妮兒問。

「雷神要來了。我們應該先找棵樹，必要的時候轉往提爾．納．諾格。把閃電熔岩拿出來。」閃電熔岩可以防止雷擊；這些閃電熔岩都是佩倫在關妮兒剛開始受訓時給我們的，不過由於所有雷神都以爲我們死了，所以已經有好多年沒拿出來戴了。

「你認爲佩倫會攻擊我們？」關妮兒問。她放下她的紅背包，打開放閃電熔岩的袋子。

「這個，不會，但是……或許。我不知道現在是什麼情況。我的座右銘是在不清楚狀況的時候，先準備好退路。」

「我以爲你的座右銘是：在不清楚狀況的時候，怪黑暗精靈就對了。」

「這個，是呀，那也是。」

「我不覺得搞不清楚狀況的時候，這算是實際的解決方式。」歐伯隆說：「這兩種做法都不會讓

---

註：英文的神域（plane），同時也有飛機（plane）的意思。

你有滿足感。『搞不清楚狀況的時候，就吃你鄰居的午餐』比較好，因爲那樣你至少能吃飽。」

我們站在一片長著簇生草和三葉草的草地上。天空一片蔚藍，陽光照得關妮兒的紅髮閃閃發光——我想，我的也是。由於已經沒有人在找一對紅髮男女，所以我們早已不再把頭髮染黑。而在度過十二年不蓄鬍的日子過後——我的山羊鬍非常顯眼，但是又很難染——我很喜歡新長出來的鬍子。歐伯隆一副很想躺在地上曬太陽的模樣。我們的背包裡塞滿了在旗杆市的皮斯瑟普拉斯露營用具店買的露營用具；關妮兒拿出閃電熔岩後，我們儘快跑到附近一片黃松林裡。我先確認那裡有能夠轉往提爾・納・諾格的傳送點，然後抬頭找尋佩倫的身影。

關妮兒注意到我的動作，抬起頭來。「上面有什麼，老師？」她大聲問道：「除了天空，我什麼都沒看到。」

「我在找佩倫。我假設他會飛過來。那裡，看到沒？」我指向西北方天空上一道拖曳閃電的黑影。而那道黑影後、約莫五到十哩外——這麼遠難以辨識距離——有顆橘色火球。

關妮兒瞇起眼睛。「那個看起來像鳳凰城太陽隊標誌的是什麼東西？就是他嗎？」

「不，佩倫是在前面丟閃電的那個。」

「喔，所以那是什麼東西？隕石、小天使，還是什麼別的東西？」

「是別的東西。看起來不太友善。那可不是你和朋友聚會，一邊唸朗費羅【註】的詩，一邊烤棉花糖巧克力夾餅的溫暖爐火。比較像是內餡包磷的固態汽油彈佐地獄醬。」閃電和火球在半空轉向，朝我們直奔而來。

「呃，嘿，阿提克斯，你覺得我們要不要試試逃亡路線，確定可以運作？」歐伯隆問。

「我懂你的意思，老兄。我也很想逃離現場。但我們先試試能不能和佩倫談談。」

天色黯淡，隆隆作響，一切都開始震動；佩倫以超音速前進。他墜落在距離我們約莫五十碼外的草地，在新產生的大坑旁炸出許多大塊草皮。我的雙腳感應到撞擊的震動，衝擊波震得我後退一步。在草皮落地之前，一個渾身長毛的肌肉壯漢跳出大坑奔向我們，表情十足驚慌。

「阿提克斯！我們得逃離這個世界！這裡不安全！帶我走——救救我！」

雷神通常不會輕易驚慌失措。有能力把問題炸成碎片的神，往往會將恐懼的利刃變成無憂無慮的小抱枕。所以當佩倫這種超級狠角色都看起來一副要拉大便在自己身上的時候，我只希望別人會不在意我也差點嚇得屁滾尿流——特別是當那顆火球「轟」地墜入佩倫才剛跳離的大洞，把我肺裡所有氧氣通通吸走之後。

關妮兒矮身閃避，高聲尖叫；歐伯隆則低聲哀嚎。佩倫就像麥克．貝電影裡的特技演員一樣朝我們騰空飛來，但是在動作靈巧地翻身落地後，他又再度躍起，朝我們急奔而來。

佩倫身後的火球沒有延燒，反而開始縮小、凝聚，然後……哈哈大笑。一陣尖銳、空洞、瘋狂的笑聲，簡直像是直接從恐怖卡通裡拿出來的。火焰圍繞著一條十二呎高的身影旋轉不休，逐漸熄滅，留下一個長臉的瘦巨人站在我們面前五十碼外的地方，橘髮和黃髮如同陽光般自頭顱射向四面

註：朗費羅（Henry Wadsworth Longfellow, 1807-1882），美國詩人，作品有《人生頌》（*A Psalm of Life*）等。

八方。他臉上的笑容絕不和藹友善；比較像是無可救藥的瘋子那種齜牙咧嘴的反社會式笑容。

最可怕的是他的眼睛。眼睛邊緣融化，彷彿遭到強酸腐蝕，正常人會有笑紋或魚尾紋的地方則是泡泡般的粉紅疤痕，以及惡夢般的水泡組織。他的眼白是團斷裂血管組成的紅霧，虹膜則是瘋狂成霜的冰藍。他用力眨眼，好像肥皀或什麼東西跑進眼裡，不過我很快就發現那是神經抽動，因爲他的頭每隔一段時間就會突然轉向右邊，然後又繼續抽動一會兒，就像搖頭娃娃一樣。

「跑，我的朋友，跑！我們非逃不可！」佩倫說，氣喘吁吁地跑到我們面前，一手搭上我的肩膀，一手觸摸松樹。關妮兒照做，她很清楚程序，歐伯隆也一樣，他人立而起，一隻腳掌搭著我，另外一隻貼著樹。

「那傢伙是誰，佩倫？」我問。

巨人再度大笑，我不由自主地渾身顫抖。他的聲音悅耳柔和，像是蜀葵奶油醬——說不定奶油裡還有夾雜碎玻璃。不過他以濃濃的斯堪的那維亞口音來搭配臉部抽筋。

「這地、地、地方——是梅利堅，對嗎？」

這傢伙會抽筋、會口吃，而且還在學英文。我光是聽他說話就快瘋了。「對。」我回答。

「哈？誰？呸！啦！」他吐了一口火焰痰，然後用力搖頭。或許這不光只是抽筋。可能是全面發作的妥瑞氏症。也可能是其他病症，總之所有症狀都指向非常不愉快的結論。

「誰速坐裡的神？」他說完之後輕聲竊笑，似乎很滿意自己問得出這個問題。他頭上發出令人不安的尖銳聲，像是肥肉在油炸鍋裡滋滋作響，或是慢慢洩氣的氣球。巨人雙掌放在膝蓋上，扭動肩膀，試圖緩和頭部抽筋，但這樣做導致他火焰般的頭髮當眞變成火焰。那股聲音變得更大。

「你是這裡的神。」我根據目前情況判斷回答道。我可以透過魔法光譜來證實這一點，但是沒必要。沒有多少東西能讓佩倫害怕。「但我不知道是什麼神。你是誰？」

巨人腦袋後仰，發出愉快的吼叫，像小孩般鼓掌、抬腳，彷彿我是在問他要不要吃冰淇淋一樣。我下巴掉了下來，關妮兒神色困惑地嘀咕道：「搞什麼？」我心裡也是這樣想。這傢伙的心智出了什麼問題？

佩倫急忙輕拍我的肩膀。「阿提克斯，是洛基！他獲釋了。我們得逃跑。這才聰明。」

「地下諸神呀。」我輕聲道，手臂立時爬滿雞皮疙瘩。我一看到他的眼睛就在擔心他是洛基【註一】，但我還是期待他是比較不那麼具有毀滅性的傢伙，像是跟八爪狂鯊【註二】一起逃脫的軍方實驗品。結果他是洛基，《埃達》裡的遠古北歐大魔頭，預言中一旦獲釋就會啓動諸神黃昏的傢伙；現在身獲自由，準備大鬧一場。

「聽長毛男的話，阿提克斯。那個渾身傷疤、怒氣沖沖的高個子肯定是危險陌生人。」

註一：北歐神話中，奧丁爲了懲罰洛基害死光明之神博德（Baldr），將其子之一瓦利（Vali）變成狼，並讓瓦利咬死了親兄弟納爾弗（Narfi），最後用納爾弗的腸子把洛基綁在巨岩下，上面有女神史卡迪（Skadi）安放的毒蛇，每天滴落侵蝕毒液到洛基臉上。洛基的妻子席格英（Sigyn）同情他，捧著水盆幫他接毒液，但是每當水盆滿了、席格英拿去倒掉毒液時，洛基仍要承受毒液侵蝕。阿提克斯可由面部腐蝕等細節推測巨人爲洛基。

註二：八爪狂鯊（Sharktopus），同名電視電影（2010）中，混合章魚與大白鯊而成的怪物。

佩倫和歐伯隆說得都對；聰明的做法就是離開。但是更聰明的做法是想辦法讓洛基也離開。我不想這麼一走了之，留下凱貝面對他；我要洛基儘快離開這個世界。該向謊言之神撒謊了。

「我是愛德哈。」我用古北歐語叫道。他本來已經轉小的笑聲戛然而止，那雙血中帶藍的眼睛朝我瞪來。我曾用過這個名字：它在古北歐語的意思是「火髮」，是我多年前去阿斯加德偷金蘋果時使用的化名。「我是尼達維鐸伊爾的矮人製作的傀儡。」在腎上腺素和內心深處某個原始部位的幫助下，我嘴角露出與那個巨人同等令人不安的笑容。「我很高興看到你自由了，洛基，因爲這表示你妻子也自由了，而我被製造出來的目的就是要摧毀她和你所有的子嗣。我會砍掉那條蛇的腦袋；把那頭狼開膛剖肚；至於赫爾——就算是死亡女王也還是會死。」我瘋狂大笑，希望他相信我的謊言，心想這句狠話撂得不錯。

我沒有給他機會回應，隨即將心思集中在通往提爾・納・諾格的傳送點上，把關妮兒、歐伯隆和佩倫一起帶走，安然無恙地轉出地球，留下洛基去思考該怎麼解決這個新問題。希望他返回北歐神域，四下探聽消息——也希望矮人有保火險。

我有很多問題要問佩倫——像是洛基怎麼有辦法跑去斯拉夫神域，赫爾現在有什麼陰謀，芬利斯是不是也脫困了——但最重要的問題是，究竟是哪個笨蛋認爲教遠古惡作劇之神說英文會是好主意的。

# 第二章

我沒在提爾・納・諾格多作停留，便直接轉移到曼尼托巴的第三小紅莓湖。這是我最喜歡的避難場所，四周都是長青樹，鮮少有人造訪。

儘管沒有跑步，我還是氣喘吁吁。「太快了。」我喘道：「應該還沒到他跑來地球到處放火的時候。我們還有一年。」

「你在說什麼？」關妮兒問。她雙腳交叉，靠著她的木杖而立。

「佩倫記得。」我說著直視他的雙眼。「記得我們上阿斯加德前，在西伯利亞一邊吃燉兔一邊講故事嗎？」

「噠，我記得。我說：『下次要吃熊。』」

「我喜歡這傢伙的思考模式。」

「好了，晚餐過後，瓦納摩伊南告訴我們一個海蛇的故事。當時我沒說什麼，但是從前奧德修斯被綁在船桅上時，女海妖曾經做出一個定時炸彈般的預言——也是唯一還沒有成眞的預言，而我認為倒數計時就是從那時候開始的。預言這麼說：『白鬍子在俄國吃兔肉聊海蛇之後十三年，世界將會陷入火海。』」

「這個預言還眞是奇怪。」關妮兒說。

「不光是奇怪而已。那是因爲火辣食物而不適的腸胃。是著火的屁股。」佩倫表示。

「什麼？」關妮兒叫道，因爲她還不習慣佩倫用英文咬文嚼字的說話方式。

佩倫聳肩，然後再說一次。「我的意思是很不舒服。屁股著火很糟糕，對吧？」

「同意。」我說：「但是那些女海妖精準無誤地預言了成吉思汗的興起、美國革命，還有廣島原子彈。那些事件的重大程度表示最後這則預言指的肯定不會是一場小火——不會是營火、屁股火或什麼火。」

「這倒是提醒了我！我一直沒去蒙古草原集結我的部隊。」

「你認爲我的世界就是這則預言裡所指的世界？」

「不，我不認爲女海妖會預言發生在其他世界的事。再說現在距離預言發生還有一年。但這就是令我擔心的地方：諸神黃昏的預言已經不值錢了，不過洛基獲釋後還是有可能發生。奧德修斯的女海妖至今不曾出錯，但或許這一次她們會出錯——也或許只是產生了一年誤差。我不知道。殺死諾恩三女神把一切都搞亂了。我想我唯一肯定的就是，有道大便海嘯正朝向一台十塊錢的風扇席捲而去，而我們就站在風扇上。耶穌對我提過災難——複數的災難——如果可以解決洛基和赫爾，或許我們能躲過這些災難，但天知道迦尼薩那群神會不會讓我放手去做，因爲我承諾過會等到——」

「阿提克斯，」關妮兒輕碰我的手臂說道：「你已經在胡言亂語了。冷靜點。」

「沒錯。謝謝。我要放慢腳步。妳知道預言最討厭的地方在哪裡嗎？」

「它們從來不會預見任何有趣的事情。」關妮兒回道：「我眞想聽聽哪個先知告訴某人：『你會在搶答節目裡贏得一輛超酷的大黃蜂跑車。』」

「有道理，不過我本來要說的是所有人都有自己的一套預言。先知出現在世界上的時間就和妓女一樣長久。」

「而且他們還常常在同一張床上，咚咚鏘！」

「你無法確認要相信誰的預言。」我繼續說：「最後你會以對待卡珊卓【註一】的方式對待所有先知，但是有些先知眞的很準。要在預言成眞前矇到【註二】準確的預言——這就是很棘手的地方了。機率比賭輪盤還低。」

「你打過名叫卡珊卓的女人？」佩倫皺眉說：「打女人是不對的，就算名字難聽也一樣。」

「什麼？佩倫，我想你誤解了。」

「喔。」他有點垂頭喪氣。「我常常會誤解別人的意思。英文不是我最擅長的語言。」

「我現在會說俄語了，不過那也不是我最擅長的語言。」關妮兒說：「喜歡的話，我們可以用俄文交談，只要你說慢一點，然後每個字都咬字清楚。」

佩倫微笑。「噠，那就太好了。」我們換說俄文，我爲了關妮兒而刻意說慢一點。

註一：卡珊卓（Cassandras）是希臘神話中特洛伊的公主。阿波羅爲了求愛而賜給卡珊卓預知能力，不過在求愛被拒後，他就詛咒她，永遠不會有人相信她的預言。特洛伊戰爭時，沒人相信她木馬中藏有軍隊的預言。

註二：矇到（hit on），hit也有打人的意思。因此佩倫誤會了阿提克斯的意思。

「這件事我已經思索好一陣子了。」我說：「我認爲，我們在阿斯加德做的事情導致這個世界燃燒的預言，有可能與諸神黃昏有關。這就是何以看到洛基獲釋會讓我非常不安。在眾多古老傳說裡，他身獲自由總是代表諸神黃昏的開端。」

關妮兒皺眉。「是沒錯，但他不是應該乘坐用死人指甲還是什麼建成的亡者之船，前往維格利德原野嗎？」

「本來是，」我點頭道：「但現在一切都和原先的預言不一樣了。不管在哪個預言裡，洛基獲釋對任何人都不是好事。他是怎麼跑去你們的世界的，佩倫？」

高大的俄羅斯神聳肩，頭上那片令人敬畏的個人專用烏雲顯示出他此刻有多沮喪。

「我不知道。我以老鷹的姿態待在阿拉斯加，吃著剛從河裡抓到的鱒魚，然後就突然感覺到很不對勁。我回到我的世界，發現洛基在那裡放火燒燬一切。我對他丟閃電，他只是哈哈大笑。他完全沒有受傷，而他說他在等我。」

「爲什麼？」關妮兒問。

「他氣我跟人聯手殺死索爾。」佩倫解釋。

「但他討厭索爾。」我說。

「我知道。他說被綁在大蛇底下的這些年裡，殺死索爾就是他的夢想。接著他說，既然我奪走了他的夢想，他就要奪走我同胞的夢想。他留給我一片灰燼。」

「實在太可怕了。」關妮兒說。

佩倫向她點頭，對她的同情表達感激。「接著他說：『你很像索爾，所以我要殺你來代替殺他。』他攻擊我，而他非常強。比我想像中還強。我心生恐懼，然後就開始慌了。我請大地幫我找你。」

這說法有點不大對頭。「你沒聽說我死了？」

佩倫神色好奇地看著我。「什麼時候？」他伸出指頭戳我，確定我眞實存在。「你摸起來不像鬼魂。」

「不，我是說我詐死。你沒聽說這件事？」

雷神搖頭。「我想，我當老鷹太久了。想不起來過多少年了。」

我知道他的意思；保持動物形態太久會有風險，因爲你很容易就會把心思專注在基本的生存需求上，把其他該關心的事情拋到腦後。一旦那些該關心的事情遠去之後，你的記憶就會開始隨之而逝，最後連自己是誰都不記得，心裡就只剩下在森林中找尋當天的食物。我的大德魯伊稱之爲「最後的變形」，那就是德魯伊自殺的方式。

「所以你不知道洛基是誰放出來的？」

佩倫神色懊悔。「他沒說。我一直到離開我的世界……陷入火海的世界，還是對整件事的來龍去脈一無所知。」

我右邊傳來某人清喉嚨的聲音。我轉過身去，看見一個妖精——會飛的那種，身穿妖精宮廷綠銀相間的僕役華服——飄浮在我觸手可及的距離外。看在地下諸神的份上，他是怎麼找到我的？

「你好，敘亞漢．歐蘇魯文。」他說，語氣散發出貴族般的輕蔑和厭惡氣息，精確清楚地表達出讓人聽見大寫字母的感覺，「理應已死之人。布莉德，第一妖精，召喚你立刻前往她的宮廷，回答包括你為什麼還活著在內的某些問題。更重要的是，你為何沒有告知布莉德如此重要的事實？」

我短暫考慮讓這個信差消失。我可以和他握手——或是以其他方式與他接觸——身為魔法的產物，他會被我靈氣中的寒鐵化為灰燼。但那樣布莉德就會知道他出事了，然後派更多妖精來找我。不管她現在有多不爽，讓她等太久只會令她更加不爽。儘管如此，現在眞是超級不適合找我過去喝茶——或是鞭打，或是其他她想對我做的事——的時機。

「我知道了。我此刻不方便前往妖精宮廷。你可以幫我捎個口信給她嗎？」

「不行。我要把你抓去宮殿，沒有其他選擇。」

他的語氣——加上伊莉莎白年代的措辭——終於惹毛我了。或許我該讓他知道我並不是布莉德的子民。「你眞的有辦法把我抓去嗎？」我問他：「你對寒鐵免疫嗎，先生？」

他的自信和傲慢的態度蕩然無存。他吞嚥口水道：「不。」他承認。

「所以說什麼要把我抓去只是虛言恐嚇，是嗎？」我朝他跨出一步，他隨即後退。我對他微微一笑。

「是。」他說。

「很好。」我說，然後開始嘲弄他做作腔調的措辭。「你不願意幫我捎口信給你主上實在是太不幸了。或許你可以幫我問她一個問題，而她的答案可能會加快我去見她的速度。我可以在她個人的庇佑下帶我的朋友一起前往提爾・納・諾格嗎——就是你看到的這些朋友，包括我的獵狼犬在內。我要她保證我們都能安全抵達並且離開妖精宮廷。只要獲得肯定的回應，我就會立刻趕去。」

「我會問。」

「我只等她五分鐘。」

妖精點頭，不再說話，伸手接觸我們剛剛用以轉移過來的那棵樹。他當場消失，轉移離開。我拔出我的劍。

「四下散開，提高警覺。」我說：「他可能會帶朋友回來。或是神。」

歐伯隆問：「萬一他帶點心回來怎麼辦？」

# 第三章

關妮兒沒說什麼，但是我在她拔出飛刀時在她臉上看見一抹微笑。我無法解讀她的內心，不過可以解讀表情：她在想，終於可以開打了。經歷十二年只能與我動手過招的訓練後，她終於有機會來眞的了。她走到另一棵樹後，伏低身形。

我希望不要起任何衝突。我上一個學徒，塞布蘭，就是死在這個訓練階段裡——訓練已經結束，但我還來不及將他和大地羈絆在一起，讓他可以取用魔法。關妮兒無論身心都受到極度良好的訓練，但在無法利用大地魔法提高速度和力量，並且加速自療的情況下，她絕不可能在我習以爲常的敵人前生存下來。

佩倫和我另外找地方備戰，歐伯隆則以人面獅身像的姿勢趴在地上，監視著羈絆提爾．納．諾格的那棵樹，隨時準備衝上前去攻擊。

「別再搖尾巴了。那樣會暴露你的行蹤。」

「但我實在太興奮了。我可能有機會突襲妖精！」

「傳送過來的也可能是比妖精強大許多的傢伙，所以在看清楚對方是誰前，不要採取任何行動，好嗎？」

「好吧，我會等你下令攻擊。」

幸好我們有採取預防措施，因爲妖精信差沒有回來。有人輕拍我的肩膀，但當我轉過身、舉高莫魯塔時，卻什麼也沒看見。唯一讓我肯定面前有人的線索，就是一下饒富興味的哼聲。

「冷靜下來，放輕鬆，阿提克斯。」一名女子的聲音說道，接著富麗迪許——愛爾蘭的狩獵之神——解除了能讓她完全隱形的羈絆法術。「只是我而已。我是來護送你和你朋友前往宮廷的。布莉德派我來確保他們在提爾·納·諾格時的人身安全。這樣你滿意嗎？」

雖然富麗迪許不是以她平時的裝扮現身，但我非常滿意這樣的安排。她盛裝打扮；她通常都穿著皮革狩獵裝，大剌剌地將弓和箭掛在身上，鬈曲的紅髮飾以各式有僞裝作用的植物。然而，此時此刻，她穿著樸素的乳白束腰上衣，脖子上掛著繡有繩結的綠色飾帶垂在身體兩側，壓在手臂下方，然後以腰帶固定在腰部。她腰帶上還掛著一柄大匕首，刀柄上鑲著光滑的孔雀石和珍珠母。我沒見過這把匕首；可能是她的新玩具，也可能是只會佩戴去宮廷裡的裝飾品。她的頭髮最近才梳洗過，上面的花朵顯然是刻意插的，而不是剛好掉上去。我暗自認爲當她打扮得如此清爽時，看起來很像關妮兒。富麗迪許下半身不是穿裙子，而是一條寬鬆的棉褲——有點像功夫褲——爲了搭配她的腰帶而染成棕色；打赤腳。我猜其他圖阿哈·戴·丹恩都是差不多的打扮。凱爾特文化理想中的服飾是要在須要打鬥時能迅速穿著，而在想打炮時可以馬上脫光光。

「我們當然很榮幸由妳護送。」我說：「但布莉德爲什麼要派妳來，而不派剛剛那個信差？」

富麗迪許揚起一邊眉毛看我。「你在等著幹掉他，不是嗎？你和那邊那些朋友？布莉德不想看到他死。」

「我不會殺他的。」我說。

富麗迪許聳了聳一邊肩膀，嘴角揚起諷刺的笑容。「或許不會。總之派我隱身前來、避免發生意外比較安全。」她說。她看向我身後，叫道：「你們可以出來了；現在很安全。」

「這位女士就是因爲無法肯定她的立場，所以不能完全信任的那個？」歐伯隆邊問邊起身，朝我們小跑步而來。

「對，不過我要把話說明白一點：除了關妮兒和我之外，誰都不要信。」

「好。我絕對不會相信布莉德。還記得去年她放火燒你廚房那次嗎？」

「那是將近十二年前的事了，不過，沒錯，我記得。最好待在我身邊，老兄。」

「沒問題。」

「這頭獵狼犬是我上次遇到你時的那頭嗎？」富麗迪許問。

「正是。」

「哈囉，又見面了。」富麗迪許對歐伯隆說：「或許我們很快就有機會一起打獵。」停頓片刻後，她皺起眉頭，因爲她以和我同樣的方式聽取歐伯隆的想法。

「你不准他和我打獵？」她的眼中閃過一絲怒氣。

「原諒我，富麗迪許，但我們上次和妳一起打獵時，有人死了。我希望能夠避免類似的意外。」

「你是在指控我？」她咆哮道。

喔，我可以。我可以用「不管怎麼看都是最卑劣的謀殺」來指控她，不過我自己雙手也染滿鮮血，而我盡量避免淪爲僞君子。

「不是。我只是不准我的獵狼犬和妳一起打獵。沒有在指控任何人。」富麗迪許本來還想繼續這個話題，不過身材魁梧、毛髮濃密的佩倫吸引了她的目光。

「這位是妖精？」他口操英文、滿懷期待地問。他的目光在富麗迪許身上游移，十分享受他所看到的風光。他明目張膽地看。至於富麗迪許，則是同樣肆無忌憚地打量佩倫。他毫無疑問是座渾身散發出麝香氣味與男子氣概的大山，而富麗迪許強大的性慾也是遠近馳名。我介紹他們認識，方便他們進一步互相吸引；我認爲他們雙方都不用花太多心力去誘惑對方。

趁他們繼續視覺前戲時，我發現關妮兒始終神情嚴肅地待在遠處。她在剛開始受訓時見過富麗迪許和布莉德，儘管她已經接受包拉克克魯坦——勇氣試鍊——有存在的必要，但她還是不喜歡回想起當時的情況，或是富麗迪許。

迷失在佩倫目光中的狩獵女神並沒有忘記此行的目的。她在雙眼依然凝望雷神的情況下和我說話：「我會留下讓你跟隨的標記，阿提克斯。它會直接帶你前往妖精宮廷外的一棵樹旁。我知道你太偏執妄想了，絕不肯抵達宮廷時沒把劍拿在手上，不過你最好小心點。我會確保附近沒有任何威脅。」

「希望那裡還是有東西吃。」

我們的對話貫穿了佩倫頭上那朵幾乎肉眼可見的情慾雲。「什麼？妳要走了？」

「我們會有機會好好聊聊的……促膝長談。」富麗迪許承諾。「很快。」

「非常快！」佩倫說。

富麗迪許朝關妮兒點頭，表示有看到她在那裡，但卻沒有和她說話。我的學徒友善地回應，女神無聲走向我們剛剛都在監視的那棵樹。她在伸手觸摸樹身時朝佩倫眨眼，然後轉移離開。

「看在斧頭和天空的份上，她眞是個大美女！」佩倫聲音洪亮地說，大鬍子下隱隱發光的潔白牙齒讓他看來年輕了不少。「來吧！我們走！」

「如果可以的話，控制一下你的蛋蛋，佩倫。」關妮兒說。

雷神的熱情消失在一片困惑雲裡。「蛋蛋是什麼？」他問：「我爲什麼要在上面下雨【註】？妳可以用俄語說一遍嗎？」

關妮兒不再理他，朝我說道：「阿提克斯，接下來會是什麼情況。我要留意些什麼？」

我嘆氣。「恐怕我也說不出什麼派得上用場的答案。一切都要留意。雖然我去過提爾·納·諾格很多次，上次到妖精宮殿卻是在我遇上艾兒蜜特前的事了——而那又是在我偷走富拉蓋拉之前。那已經是兩千多年前的事情，當時我還處於正常人類的壽命階段，所以並不知道那裡現在是什麼樣子。圖阿哈·戴·丹恩——不管有多少個在場——都會以他們的原形出席。不過我想所有妖精都會施展某種幻象，所以不要相信妳的眼睛。就連家具也可能是幻象，所以不要坐在任何東西上，也不要以背部靠牆來尋求安全感。」

---

註：控制（rein in）音似下雨（rain），而關妮兒說的蛋蛋（nads）是較爲新穎的用法，佩倫不知。

「食物會是真的嗎？」

可能不是。「歐伯隆提出了一個很好的問題。」我大聲說道：「待在那裡期間，不要吃喝任何東西。不要接受任何禮物，不要做出任何承諾——連你要做什麼都不要說出口，因爲說到就要做到。在提爾·納·諾格，言語具有比其他任何地方還要強大的羈絆效力。爲了確保安全，如果有人和你們說話，或問問題，就告訴他們由我代表發言。不要讓他們哄騙或威嚇你們自己回答問題——他們會試圖讓你不安，逼你犯錯。還有，不管任何情況下都不要和我們分開。你或許會看見很吸引人的東西——不要細看。如果有人想告訴你祕密，不要聽。有些妖精會很樂意把你們當作人質，藉以控制我，所以別讓他們有機可趁，好嗎？」

「是喔！我現在了解你爲什麼一直要避開這個地方了！」

走回能帶我們前往提爾·納·諾格的樹旁時，我找尋富麗迪許口中能讓我們前往那個世界特定地點的信物。那是能在提爾·納·諾格裡移動的捷徑；我們將會轉移到與之前同樣的地點，然後利用她的標記前往該世界的中心。我透過魔法光譜找出了那個信物，一條如同準備指示燈般發光的綠繩紋緞帶。

「好了，」我說：「武器準備好，不要出聲。」我握緊我的劍，佩倫拿好斧頭，關妮兒以手指夾住飛刀刀身。

我們轉移到提爾·納·諾格，出現在一片石南原野上，面對著一小群妖精。在一陣開心和失望交雜的叫聲中，這群顯然願賭服輸的妖精們開始交換黃金，或是其他作爲賭資的物品。

「他們在幹嘛？」佩倫問。

富麗迪許走出妖精群，朝我們揮手。「他們在打賭你們來的時候會不會拿武器。來吧。跟我來。」

我跟了上去，不過走得很慢，而且也沒收劍。偏執妄想的缺點就是有時候會變成這種賭局的主角，不過好處就是能活下去。

緩慢的移動速度讓我們可以欣賞沿途風景。除了長得和人類很像的普通希夷族【註一】外，這裡還有橡木人、飛舞的菲歐林人【註二】、菲爾達伊克人【註三】、剛肯阿【註四】、棕精【註五】，還有一群來自明奇的藍人【註六】使節團。小精靈興奮地輕快飛舞，顯然是在偷偷說我們壞話；有些妖精偶爾會在停步交談時哈哈大笑。

---

註一：希夷族（Sidhe），愛爾蘭、蘇格蘭神話中的超自然部族，類似妖精，也作Aos Sí。

註二：菲歐林人（Feeorin），英格蘭傳說中的綠皮膚小精靈，喜愛唱歌跳舞。

註三：菲爾達伊克人（Far darrig），愛爾蘭神話中穿著紅衣紅斗篷的獨行妖精，Far Darrig是fear dearg（紅人）的英語發音。傳說中喜愛讓人難堪的惡作劇，例如：調換人類的嬰兒等。

註四：剛肯阿（Gancanagh），名字來自愛爾蘭文gean cánach（love-talker、情話大師），是種會引誘女性的男妖精。

註五：棕精（Brownie），是北英格蘭與蘇格蘭傳說中的妖精，居住在人們的家裡，幫忙做家事，讓該户人家繁榮；如果贈送他們衣物，棕精就會離開。

註六：來自明奇的藍人（Blue men of the Minch），也被稱作「風暴凱爾皮」（storm kelpies），是種出沒於蘇格蘭本島與外赫布里底全島間的藍色人形怪物，會製造風暴、拉走船員並使船沉沒。

天空的顏色就是那種所有旅行社希望在他們的宣傳資料上使用的藍色，儘管與我無關，我還是想知道這種藍色的Pantone色票號碼。在這裡，這種顏色就代表了布莉德想要製造的完美假象：提爾．納．諾格上一切都很好，因爲連天氣都好成這樣了，還可能會有任何問題嗎？

妖精宮廷當然和歐洲那種沉悶乏味的宮廷不同，沒有大理石地板、鍍金邊框畫像，以及紈褲子弟和弄臣之類的人形裝飾品。這裡比較像是一座細心照料果園中的石南草地。所以當富麗迪許說要「直接帶我們到妖精宮廷外的一棵樹」旁時，她指的是那片草地外圍的一棵樹。我們身後是片遼闊的橡木林，而我知道有許多目光自林中偷看我們。

從太陽的位置判斷，我們位於宮廷南端；富麗迪許帶我們往北走，那裡有座小山丘——應該算是小土堆，就是有點山丘樣子的土堆——布莉德的王座就在那上面。我看得出來她坐在王座上，但是距離太遠，無法分辨表情；而且不管怎麼樣，在這種距離下她都不會立刻對我們造成威脅。但是話說回來，聚集在空地上的大批妖精，此刻正在分道兩旁讓我們路過，很快就會變成在左右和後方包圍我們，我不希望那種情況發生。

「富麗迪許，請警告他們離我朋友和我遠一點。我們可能會將突如其來的動作視爲威脅，然後動手反擊。」

狩獵女神不再前進，轉身面對我們。「你眞的覺得我們充滿敵意？」

「我懷疑布莉德此刻會對我安著什麼好心。光這一點就足以讓我們保持警覺了。妖精會聽她指示動手，妳知道的。」

富麗迪許笑道：「如果布莉德想傷害你，她會親自出手，德魯伊。這裡的妖精都不會剝奪她的權利。」

「她無權處置我。」所有聽見這句話的妖精都倒抽一口涼氣，發出一陣「嗚」聲，等著看我爲這話付出代價。

「請直接當面告訴她。」富麗迪許轉身繼續向王座前進，接著回頭朝後面說：「我已經敢肯定這場覲見會很有趣。」

「什麼都不能吃、不能喝的地方根本一點也不有趣。我希望我們不必待太久，阿提克斯。」

「我也一樣。」我看看關妮兒；她緊閉雙唇，朝我輕輕點頭，讓我知道她沒問題。佩倫也沒問題——只不過他正色迷迷地盯著富麗迪許的背影看。只要她不突然隱形，他大概就很滿足了。

顯然有妖精振翅跑出去宣傳八卦，被吸引而來妖精擁入宮廷——或是草地。四周傳來興奮的交談聲，沒多久旁觀我們覲見的觀眾就和欣賞運動比賽的一樣多了。

一群可能是受到朋友煽動，或眞的不知道我是誰，以及我會對朝我飛來的妖精產生什麼反應的小精靈，俯衝到我頭上大跳歡迎之舞——至少事後妖精是這麼告訴我的。小精靈共有七個，過了一、兩秒，他們在我頭上咻咻幾次後，當場就只剩下三個。眼睜睜看著夥伴在半空中化爲灰燼的倖存者呆呆停在空中，隨即被佩倫幾道針狀閃電擊斃。

「這裡的蚊子眞大。」他在兩旁目睹事發經過的觀眾哇哇大叫時說道。

「那些不是蚊子。」關妮兒說。富麗迪許轉過身來，面帶怒容。

「怎麼回事？」她問。

「小精靈。」我解釋。「或許有人想要表達善意。」

富麗迪許提高音量，對兩旁圍觀妖精說道：「我在他抵達之前就已經警告過你們，他是鋼鐵德魯伊。」她說：「想騷擾他就得自行承擔風險。」

一個三重奏的歌聲破空而來，語帶威脅地唱道：「萬一鋼鐵德魯伊沒有殺死你們，我會親自動手。」那是布莉德的聲音。身為詩歌之神，她有能力同時吟唱三重唱——如果她想讓你在七十碼外的大批暴民中清楚聽見她的聲音，她也辦得到。效果就是她只要說一次，你就可以聽見三次；這讓她在音樂家中取得無上的地位。當這樣講話時，她不能說謊或是只吐露部分真相，所以她很少施展這個能力，而施展時也會慎選用字遣詞。「通通不准打擾他，不然我就要你們的命。」

妖精暴民膽顫心驚，立刻安靜下來，讓出更大的空間給我們通過。滿意之後，富麗迪許轉過身，再度帶領我們走向王座。我覺得我們好像小型的遊行隊伍，只不過所有觀眾都很悲傷，因為花車上的花都謝了。觀眾交頭接耳的聲音如今不但消失，而且還散發出怨恨的氣息。富麗迪許自信滿滿地走向前去，認定布莉德的威嚇言語和她的存在就足以確保我們的安全，但我還是不放心。現在宮廷裡擠滿各式各樣的妖精，其中肯定有些是安格斯．歐格的子嗣。如果那些小精靈是某人為了確認我真的就是鋼鐵德魯伊而派來的話，對方自然還在觀眾之中。說實話，我甚至不能肯定那是不是布莉德或富麗迪許刻意安排的；照理說我已經死了十二年，確保我不是冒牌貨的辦法之一，就是看看妖精會不會在接觸到我的寒鐵靈氣時化為灰燼。而想要擺脫攻擊我的罪名，最好的做法之一就是公開以死亡威脅其他人。她當然會遵守自己的威脅，除掉對我動手的妖精；她可不能讓手下在最後關頭洩露是她派他們來的。

莫利根對我說過安格斯・歐格死後，布莉德曾在提爾・納・諾格進行某項計畫；當時有妖精打著他的旗號叛變，許多魔法武器突然間出現在憤怒的叛徒手中，大批妖精死在那場叛變裡。其中許多——如果不是大多數——都是安格斯・歐格的子嗣，但是我敢說當時還有其他派系介入。那表示提爾・納・諾格形勢緊張——而一切都是我造成的。

好吧，或許並非一切都是我造成的。莫利根和所有妖精的關係幾乎都很緊張，特別是布莉德，那可不是我造成的；我頂多只有導致她們的關係更惡化而已。無論如何，我在妖精宮廷裡的人脈大不如前，甚至可能樹立了一些新敵人；在我確定誰打算讓我活下去，誰又想把我變成冰冷的復仇大餐前，最好保持懷疑。

圍觀妖精只有擠到布莉德王座前約莫二十碼外，在王座和群眾間空出一小塊空地，讓人在覲見期間感覺自己的渺小與微不足道。這同時也使兩旁有空間給ＶＩＰ坐，提出惡毒的評論和陰險的問題。布莉德右邊坐著圖阿哈・戴・丹恩，左邊則坐著各妖精派系的代表。

我迅速看了一眼，發現幾乎所有圖阿哈・戴・丹恩都出席了。馬拿朗・麥克・李爾裹在迷霧斗篷裡，揚起濃密的黑眉毛向我眨眼。他的妻子芳德坐在他身旁，身材嬌小、五官細緻、美到彷彿不食人間煙火，身穿白色貼身服飾，脖子上掛著與富麗迪許同樣的繩結飾帶；由於她是富麗迪許的女兒，這條飾帶可能是家族傳統。即使端端正正地坐著，她依然散發出似水般的優雅氣息。

歐格瑪也在，高大黝黑、光頭造型、耳朵上掛著兩枚大金環。他脖子上戴著金項圈，下半身穿著基爾特裙【註二】——除此之外不著其他衣物。他向來很喜歡炫耀他的六塊肌。他臉上往往帶有饒富興味的神情，不過你感覺得出來那只是用來掩飾冷漠的門面。他旁邊的是孤紐，鑄鐵大師兼釀酒大師，莫利根、關妮兒，還有歐伯隆的寒鐵護身符就是出自他的手筆。與歐格瑪不同，孤紐始終全神貫注在帶著朋友來覲見布莉德的老德魯伊身上。他坐在座位邊緣，滿懷期待地笑著，手肘頂著膝蓋，雙掌交抵在中間。布莉德是他母親，因此他可能是少數幾個覺得看她發飆很有趣的妖精。他的兄弟葛雷恩亞和盧基達【註二】，斜臥在他旁邊，低聲交頭接耳，完全不把我們放在眼裡。

他們後面還有一排座位，其中有幾張是空的。其中一張應該是留給富麗迪許的，而我發現莫利根的缺席十分顯眼。

儘管大多數圖阿哈・戴・丹恩都打扮得很端莊，沒有穿戴多少飾品，布莉德卻刻意打扮得像是法拉捷特【註三】畫作中的模特兒一樣。為了凸顯紅髮，她左手套了條薄紗綠袖，以金圈固定在二頭肌和手腕上。她還用一條腰鏈固定一片位於雙腿中間的裝飾布塊，不過這塊布只有更加凸顯出理應遮掩的地方。除了這些純粹裝飾用的衣料外，她一絲不掛，驕傲地展示著身體右側的刺青——以及身體其他部位。她腳旁還躺了兩條獵狼犬，牠們抬頭專心看著我們到來。牠們是毛皮光滑的黑獵狼犬。

「現在不要發表評論，歐伯隆。」我警告他：「記住，她聽得見你的想法。」

我的心靈夥伴嘟噥一聲作為回應。

上次見到布莉德時，她的打扮也是這麼撩人。當時她要求我當她的配偶，我拒絕，然後她在發現我和莫利根性交時動手要殺我。富拉蓋拉助我度過難關，但此刻那把劍不在我身上。布莉德目光瞄向莫魯塔，於是我在繼續前進前先還劍入鞘，心想比起拿劍指著她，這樣應該比較有外交手腕。

富麗迪許在布莉德王座所在的小土丘前停步。王座是她親手用鐵鑄成的；布莉德本來是黃銅和青銅鑄造大師，不過許久以前當米爾斯人【註四】將這種排斥魔法的金屬引入愛爾蘭時，她就刻意學習鍛造它的法門。米爾斯人以爲可以用鐵把圖阿哈．戴．丹恩驅趕到「地底」；結果卻驅使他們創造出一塊魔法神域，所以米爾斯人等於間接導致這群對他們，以及其無數世代後裔造成正面與負面影響的諸神誕生。布莉德的王座等於是妖精之王的象徵。這時我才首度想到在她的地盤上，我的寒鐵靈氣本身就是挑釁。我顯然已經把鐵駕馭到比她還要專精的程度。而且我還能任意行走，爲所欲爲。她的王座就只是待在地上。但是從她嚴厲的雙眼來看，這個問題在她對我的找碴清單上排在很後面。

---

註一：基爾特裙（kilt），蘇格蘭傳統的男用短裙。

註二：葛雷恩亞（Creidhne）是凱爾特神祇裡面的金匠，也會處理青銅與黃銅；盧基達（Luchta）則是木工之神。他們與孤紐（鐵匠）三兄弟被視作凱爾特工藝三神。

註三：法拉捷特（Frank Frazetta, 1928-2010）美國大師級奇幻與科幻畫家，畫風肌肉紋理細緻、人物生動，以充滿英雄氣息的「劍與魔法」爲作畫特色。代表作爲《蠻王科南》（*Conan the Barbarian*，或譯《王者之劍》）。

註四：米爾斯人（Milesians），傳說中從伊比利半島遷移至愛爾蘭的蓋爾人。他們擊敗了圖阿哈．戴．丹恩，成爲愛爾蘭島上最後的種族。

「陛下，」富麗迪許說：「我遵照妳的要求，帶德魯伊敘亞漢．歐蘇魯文前來見妳。」

布莉德輕輕點頭，允許富麗迪許坐回圖阿哈．戴．丹恩的行列。我忍不住很想知道佩倫此刻究竟在盯著誰看。他會繼續看著富麗迪許走回座位，還是雙眼聚焦在布莉德赤裸的乳房上？

布莉德朝我揚起一邊眉毛，等著看我會怎麼稱呼她。這是眾多挑釁中的開頭，我知道。如果我稱她為「陛下」，就等於是承認她是我的君主，讓她成為可以對我下達命令的人。半跪行禮也是屈服的表現，而我不打算做這兩件事。結果我迅速禮貌地鞠躬說道：「妳想要見我，布莉德。」由於在美國居住多年，我差點脫口而出：「有什麼我能效勞的嗎？」我要是說出這話可就慘了。我及時咳嗽一聲，掩飾錯誤，強迫自己陳述明顯的事實：「我來了。」

「你倒是直截了當。」她輕哼說道。三重奏的聲音消失了；只剩下女低音。「我聽說你十二年前就已經死了。」

「這麼和妳說的人肯定弄錯了。」

「莫利根從來不會弄錯與死亡有關的事情。」

「她有明確告訴妳說我死了？」

「有。」

「她指名道姓？」

「對。她說德魯伊阿提克斯．歐蘇利文在亞歷桑納沙漠被人砍成碎片。好幾個雷神都證實了這個說法。」

「不好意思，布莉德。那並非我的本名。」

布莉德秀眉緊蹙。「所以你們刻意欺瞞我？」

我沒有請求原諒，繼續陳述事實：「我非詐死不可，因爲我要讓全世界都以爲我死了。我不想讓妳之前提到的那些雷神永遠追殺下去。」

「爲什麼不殺了他們，就像你殺了索爾一樣？」

「我沒殺索爾，是別人殺的。而既然我已經交還了富拉蓋拉，我認爲我已經爲了這個無傷大雅的騙局付出足夠的代價。」

布莉德目光轉向馬拿朗・麥克・李爾，後者聳肩，顯然搞不清楚狀況。

「再說一次，德魯伊。」

「我沒殺索爾。」

「不，你說富拉蓋拉怎麼了？」

「我交還給你們了——透過莫利根。」

布莉德雙眼圓睜，怒不可抑。「莫利根！」她啐道：「你把富拉蓋拉交給莫利根？」

「她承諾過會把劍交還給馬拿朗・麥克・李爾。」我解釋。

「我記得我的承諾，敘亞漢。」我左邊冒出一個刺耳的聲音。莫利根站在那裡，除了脖子上的鐵護身符外，渾身一絲不掛，肌膚如同瓷器上的奶油般光滑，頭髮比礦坑更加漆黑。她眼綻紅光，凝視布莉德，富拉蓋拉舉在她的頭和緊繃的身體上，隨時準備動手。「我只是沒說什麼時候還。」

「卡西迪！」布莉德唸咒，轉眼間從蠻人公主變成凶猛騎士，從頭到腳包覆在她親手打造的壯麗盔甲中。這是我這輩子見過最酷的羈絆法術之一。

我認得那套盔甲；她是爲了專門應付富拉蓋拉，作爲勢不可當力量下唯一堅定不移的東西所打造的。這套盔甲還有搭配武器：她右手拿著一把巨型闊劍，左手護手中則冒出一顆火球，在土丘王座旁擺開防禦架勢。

打從我有記憶以來，這兩個神一直都仇視彼此，但我從未想過她們會當眞正面衝突。或許我曾期待過，不過一點也不期待在她們衝突時被夾在中間。

# 第四章

宮廷在莫利根和布莉德對峙時陷入死寂。佩倫再也壓抑不住興奮之情。在多年化身老鷹的生涯之後，過去一小時內他受到很刺激的挑逗，親眼看著兩個女神赤身裸體，然後準備戰鬥。他的每個音節都散發出歡樂氣息，叫道：「太棒了，我愛愛爾蘭人！」

妖精覺得他的反應很好笑，於是在我們身後爆出一陣笑聲。圖阿哈．戴．丹恩就不覺得那麼好笑了——除了莫利根，她在輕笑聲中壓低富拉蓋拉，但是布莉德無動於衷。

「放輕鬆，布莉德。」莫利根說，紅眼恢復成正常的暗棕色。「我不是來找妳打架的。我是來實現承諾的。妳現在知道德魯伊的劍在我手裡。它已經在我手裡好一段時間了。」大家都聽得出來她就是一副非常享受這句淫蕩雙關語的語氣。莫利根嘴角上揚。

「德魯伊是個技巧高超的劍士。我敢說妳一定可以想像。當然，妳也只能想想而已。」

我很想叫莫利根閉嘴，不過我不敢。她此刻很可能會透露布莉德曾打算勾引我。我向布莉德保證過絕對不會告訴任何人，但是莫利根猜到了真相。萬一莫利根當眾揭發此事，布莉德八成不會在乎是我說的還是她猜到的。那會讓布莉德在所有妖精面前出糗，而她會想找個傢伙來燒成灰燼。

布莉德動也不動、一言不發，這就是她最好的應對。當布莉德佔據高處時，莫利根不太可能主動攻擊——不管莫利根是不是死亡挑選者都一樣——這樣做的後果絕不有趣。其中一個原因在於布莉德會放火燒她。而在我透過魔法光譜迅速打量那座山丘後，我發現山丘上充滿魔法力場和防禦陷阱。只有瘋子才會在這裡攻擊布莉德，而莫利根不是瘋子；她通常很惡毒、氣量狹小，而且非常恐怖，但不是瘋子。

她看出布莉德無視自己的嘲弄，於是開始明目張膽嘲諷對方。「很難想像詩歌女神竟然會說不出話來。這是否表示凡間的人此刻都想不起他們那些骯髒的打油詩了？」

「遵守承諾，交還魔劍，然後離開。」布莉德說。

「幹得好！」莫利根笑道：「妳編出了一句五音步詩【註】。」她將劍身平靠在自己肩上、隨意握著，就像棒球打者走向本壘板。她一副不把布莉德放在心上的模樣，大搖大擺地向左朝馬拿朗・麥克・李爾走去。她知道布莉德不會離開土丘；她確實把對方困在那裡了。如果布莉德離開土丘，就等於是放棄所有戰鬥優勢——而想和莫利根衝突，你就得掌握所有優勢。

馬拿朗起身等候，他戴起兜帽，雙臂交抱於斗篷底下。因爲馬拿朗很少公開發言，所以整個宮廷鴉雀無聲，專心聽他說話。莫利根停在他面前，將劍平置在手中，用顯然帶有某種儀式性的姿勢舉在胸口，模仿日本人正式交接物品的程序。

「馬拿朗・麥克・李爾，我在此實現對德魯伊敘亞漢・歐蘇魯文的承諾，將富拉蓋拉交還給你。它原先的劍鞘許久以前便已失落。你願意接受嗎？」

「我接受。」他說，令所有期待看到更多好戲的妖精失望。我以爲莫利根還在袖子裡藏了更多把戲——好吧，不是藏在袖子裡；她一絲不掛。但接著我目光飄向布莉德，隨即瞭解莫利根在打什麼主意。布莉德還是擺出隨時準備應付莫利根攻擊的架勢。莫利根突然持劍出現迫使她採取守勢，但現在死亡挑選者採取了完全不具攻擊性，甚至算得上禮貌的態度，這讓布莉德的反應在妖精眼裡好一點算反應過度，差一點就是膽小鬼了。

莫利根輕輕將劍放入馬拿朗伸出的雙掌，說：「辦好了。」接著她沒有道別，連回頭看布莉德一眼都沒有，當場化身爲烏鴉，飛入宮廷外圍的樹林。她完全遵照布莉德的指示，但這卻讓布莉德顯得氣量狹小。那顆火球依然在她護手掌心中炙熱燃燒，所有目光都集中在她身上，發現她一副要和個不存在的敵人打架的模樣。察覺這個情況後，她喃喃唸誦咒語，盔甲和火球隨時消失。佩倫很高興地看到她再度變得身穿——如果那能用身穿來形容——衣不蔽體的透明薄紗。

然而她顯然非常不爽，雙眼綻放猛烈的藍光。「富拉蓋拉在她手中多久了？」她吼道。

「大約十二年，我想。但我以爲她早就歸還了。」

「那個護身符呢？」

我聳肩。「我肯定她還在努力。但是妳和我一樣看得出來護身符尚未完工。」

「重點在於——」布莉德目光逐漸暗下，但聲音變得更加恐怖。「護身符遲早都會完工。而我希望那天永遠不會到來。」我們兩個心知肚明，布莉德沒說出口的是，她不希望莫利根能對火焰女神

---

註：五音步詩（pentameter），用五個韻腳構成一行詩句。這裡布莉德講的是：Return the sowrd as you promised and leave。

拋出的火球免疫，就和我一樣。

那兩條位於土丘底下的黑獵狼犬一直待在原地，在莫利根出現時完全沒有反應；現在牠們站起身來，露出利齒，放聲對我吼叫。

「嘿，太粗魯了。」歐伯隆說。

「先別出聲。」我對他說。

「如果除了威脅我，妳沒有別的事情要談，布莉德，那我就先走了。」

「我允許你走才能走。」

「我們不是妳的子民，妳保證讓我們安然來去。」

「沒錯，但我沒講明你們來去一趟要花多少時間。」

我暗自記住下次和圖阿哈．戴．丹恩打交道時，一定要講明時間。短短幾分鐘內讓同一個漏洞惡整兩次足以闡明這個論點了。「你現在可以叫了。」我對歐伯隆說，他興沖沖地開始吼叫。

「如果妳還記得的話，妳和我曾經討論過一個話題。」——我提高音量，蓋過三頭獵狼犬的叫聲——「關於待客之道的話題。」這話可能會導致兩種反應。她可能會想起我當時完全處於上風，把當時的情況當作警告，假設我此刻也有類似計畫，然後冷靜下來；又或許她可以聽從已經被莫利根重創的自尊，當場發飆。她眼中逐漸凝聚的藍光顯示她想要採取第二種反應；我則在發現可能得大開殺戒才能離開此地時感到心裡一沉。

「實在太棒了。」歐伯隆說：「要不是我也牽扯在內的話，現在眞想來份爆米花。」

# 第五章

「吧哇哈哈哈！」圖阿哈・戴・丹恩中傳來一陣笑聲。我朝那方向看了一眼，只見大家都在看馬拿朗・麥克・李爾，而他則伸出一手捂住嘴巴。富麗迪許咯咯嬌笑，接著所有神笑成一團——雖然他們根本搞不清楚在笑些什麼，但這等於是允許所有妖精一起大笑。圖阿哈・戴・丹恩笑是因爲他們「聽見」了歐伯隆的心聲。我目光轉回布莉德身上，只見她一邊嘴角微微上揚；她的獵狼犬在我的注視下逐漸冷靜，慢慢坐下。我叫歐伯隆也別叫了。

「你剛剛或許救了我們的培根【註】。」我補上一句。

「你有帶培根來？」歐伯隆問，語氣充滿期待。「而我救了培根？我是培根救星！阿提克斯，從今以後，我要你用『歐伯隆，培根救星』來介紹我。」

「可以的話，請解釋。」布莉德以較爲友善的語氣說道：「你爲什麼認爲有必要對我和其他圖阿哈・戴・丹恩隱瞞你的存在？」

「因爲我很努力在訓練學徒，所以要確保一段時間內不會被人打擾。妳或許還記得她。」我比向肩膀後方。「關妮兒・麥特南。」

---

註：救了我們的培根（save our bacon），救了我們一命的意思。

布莉德點頭表示認得關妮兒，我假設關妮兒也有朝她點頭。圖阿哈・戴・丹恩中傳來一陣認同的聲浪，他們非常歡迎新德魯伊。

「她還沒和大地羈絆。」布莉德從關妮兒的右手上沒有刺青看出這一點。

「沒有，但她已經準備好了。我們正要進行羈絆儀式時，你們就找上門來了。」

「我可以問你們要去哪裡進行羈絆嗎？」

「我正在亞歷桑納尋找合適的地點。」

布莉德皺眉。「你不能在新世界羈絆大地與德魯伊。」

我吃了一驚：「不能嗎？」

布莉德似乎和我一樣茫然。「應該只能在歐洲羈絆。只有歐陸板塊同意參與羈絆儀式。我以爲你知道。」

「不。」我從來不曾在歐洲以外的地方羈絆學徒——事實上，我這輩子只有羈絆過幾個學徒而已。經我「認證」的三個德魯伊都已經死了。兩個遭人伏擊——或許是被暗殺的，從背後射殺——第三個死於導致加洛林帝國【註】分裂的內戰中。西元九七七年，我上一任學徒塞布蘭死後，我就再也沒有訓練學徒。難怪我一直沒有發現德魯伊羈絆有這個特殊限制，不過這限制聽起來很有道理。大地所有層面，從元素、板塊到蓋亞，都必須參與羈絆德魯伊的儀式，而板塊除了本身的緩慢移動和相互擠壓外，對其他事向來沒有多少參與意願。

馬拿朗開口。「布莉德，我可以插個嘴嗎？」她揮手示意他說下去，他起身面對我。所有妖精的目光都集中在他身上。「我不能代表所有人，但我希望我能代表大多數圖阿哈・戴・丹恩歡迎關妮兒・麥特南加入德魯伊之道，而我個人很期待你將來會訓練更多學徒。凡間已經忽視德魯伊之道太久了。」圖阿哈・戴・丹恩紛紛點頭支持。

「謝謝你，馬拿朗，還有所有認同的各位。」我說，暗自咒罵自己沒有記下剛剛有誰沒點頭。「如果還能找到像關妮兒這麼好的學徒，我很樂意繼續教學。但要達到這個目標，我就需要安全的環境。爲此，我謙卑地請求各位不要透露我還活著的祕密，特別不要告訴奧林帕斯和北歐諸神。」

他們偷偷交換神色，顯然我提出了棘手的要求。

「如果……可能的話？」我問。

富麗迪許開口。「奧林帕斯的巴庫斯要我們一看到你出現，立刻通知他。」

「是喔，奧林帕斯的巴庫斯可以去幫山羊口交。」我和巴庫斯彼此看不順眼。我說他是「葡萄和酒杯的小神」，嘲弄他是戴奧尼索斯的虛弱複製版。所有羅馬諸神都是；他們崇拜者的想像力缺乏到甚至沒讓他們搬出奧林帕斯。兩個文化的萬神殿位在同一座光禿禿的山峰上，只不過處於不同的神域。

「隱瞞此事會讓我們和奧林帕斯眾神關係緊張。」布莉德指出這一點。

「或許你們不清楚我們的過節。巴庫斯找我可不是爲了送袋頂級葡萄酒給我。他想要殺我，就

註：加洛林帝國（Carolingian Empire），中古時代由加洛林王朝統治的法蘭克帝國，在西元八四〇年左右分裂。

是這麼簡單。他對朱比特發誓要這麼做。我們的關係不可能比現在更緊張了。你們到底想不想要更多德魯伊？想要，就別告訴那個不朽的瘋狂之神要上哪兒去找我，同時嚴密監管你們的妖精。」

「遺憾的是，可能已經太遲了。」芳德的聲音如流水般輕快，完美搭配她的外型。「我很肯定已經有很多妖精將你來此覲見的消息傳了出去。你死而復生的事很快就會傳開。巴庫斯遲早都會得知此事。」

「三種貓屎，歐伯隆。」

「外加一個傲慢的松鼠家族。」

此刻我對這個情況束手無策。「說起消失已久、再度回歸的人。」我說：「洛基——北歐的惡作劇之神——再度行走於九大國度之上。他似乎打算燒光其他世界。」

布莉德皺眉：「解釋。」

我揮手比向聳立在我身後的俄國雷神。「這位是佩倫，斯拉夫的天空之神。洛基不知如何進入他們的神域，將那裡燒成灰燼。遠在地球上就能感應到斯拉夫神域逐漸死亡。我要說三次【註】；蓋亞在我的腳下顫抖。我不知道洛基有沒有打算攻擊圖阿哈・戴・丹恩或是妖精，但既然有這麼多通道可以抵達提爾・納・諾格，我強烈建議封閉這些通道，防止入侵者進入，要記住洛基也是個變形者。」

布莉德點頭。「三次我都聽見了，敘亞漢。」她轉向右側，說道：「馬拿朗、歐格瑪，請去安排安全事宜，並且擬定洛基來襲的應變計畫。」她轉向左側，對妖精權貴說話。「妖精領主和他們的手下會協助你們。」他們默默鞠躬，表示會奉命行事。我心想這群妖精的髮型可以在好萊塢沙龍界掀起革命。我與妖精領主和他們的手下不太熟，只知道他們不太喜歡我。我想那和我那招寒鐵死亡之觸有關。

其中一名妖精領主清清喉嚨，徵求布莉德同意發言。他身穿華麗的伊莉莎白年代套裝，身材像是有厭食症的模特兒，眼睛半瞇著，一副藐視全宇宙的模樣。她看他一眼，輕點下巴，允許他發表意見。

「陛下，或許鋼鐵德魯伊回報的蓋亞震動現象可以解釋最近歐洲巡邏人員回報的異狀。」

「請向大家說說。」布莉德說。

「大多數提爾．納．諾格通往歐洲的傳送點此刻都無法使用，斯拉夫神域之死或許能解釋這種現象。」

「不好意思，」我說：「你的意思是說現在沒辦法轉移到歐洲去？」

高傲的妖精揚起一邊眉毛，對我冷笑一聲。「我就是這個意思。除了希臘南方一小塊區域。」

「通往其他大陸的傳送點運作正常？」布莉德問。

「是的，陛下。」

「妖精專用的祕密通道呢？」

註：我要說三次（I tell you three times），再三強調的意思。

「依然順暢無礙。」

「所以你的理論就是這一切都是佩倫的神域死亡造成的？」

「有這個可能。」

「希臘那個還能去的地方究竟是哪裡？」我問。

「奧林帕斯山上的任何地方。」

我哼了一聲。「有個奧林帕斯神想要殺我，而我現在唯一能將學徒與大地羈絆的地方就在奧林帕斯神家裡？你不會覺得這很奇怪嗎？」

妖精漠不關心地聳肩。「斯拉夫神域被摧毀的時間與傳送點出問題的時間吻合。我知道這兩者之間看不出什麼關聯，但至少是個說得通的理論。你有其他理論嗎？」

我隱忍不發，不過想想覺得沒有必要忍耐。反正此時此刻，我絕不可能獲得任何妖精的支持，所以乾脆放縱口舌直話直說。「我的理論就是你是堆令人厭惡的大肛毛。」我這話大部分是說給我們身後那群妖精聽的，因爲他們並非那名領主的手下。從今以後，所有妖精都會叫他「大肛毛領主」，他很清楚這一點，整張臉都漲成紅色。

「爲什麼只有奧林帕斯附近沒有受到波及？」我轉頭問道，不再理會那個妖精。

「假設奧林帕斯神在保護他們的領土的話，就可以解釋這種現象了。」富麗迪許說，站起身來對所有妖精發言。「我敢說樹精靈有受到保護。如果全世界都能感應到佩倫的神域遭到摧毀，奧林帕斯諸神就會肩負起保護領土內生物的責任。」

「那為什麼其他萬神殿的神沒有這麼做？」我問。

富麗迪許無奈聳肩。「或許他們沒發現出事了。很少有文化像我們一樣仰賴大地旅行，這表示他們可能完全沒有察覺異變。也可能是因為他們沒有能力採取任何應變措施，奧林帕斯諸神依然保有大量古老的力量。」

她說的都有可能。我假設全世界都想抓我，就和他們假設全世界都不想抓我一樣荒謬無稽。不過事情發生的時間比較符合他們的想法：奧林帕斯眾神怎麼可能在事發前一個小時——採取這種應變措施所需的時間——就知道我還活著？我得承認，儘管怎麼看都像針對我而設的陷阱，富麗迪許的理論還是比較實際。奧林帕斯眾神只是在保護他們的子民。

「布莉德，儘管就像芳德說的，我死而復生的消息可能已經傳開，但妳願意在我完成學徒和大地羈絆的儀式前，不要告訴奧林帕斯眾神，或是公開承認我還活著嗎？」

她微微側頭。「我為什麼要這樣做？」

「為了讓世界上多一個德魯伊。」我歪嘴一笑，「可能不像我這麼難搞的德魯伊。」自我貶低是適合在這種情況下拿來使用的社交潤滑劑。

布莉德露齒而笑。「為了這個理由，我願意付出更多。」她的聲音轉為三重唱，宣布：「在鋼鐵德魯伊的學徒與大地產生羈絆前，所有妖精與圖阿哈・戴・丹恩都不得洩露他還活著之事。違背命令者將會遭受嚴厲的懲罰。」

我點頭表達謝意，而非開口道謝。「沒事了嗎，布莉德？」

「暫時就這樣。」她說：「你的覲見引起了不小騷動。但是富拉蓋拉回到我們手上，世上又多了一個新德魯伊。」這表示她原諒了我所做的一切——至少在公開場合是如此。「請在她完成羈絆後通知我們。」

「我會的。」我說。

「富麗迪許會帶你們前往你們要去的地方。」

佩倫興奮地低呼：「噠！噠！」在富麗迪許朝我們走來，並對雷神露出靦腆的笑容時，圍觀的妖精開始竊竊私語，討論我們這次覲見。富麗迪許說圖阿哈・戴・丹恩都很想要見見關妮兒；對他們而言，她是今天的焦點，因爲她代表了全新的事物。看著她們兩個站在一起，我再度爲她們相似的程度震驚——至少是當富麗迪許像這樣「乾乾淨淨」的時候。她們兩個一般高，頭髮的色調幾乎一模一樣；或許富麗迪許的髮色稍微偏向赤褐一點。

關妮兒的眼睛稍微帶有一點狂放亮麗的感覺，就是畢業生和新娘在接受眾人無盡的讚美時會露出的眼神。當許多男神親吻你的手、女神親吻你的臉頰時，就會讓人心花怒放，但我認爲她表現得還不錯。她並沒有對任何神流露崇拜的神情，不過我想那只是因爲這些神長得都不像奈森・菲利安【註】的關係。約莫八年前，我帶她去動漫展時見過他一次；他和她握手，說聲：「我被迷住了。」結果她差點當場昏倒，喪失了大部分語言能力。

「是。呃。我是說。關妮兒。就是我。喔，天啊！嗨。好帥。你，還有。哇喔。抱歉！不能呼吸了。」

這件事後來讓我得到不少好處。

馬拿朗邀請她去他家喝麥酒；芳德附議，叫我們其他人還有她媽富麗迪許一起去。

「是，當然，你們一定要一起來。」馬拿朗說。他滿懷期待地看著關妮兒，但她轉頭看我，導致馬拿朗朝我揚眉提問。

「我叫他們在這裡時不要接受任何食物或飲料。」我解釋道。

「啊！」海神一本正經地點頭。「很明智的預防措施。我應該要表現得更正式一點，展現適當的禮儀。」他再度轉向關妮兒，不過和我們所有人講話：「關妮兒和各位朋友，今天我邀請各位享受我的招待，絕不要求任何回報，各位也不會因此欠下任何財物或人情。我提供的都是健康食品。」這裡所指的健康食品就等於是妖精界的「認證有機食品」；這表示他個人保證所有食物都是最單純的食材，在製作之前、之中、之後都沒有使用任何羈絆法術。

「我們願意接受你招待兩個小時。」我說：「然後我們就得開始關妮兒和大地間的羈絆儀式。」

馬拿朗透過他的小鬍子微笑。「太棒了。請跟我來。」

他左手拿著富拉蓋拉，與芳德手牽手來到宮廷邊境的一棵樹旁，隨即轉移到別處。富麗迪許跟

註：奈森·菲利安（Nathan Fillion），美國演員，代表作爲：科幻影集《螢火蟲》（*Firefly*）與電影《衝出寧靜號》（*Serenity*）、推理影集《靈書妙探》（*Castle*）等。

著離開，然後我們發現他留下的羈絆標記，轉移到一棵面臨懸崖、俯瞰大海的大城堡外的樹旁。在「眞實」世界裡，這座城堡是棟殘破的石屋，表面上廢棄許久。而在提爾·納·諾格，它是周遭環境美不勝收的建築奇觀。馬拿朗·麥克·李爾那些著名的豬——屠宰之後又會再生，提供永遠吃不完的培根——腦滿腸肥地待在豬圈裡叫，散發頹廢氣息。牛隻在遠方哞叫，如同綠油油的原野上許多黑白相間的羅夏墨跡。獵狼犬在乳白色的綿羊之間遊走。整個畫面沾染著些許金黃色調，簡直就是湯瑪士·柯爾【註】之流夢寐以求的田園風光。妖精隨處可見——有的在天上飛，有的在地下走——儘管他們都一臉好奇地打量我們，卻始終沒有妖精上前攀談。三個圖阿哈·戴·丹恩的成員笑容滿面等待我們，示意我們進入城堡。馬拿朗將富拉蓋拉交到一個身著華服的僕人手裡，她肯定是化身人形的賽爾奇。她向他鞠躬，拿著劍帶領我們進入城堡。

芳德立刻遣走城堡裡大多數妖精，「這樣他們和你們都會比較安心。」她對我說。上次到馬拿朗家作客時，我還沒有鋼鐵德魯伊的綽號，妖精都還算喜歡我。現下情況大不相同，於是我們有幸在廚房裡享受由馬拿朗和芳德親自服務的殊榮。廚房有股蘋果味，當我提出這一點時，他們說後頭一扇門後有台蘋果壓榨機。他們擺出一個水果、起司和麵包的拼盤，幫我們每人倒了壺麥酒，爲我們的健康乾杯。他們給歐伯隆一根上面還有很多肉的火腿骨啃。

「請告訴我可以吃這個。聞起來實在太香了。」歐伯隆說。

「沒問題，可以吃。」

歐伯隆縮起耳朵，開玩笑似地以後腳人立而起。「開戰了，哈姆雷特！」他說，揮爪抓了骨頭兩下，然後咬起骨頭，跑去別的地方大快朵頤。

馬拿朗和芳德想多了解關妮兒一點，因爲她就快要成爲德魯伊了，於是他們鼓勵她多說些關於自己的事情。不過富麗迪許和佩倫很快就對這個話題失去興趣，開始竊竊私語起來，而他們講的每句話都傳遞著微微顫動的性愛張力。

不久之後，關妮兒就變成直接面對芳德說話。海神顯然在等著這種情況出現，因爲馬拿朗突然轉過頭來，示意我隨他前往另一間房，裡面有扇可以看見室外綿羊牧場的敞開窗戶。

「跟我一起飛下去？」他指著下面說道。

這個要求頗不尋常，但似乎無傷大雅，於是我聳肩。「當然。」我們脫光衣服，化身鳥形；他是隻大海鷗，我則是大鵰鴞。馬拿朗用爪子抓著他的迷霧斗篷。我們跳出窗戶，朝綿羊滑翔而去，落地後又恢復人形。馬拿朗迅速攤開斗篷，啓動魔力，將我們完全包覆在濃霧裡。接著他羈絆附近的空氣，讓我們的交談聲無法傳出我們腦袋附近的泡泡外。

「那上面到處都有妖精和魔法生物。」他朝城堡揚首解釋道：「其中有些非常擅長若無其事地偷聽談話。我只是想要在不會被偷聽的情況下和你談談，而且我也不想讓人讀我們的唇語。」

「好吧。」我說，儘管他這段開場白讓我心生好奇，而且非常緊張。

「想要取你性命的不光只有巴庫斯，」他解釋：「也不是只有他在懷疑你還沒死。兩年前有個

註：湯瑪士·柯爾（Thomas Cole, 1801-1848），美國風景畫畫家，畫風細緻而寫實。

來自斯瓦塔爾夫的使節問起你是不是還活著。」

「好吧，我想這件事情遲早會發生的。」我說著嘆了口氣。「我終於有正當理由去怪罪黑暗精靈了。」

「怪罪他們什麼？」

我聳肩。「隨時有任何不爽的事我都會怪到他們頭上。長久以來他們一直是我的通用代罪羔羊，但我其實根本不了解他們。」

現代有個奇特的發展，就是聽過黑暗精靈的人比人類史上任何其他年代還多。這個現象幾乎完全源自角色扮演和奇幻電腦遊戲。也可能要歸功於把他們描繪成黑皮膚和幻想中白髮形象的畫家；他們的魔法頭髮濃密到不像話，好像在地底深淵裡找到了某種強力藥物，能讓他們長出+5的飄逸長髮。

就連文學作品也寫錯了。斯圖呂松【註一】的《埃達經》裡只有兩處提到黑暗精靈，但是描述得有點雜亂，因爲他們似乎把黑暗精靈和矮人搞混了。我一直很好奇這有多少故意成分；我以爲，實在沒道理會犯這種錯誤。如果我的情報來源正確的話，這兩個種族根本一點也不像。

其實，史努利・斯圖呂松的重點並不在於塡滿黑暗精靈的歷史。他想要在不激怒當時基督教高層的情況下保留他們國家的神話與文化。他得像神奇先生【註二】一樣施展無比的彈性，讓北歐諸神成爲特洛伊人的後裔——進而讓基督教徒認爲他們根本不是神，只是人類英雄——而他大概想不出令人滿意的辦法去描述黑暗精靈。不過，就算斯瓦塔爾夫有趁他在撰寫《埃達經》時派人找他，鼓勵他隨心所欲地忽略他們的存在——或許忽略到超過他本意的程度，我也不會感到驚訝。

黑暗精靈的記載之所以如此稀少是因爲他們不喜歡與他人接觸，而且說實話，據我對他們的了解，這對人類而言算是好事。他們跟人類的任何互動往往會摧毀人類美好的一天。

「我對他們還算了解。」馬拿朗說：「有個艾爾夫【註三】向我簡短描述過他們的過節。」

「艾爾夫有和你交談過？爲什麼？」

「那是很久以前的事了。這個故事，是個寶藏獵人想要請我幫忙找出沉在愛爾蘭海底的沉船殘骸而告訴我的。既然他想要的是地圖，我就也請他給我一張地圖作爲回報。我一直弄不清楚九大國度究竟位於世界之樹的什麼位置，於是他給了我一份發誓是眞的的地圖，並且告訴我斯瓦塔爾夫起源的故事。你想聽嗎？」

「想，我想——我也想看看那份地圖。如果黑暗精靈在積極找我，我就要盡量蒐集更多情報。」

「明智的想法，特別在有可能和他們動手的時候。」

「怎麼說？」

「耐心點，敘亞漢。我會把他告訴我的故事一五一十告訴你。」

---

註一：史努利・斯圖呂松（Snorri Sturluson, 1179-1241），冰島歷史家、詩人與政治家，《埃達經》的作者。

註二：神奇先生（Mr. Fantastice / Reed Richards），漫威漫畫《驚奇四超人》（*Fantastic Four*）裡登場的虛構超級英雄，身體能如同橡膠般改變形狀或拉長。

註三：艾爾夫（Álfar），古北歐語，後轉化爲英文的精靈（Elf, Elves）。

□

許多年前，早在圖阿哈・戴・丹恩出現在愛爾蘭前，艾爾夫之王——當時世界上只有一種精靈——派出手下製作世界之樹九大國度的地圖。頂端的阿斯加德、阿爾福海姆和華納海姆眾所皆知，但其他六個低層國度則沒有多少資料流傳出來。特別是最底下的三個國度幾乎是完全不為人知的謎團。尼弗爾海姆是片冰凍大地，赫爾就是在這裡統治那些聲名狼藉的哀號亡者；暮斯貝爾海姆是火焰大地，史爾特爾【註】和火巨人就住在那裡，等待諸神黃昏到來，然後燒燬世間的一切；不過還有一個國度，既夾在上述兩者之間，又位於它們底下，處於地底的黑暗境地，巨龍尼德霍格都咬不到的地方，連名字都沒有，當然也沒人知道那片黑暗寂靜中隱藏了些什麼。

艾爾夫派遣規模最大的冒險隊伍探索這片土地，結果一個也沒有回去。其他所有隊伍都回去了，地圖逐漸變成了一本地圖集，但是國王對於損失最後那支隊伍十分不滿。四十年後，他派了另一支隊伍，規模比之前小了一半，前去尋找失蹤的艾爾夫，可是他們也沒有回來。年老力衰的國王——艾爾夫刻意遺忘他的名字——派出許多孤身上路的冒險家。他叫他們不要探索那個國度，只要查出之前隊伍的命運回報就好了。

三年之後，謎團解開了。五個相貌奇特的生物來到艾爾夫王的宮廷。他們身穿白袍，材質看來像是絲綢，不過綻放微光，反射其他色彩，移動時彷彿會爆出火花。

這些生物看起來很像精靈，不過與艾爾夫的蒼白皮膚和淡金頭髮不同，他們的皮膚宛如黑曜石。他們髮色漆黑，以許多銀圈固定，一路垂到腰際。他們的眼睛是綠色的，而且大到不像話。他們攜帶艾爾夫從未見過的武器，難以稱之爲劍的彎曲長匕首，不是由鐵或青銅所鑄，而是某種黑暗的材質；不論劍柄、劍刃、劍衛，都是同一種黑漆漆的材質。

陌生人來到王座前鞠躬行禮，但卻沒在國王面前下跪。他要求他們表明身分。

站在中間的陌生人回答：「我們來自斯瓦塔爾夫海姆，世界之樹的第九國度。」

「你說什麼？解釋。」

他們是他派往地底世界的第一代探險隊伍的後裔，地底世界入口位於伊爾格河與維河之間，他們是來告訴他和所有艾爾夫，那個國度名爲斯瓦塔爾夫海姆。

「那就是說你們是精靈！」國王吼道：「是我的子民！」

「不，不是你的子民。我們是你從前子民的後裔。」

國王很不滿意這種獨立的表現，但是並不打算和他們爭執。他不確定他想要這些精靈成爲他的子民，因爲在他眼中，他們很怪。

「你們怎麼會變成這樣？」

---

註：史爾特爾（Surtr），北歐神話中的巨人，兩部《埃達》都有提及他。傳說在諸神黃昏時，他會率領著暮斯貝爾海姆的巨人們攻擊阿薩諸神，揮舞著火焰之劍（或是火焰與劍）打倒了豐饒之神弗雷，最後燒燬世間。

「我們收到約爾艾雷克，煙霧之禮。現在我們是斯瓦塔爾夫，而你們就是魯約沙爾夫。」這是兩個種族首度被區分開來。

「你在胡說什麼？」國王喝問。

「斯瓦塔爾夫海姆和阿爾福海姆完全不同。洞窟改變了我們。我們與你們已經不同了。但是，看在過去血緣關係的份上，我們願意和你們交流，讓我們兩個國度都能蓬勃發展。」

「我們兩個國度？」國王氣急敗壞，面紅耳赤自王座起身。「除了我，你們還有另一個國王？」

「當然。你是魯約沙爾夫，不是斯瓦塔爾夫。我們可不會說要統治你的子民。」

「你們本來就不能統治我的子民！你們應該對我效忠！是我出資成立你們的探險隊。留在這裡的家人也是我在照顧！」這麼一想，國王認爲他們還是應該算是他的子民。「再說，除了黑皮膚，你們還是艾爾夫！向我俯首稱臣！」

「我們的國王在斯瓦塔爾夫海姆。我們是他出於善意派出的使節。」

「眞的出於善意就該承認你們正統的國王。如果我不是你們的國王，你們和你們的祖先就是逃兵兼叛徒。」

五個斯瓦塔爾夫渾身緊繃。「我們不是逃兵和叛徒。」另外一名黑暗精靈說。他並非發言人，但是他的同伴都沒有抗議他插嘴。「我們已經是不同的種族了，你顯然察覺到了。我們承認有虧欠你們，十分樂意償還你們從前的慷慨資助。但我們絕不會臣服在你的統治之下，因爲你根本不是我們的族人。」

或許個性不是如此高傲的國王會在這個時候鼓起勇氣展開協商；也說不定黑暗精靈講的話已經超過世界上所有國王的忍受極限了。不管其他做法會導致什麼結果，總之艾爾夫國王命令他手下的戰士逮捕黑暗精靈，丟入他的地牢裡。

「我們希望在場所有精靈都記得衝突並非因我們而起，我們願意償還積欠艾爾夫的債。」黑暗精靈發言人大聲說道：「你們無法抵抗我們的戰技西格艾雷克。等你們的新國王打算談和時，派使節前往斯瓦塔爾夫海姆。」

這種時候說這種話很奇怪，因爲他們連動都沒動，不過沒過多久精靈就了解他們的意思了。當艾爾夫戰士試圖逮捕他們時，斯瓦塔爾夫突然失去實體，白袍落地，銀髮圈也在地上叮噹作響，原先他們所在位置上只剩下幾團煤灰般的物體。他們的怪刀沒有落地，而是與他們一起煙化。黑暗精靈在戰士合圍的圈外重新凝聚形體，赤身裸體，手持和他們身體一般漆黑的惡毒彎刀。他們舉手投足間就能殺光所有艾爾夫；但卻等到所有戰士轉身，而這次戰士們嘗試使用武器。長劍和利斧砍向黑暗精靈，但卻只有砍穿黑霧。四團黑霧退出戰團，剩下的一團卻迂迂迴迴地迎向國王。斯瓦塔爾夫發言人在王座台階下凝聚形體，黑匕首握在左手。

「你的命令賜給我們族人生命，」他說：「但是我們不會臣服在任何人的命令下。重新考慮你的命令，讓我們和平談判，不然你，只有你，將會爲了過分的要求而付出代價。」

「殺光他們！」國王下令道，他的護衛衝向黑暗精靈。

黑暗精靈一直等到他們的武器砍向自己，才化身煙霧，順著石階飄向國王。國王一看苗頭不對，立時拔出佩劍。他的護衛沒能即時趕來救援。他揮劍砍向煙絲，沒有任何效果。許多細長煙絲竄入他口中，他咳嗽一聲，就此死去。

黑暗精靈凝聚形體，左手插在國王喉嚨中使勁一抽，扯開了國王的下頷，自脊椎上拔出他的喉嚨。鮮血噴得黑暗精靈滿身，但他再度化爲煙霧，任由國王的屍體在血雨中癱落台階，滑向護衛，成爲艾爾夫失敗到家的無聲見證。這就是西格艾雷克，煙霧之勝利。

震驚無比的艾爾夫宮廷官員在斯瓦塔爾夫撤退時注意到兩件事：第一，黑暗精靈不會維持煙霧形態超過五秒——他們總是會凝聚形體至少一秒，然後再度化身煙霧。第二點，他們是殺得死的。這個事實是在斯瓦塔爾夫撤離覲見廳時發現的。一名位於宮廷外緣陽台上的弓箭手，一直在仔細觀察黑暗精靈的變化和移動方式——就是他發現對方的煙霧形態不能維持五秒以上。他拉弓搭箭，小心翼翼地鎖定一名黑暗精靈。等到壞蛋化爲煙霧後，他數到五，然後在對方距離門口十步左右時朝煙霧中央放箭。黑暗精靈的肩膀和頸部間的部位在凝聚形體後立刻中箭，要害受創，當場死亡。

他倒在門前，精靈戰士撲到他身上，劍斧齊下，確保他死透；不過他多半早已死了。數秒過後，屍體開始粉碎冒煙，一分鐘不到，黑暗精靈的屍體就只剩下碳和體液的混合物，變成地下一灘焦油，弓箭手的箭躺在正中央。那把匕首也瓦解在殘骸中。

從那天開始，斯瓦塔爾夫與魯約沙爾夫就相互仇視。黑暗精靈與阿薩神族和華納神族都維持微帶緊張的和平關係，而他們與尼達維鐸伊爾的矮人和約頓海姆的居民都維持穩定的貿易關係。在米德加德，一如你所想像，他們受僱執行暗殺任務。但是在阿爾福海姆，他們永遠因爲罪無可恕的背叛與弒君而被格殺勿論。

□

馬拿朗聲音漸歇，我請他往下說。「繼續。」我說。

「說完了。」

「什麼？不可能就這樣！」

「他只有告訴我這麼多。我敢說這已經比大多數人所知還多了。」

「但肯定還有更多故事流傳下來。無數世紀的戰爭、精靈血流成河、超過三個月的戰役——拜託！」

海神搖頭。「不。艾爾夫將斯塔瓦爾夫視為叛徒，但拒絕與自己的族人開戰。以下這話你和我知道就好了，我認為他們不敢進入斯瓦塔爾夫海姆，怕與黑暗精靈一樣遭受腐化。化煙那招似乎很棒，但是留下的屍體眞的很恐怖。艾爾夫認為這種轉變很不健康，犯不著為了消滅沒有對國度造成其他傷害的叛徒付出這麼高的代價。」

「哪個國度？」

「我口誤了。沒有對阿爾福海姆造成傷害。」

「是囉。多告訴我一點化煙那個把戲的事情。所謂『煙霧之禮』究竟是什麼東西？」

馬拿朗聳肩。「某種誘變劑。」

「嘿，你看你順口就說出了現代用語！」

他臉色一沉。「不是所有圖阿哈・戴・丹恩都認爲凡人一無可取之處。」

「我站在你這邊，馬拿朗，打從很久以前就是這麼想了。我認同。沒人知道這個誘變劑是什麼玩意兒？」

「理論很多，但是斯瓦塔爾夫拒絕討論它，又沒人曾經深入他們的國度親眼看過。在距離黑暗精靈建造的黑暗階梯不遠處有兩座大廳，他們都在那裡與使節會面或進行交易。沒人知道更深入的地方是什麼情況。」

「聽起來像北韓。我不敢相信有艾爾夫會把這種事情告訴你。講這種話對國王不敬。」

馬拿朗點頭。「如果不誠實，他們就一無是處。」

「如果這個故事是眞的，那就表示黑暗精靈並非天性邪惡。」

「不。他們自視甚高，殺人時絕不遲疑，但他們不會奪取不屬於他們的領地，也不想支配其他種族。」

「端靠道聽塗說絕對不會得到這個結論——包括我在內。我是說，我絕對不會因此就不再認爲他們詭異到極點——當你的身體會變成焦油時，你肯定超級詭異，是不是？——但是你說他們不打算摧毀我們所有人眞的讓我很驚訝。他們要找個好點的公關人員。」

「什麼是公關人員？」

「有點像是古希臘的詭辯家，擅長玩弄文字，直到你相信上就是下爲止。公關人員收錢讓其他人相信一坨大便是堆肥業的投資。專業騙徒。」

「啊！」馬拿朗露出心領神會的表情。「他們是政客？」

「不，他們比政客聰明，但是沒那麼上相。他們幫政客提供諮詢。」

「喔。好吧，我想你該知道黑暗精靈在找你。」

「謝謝你這樣想。不過這很奇怪。你說，兩年前？不知道他們爲什麼想到要來找我？」

「我也很想知道，老弟。我還期待你有答案呢。」

我知道一個可能的答案：六年前一個巧遇導致有三個北歐神知道我還活著。不管有意還是無意，其中之一有可能洩露這個祕密。但既然無法肯定，我只能搖搖頭：「不。不過我又多了一個必須留意的敵人。我想看看那張九大國度的地圖。」

「我謄一份給你。」

「你眞好心。你城堡裡有地方可以讓我私下占卜嗎？」

「什麼樣的占卜？」馬拿朗問。有些古老的德魯伊占卜儀式會把現場弄得很噁心，因爲涉及動物獻祭之類的行爲。我向來不喜歡那些方式：染血的眞相遠不如不須犧牲生命就能獲得的眞相美味可口。

「只是用魔杖。」我向他保證。

「喔，當然。」他隨手一揮。「沒問題。」

「我還有件事情想和你談談。那個毛很多的俄羅斯神失去了他的家園，而此刻洛基還在追殺他。你認爲圖阿哈・戴・丹恩可以暫時爲他提供庇護嗎？」

馬拿朗嘟噥一聲笑道：「我敢說此刻富麗迪許什麼都可以給他。我沒問題，只要你擔保他不會鬧事。」

「我願意擔保。」

「那我想既然有我們支持，應該不會有多少人抗議。我立刻派妖精去找布莉德傳達此事。」他取消我們四周空氣的羈絆，收起他的迷霧斗篷，我們又化身鳥類，飛回城堡的塔上。再度恢復人形後，我們穿好衣服，我拿回背包，馬拿朗則帶我前往可以進行占卜的房間。那是座閒置的石室──一間客房──裝潢都是紫紅和金色。我從背包裡拿出魔杖，一邊隨機挑出五根，一邊專心想著我的問題：最適合讓關妮兒與大地產生羈絆的時間和地點？我將魔杖拋在面前的地板上，然後開始解讀排列出來的圖案；如果是公開場合下，我會說這種預知結果令人不太滿意。不過由於是私下占卜，我立刻皺起臉，罵得像是被人拿鑷子拔陰毛般。

我繼續投擲幾次魔杖，修飾我的問題，刪除魔杖所有模稜兩可的含意。令人沮喪的結論就是，沒有比近期內的奧林帕斯山下更適合的時間與地點。干擾提爾・納・諾格所有歐洲傳送點的原因將會持續很長一段時間，而每多浪費一分鐘都等於是讓關妮兒多處於無法防衛自己的處境下一分鐘──至少是在比人類強壯或敏捷的傢伙之前無法防衛自己。問題在於她和我將會開始遇上很多這種傢伙；儘管布莉德下了封口令，我還是很清楚，此刻消息已經傳開：那個天殺的德魯伊還活著。

# 第六章

奇怪的是，就某個角度而言，馬拿朗的黑暗精靈故事讓我鬆了口氣。我不用繼續疑神疑鬼了：所有人眞的都要對付我。儘管如此，在和接待我們的主人告別、再度揹上行李，富麗迪許和佩倫也與我們一同上路後，我還是感到充滿自信，決定在轉移回地球前先帶關妮兒參觀幾個提爾・納・諾格的著名勝地。

「永夏之地同時也是亡者之地，幸運的是，亡者都不太與人來往。」

「什麼意思？」

「好了，妳知道可以用沙壺球場地和賓果之夜吸引銀髮族？在附近弄間ＩＨＯＰ【註一】，讓他們白天可以過去閒晃？」

關妮兒神色迷惘。「什麼？」

「妳有在大家工作的平常日子早上去過ＩＨＯＰ嗎？」

「沒。」關妮兒承認道。

「好吧，銀髮族就會跑去那裡。或是鄉村客棧、丹尼餐廳【註二】之類的地方。這是因爲當妳六十

註一：ＩＨＯＰ（International House of Prayer），國際禱告之家，或國際禱告殿，位於美國堪薩斯的福音傳教機構。

歲之後，就不會想要自己做鬆餅吃了。」

「你就年過六十。」關妮兒指出這一點。

「而我不做鬆餅。我和其他老人家一起跑去IHOP。」

「這是眞的！他只會做歐姆蛋和——可惡。我老是忘記她還聽不見我說話。」

「但是我現在就已經不想自己做鬆餅了。」關妮兒說：「這表示等我老了就會開始想要自己做鬆餅嗎？」

「我不知道。我的重點在於提爾．納．諾格對死人來講極具魅力。」

「魅力何在？」

「主要是因爲缺乏活人。死人不喜歡老是讓人提醒自己已經死了的事實。而且這裡可能還有鬆餅吃到飽自助餐。二十四小時的基諾賭局【註三】、模仿貓王的演唱會。那類的東西。」

「他們會穿白色高領連身裝唱《猜疑的心》嗎？」

「每次都會。」

「你講得好像提爾．納．諾格是拉斯維加斯一樣。」關妮兒說。

「這個嘛，其實滿像的。因爲發生在亡者之地的事情都得留在亡者之地。我基本上不知道那裡的情況，也不想知道。就算問馬拿朗和莫利根，他們也不會告訴我。他們甚至不願意說他們是怎麼決定誰死後會來這裡，誰會去馬．梅爾或其他愛爾蘭世界。這或許不是他們可以決定的。但重點是，這裡有很多空間可供活人居住。還有妖精及其他有趣的傢伙。看看這個。我是說，看看等下會看到的東西。」我指向面前一棵橡樹。「手放上去，準備轉移。」

「你怎麼知道會轉移到哪裡去？」關妮兒問。

「在妳和大地羈絆、能夠看見魔法光譜之前很難解釋。」我說：「但基本上，所有目的地都有獨特的繩結排列。想成是地球上的機場代號就是了。」

「有必要全部記下來嗎？」

「除非妳想痛恨妳的人生。地球上的機場代號都是奠基在座標上。不過提爾・納・諾格的比較奇特，這妳應該可以預料。妳得知道要去的目的地，不然就會出現在巨魔的性愛派對，或是差不多恐怖的地方。我們要去的是個熱門景點——附近會有很多妖精，但富麗迪許和佩倫會跟我們一起去。」

「你確定嗎？因爲我很肯定他們希望我們把他們留在這裡。」

我往後看了一眼，發現佩倫已經摟著富麗迪許的臀部，把她抱在身上，她則雙腳纏在他的背後。他們已經開始玩起扁桃腺曲棍球【註四】，發出細微壓抑的呻吟聲了。關妮兒順著我的目光看去，隨即嚇了一跳。

「噁。她怎麼能在那團鬍子裡找到他的嘴？」她大聲納悶道。

---

註二：鄉村客棧（Village Inn）與丹尼餐廳（Danny's）都是美國餐飲連鎖店。

註三：基諾賭局（Keno），填數字等開彩的賭局。

註四：扁桃腺曲棍球（tonsel hocky），熱吻的意思。

「老實說，他們能撐這麼久已經讓我很驚訝了。我以爲他們在城堡裡就會找房間搞起來。我不介意現在把他們留在這裡。妳呢？」

我的學徒搖頭。「不，我認爲這樣比較好。我不想聽他們叫床。」

「他們聽起來有點像美食節目廚師在節目結束前，品嚐自己餐點時發出的聲音。你知道我在說什麼嗎？」

「美食高潮【註】，沒錯。」

「這個字太棒了！我一定要記下來。」

我們轉移到提爾・納・諾格一處十分熱鬥的河岸，我笑嘻嘻地看著關妮兒倒抽一口涼氣，然後矮身尋找掩蔽，歐伯隆則開始汪汪大叫。

「嘿，冷靜點，老兄，牠不會吃我們的。」

「喔。下次事先警告獵狼犬，好嗎？」

「喔，天啊！那是龍嗎？」關妮兒從我們轉移出來的樹幹後面探頭問道。

「是呀。」

「就像是，眞的龍？不是蠟像或之類的東西？」

「不是。眞的是眞的龍。」

「那牠怎麼會一動不動地飄在空中？」

「牠有在動。只是牠身處一條緩慢的時間流。歡迎來到時間群島，這裡就是所有關於妖精世界時間與凡間不同的故事源頭。」

我們站在這條沒有密西西比河寬，不過也相去不遠的大河河床上。河道中央，許多大小不一的島嶼往上游和下游延伸，呈現出十分有趣的景象。其中最震撼的就是飄在我們面前三十碼外的那頭大金龍。牠雙翼展開，緩緩向下振翅，下頜張開，可能在嘶吼；身體下方的沙灘上有顆龍蛋。

「牠看得見我們嗎？」

「看不見。我們在牠眼中只是殘影——有點像霧——因爲我們在較快的時間流裡。看到那裡的島了嗎？」我指向下游一些星雲般的形體。「它們的時間比我們還快。在任何站在那些島上看我們的人眼中，我們要嘛就是移動得非常慢，不然就是靜止不動，就像這頭龍在我們眼中一樣。」

「所以那頭龍認爲牠是在正常的時間流中飛翔？」

「對。如此持續飛往同一個方向，牠遲早會飛出那條時間流。如果妖精任由此事發生，到時候他們麻煩就大了。約莫一千年前——我上次來的時候——牠後腿的爪子還沒離開沙地。妳看著吧，牠會爲了守護蛋而展開攻擊的。」

「在什麼東西之前守護牠的蛋？」

「就是幾個世紀以前那個想要偷蛋的妖精混蛋。當初或許是哪個圖阿哈・戴・丹恩把牠帶來這裡的，我不知道。某個喜歡炫耀的傢伙。」

---

註：美食高潮（foodgasm），指美食好吃到讓人出現腿軟呻吟等性高潮特徵的程度。

關妮兒腦袋側向一旁。「你現在不就是在向我炫耀嗎，老師？」

「什麼？這個，不是。」我說：「這是其他人在炫耀。我只是以為妳或許喜歡。妳不覺得這條龍很酷、很驚人或之類的嗎？」

「喔，有啊。我有這麼覺得。」她對我眨眨眼睛。「你還有其他東西要秀給我看的嗎？」

「上游有個人妳或許認得。」我說：「離這裡不遠。眼睛放亮一點。」我朝上指著林冠，已經好幾雙眼睛在監視我們。小精靈和其他會飛的妖精在空中盤旋，或停在上方的樹上。

「好。」關妮兒以專業的語氣說道。她舉起手上的木杖。之前她欣然接受我的建議，在木杖兩端鑲上鐵蓋。妖精看到這根木杖就會知道招惹她將會付出代價。「準備好了。」

我們沿著河岸往上游前進；正如歐伯隆所料，富麗迪許和佩倫沒有跟來，此刻肯定在馬拿朗的田野裡進行火熱狂野的肉慾交歡。

我請歐伯隆走最前面；關妮兒在中間，我殿後。我允許歐伯隆將所有沒在我們面前儘快走避、看起來不像人的東西視為威脅。

「在動手摧毀他們之前，至少要先發出一聲警告和一下命令他們離開的叫聲。」我說。

「喔，我喜歡你的說法，好像他們肯定要面對被摧毀的命運一樣。謝啦。」

「好了，本來就是肯定會被摧毀。你就像終結者獵狼犬一樣。」

「你確定要這樣比喻？因為如果我是終結者，你就會變成天網，也就是莎拉・康納的敵人，而你向來很喜歡琳達・漢彌頓【註一】。」

「喔。對。我收回。」

「如果你要拿我跟好萊塢狠角色相提並論，我想當《黑色追緝令》裡的朱爾斯。他是『超級飛行TNT』，是『六壯士』【註二】！」

「哇喔，等等。你忘了一件事。朱爾斯不吃豬肉。這表示你不能吃培根或香腸。」

「啊！辦不到！我收回！」

「我認爲你本身就是狠角色了，老兄。」

「眞的嗎？你不認爲布莉德那兩隻獵狼犬更狠？」

「不會。牠們只是花瓶而已。我敢說她從不帶牠們出門打獵。而且不夠聰明。布莉德沒有像我教你說話一樣教會牠們說話。我在宮廷裡時曾短暫接觸牠們的心靈。牠們只聽得懂一些基本指令和少數幾個單字。」

「什麼單字？」

「食物。便壺。母狗。」

---

註一：莎拉．康納（Sarah Conner）爲《魔鬼終結者》系列中的角色，爲未來反抗軍領袖約翰．康納（John Conner）的母親，而在第一集電影裡遭到追殺。琳達．漢彌頓（Linda Hamilton, 1956-）在電影《魔鬼終結者》系列一至二集中飾演莎拉．康納。

註二：朱爾斯（Jules）是在《黑色追緝令》（*Pulp Fiction*）中登場的殺手，習慣在殺人前唸誦一段聖經。而歐伯隆在後面用TNT（Trinitrotoluene，俗稱黃色炸藥）與電影《六壯士》（*The Guns of Navarone*）中英勇士兵來誇讚這個角色。

「哈哈！好吧，等等，或許我不該笑牠們。仔細想一想，這三個單字其實很有禪味。甚至可能代表什麼重大的意義。你知道，阿提克斯，它們或許就是犬科動物的神聖三位一體。」

「你不覺得把母狗收入三位一體裡有點性別歧視？想要想出舉世皆通的犬科動物教條，你就得也透過母狗的角度來看待事物，嘿嘿。」

「我？教條？才不敢想呢！但是你說得對：我或許該用通用的性交行爲來取代母狗。『嘿咻』，或許可以概括描述我們這個基本需求。話說回來，你猜怎麼著？我還可以讓三位一體壓頭韻。火腿、嘿咻，還有神聖消防栓【註二】！」

「你是不是把自己當成某個新宗教的先知了？」

「有何不可？我聽說幹這行很賺。」

「你要錢幹什麼？我已經提供你所需的一切了。」

「我只要指出此時此刻沒有母貴賓犬跟在我身邊就可以充分反駁這句話，但我們先來看看你能不能提供這個：如果我口述本教的聖經給你，你願意幫我打字出來嗎？」

「當然。你打算如何稱呼這個宗教？」

「狗狗教。」

「我要幫你打字的這本聖經叫作？」

「《死跳蚤書卷：天狼星神諭》。」

關妮兒的聲音打斷了我們改革犬類信仰體系的計畫。「那是飛機嗎？」她指向前方一座狹長島嶼問道。一架雙引擎金屬飛機凌空固定在島的上空，左引擎後拖曳著一道濃煙，看起來即將在島上發生說好聽點算是顛簸迫降的慘劇。

「沒錯。那是架洛克希德第十型伊來克特拉飛機。」

「不。等等。裡面有飛行員？」

「正是世界知名的女飛行員本人。」

「閉嘴。你是在告訴我說愛蜜莉雅・厄爾哈特【註二】在那架飛機裡？還活著？」

「在她墜毀之前，沒錯。她或許能在墜機中存活下來；我們不知道。事情還沒發生。但是一般飛機失事都不會有人倖存。」

「你知道愛蜜莉雅還活著，竟然還若無其事地猜測她能不能在墜機時倖存下來？阿提克斯，我們得救救她！」

「怎麼救？想想我們面對的問題。一旦進入那條時間流，妳就會變得和她一樣慢。妳沒辦法防止墜機。誰都辦不到。」

「但是這樣太可怕了！延長她死亡的瞬間——」

註一：火腿（Ham）、嘿咻（Humping）、神聖消防栓（Holy hydrant），三個字在英文中壓頭韻。

註二：愛蜜莉雅・厄爾哈特（Amelia Earhart, 1897-1937）是第一位獨自飛越大西洋的女飛行員，在挑戰世界首次環球飛行、飛越太平洋時失蹤。

「對她而言，時間並沒有延長。她依然再過幾秒鐘就會墜毀。」

關妮兒雙掌開闔數次，然後再度開口。「嘎！那這樣做又有什麼意義？她爲什麼要在這裡？妖精喜歡看人慢慢死去嗎？」

「不，完全不是那樣。」我說，難以理解她竟然看不透這個奇蹟的意義。「她能激勵人心，關妮兒。像愛蜜莉雅這種堅強、勇敢的女性——好吧，世界上如果能多幾百萬個她就好了。」

關妮兒靜靜想了一想，一開始滿臉憤怒，片刻過後轉爲遺憾，爲愛蜜莉雅流了一滴眼淚。她神色不耐地擦去淚水。「這條河上就是這些東西？點點滴滴的歷史？」

「一點也沒錯。有些是意外出現的——許多消失在百慕達三角洲的船艦都出現在這裡——有些則是刻意帶來的，像是愛蜜莉雅。我們在這裡保存在其他地方會永遠消失的歷史。」

「你有在這裡保留任何東西嗎？」

「沒，安格斯·歐格在的時候跑來這裡很危險。況且要取回保存在這裡的東西太麻煩了。」

她皺眉。「我以爲你說沒辦法取回保存在這裡的東西。你進去的時候不是會變慢嗎？」

「想想在餐廳和雜貨店看到的抓娃娃機，就是放個大爪子下去，然後明目張膽地讓妳抓不到娃娃的那種。他們會用超長的杆子掛鉤子。只要大部分杆子還在這個時間流裡，就不會變慢。它只是會在緩慢時間流裡以超快速度移動，這表示碰東西的時候要小心——它們很容易被弄破。而這也就說明了我們爲什麼不能拯救愛蜜莉雅：如果我們試圖把她從飛機中扯出來，就會撞斷她的脖子或扯斷她的脊椎。」

「好吧。我想我已經看夠了。我們可以走了嗎？」她說得很簡短、很氣惱。

情況跟我預想的不太一樣。當年我的大德魯伊帶我見識時間群島時，我讚嘆不已。我以前的學徒也都一樣。然而關妮兒卻看得很不爽。偶爾會有這種情形，現代價值觀和我成長過程所接觸到的古代價值觀相互牴觸，有時候我會誤把令人厭惡的東西當成很酷。

「當然。」我說著走向最近的一棵樹。我們要談談這件事情，但是沒必要在林冠上眾多妖精面前談，因爲他們無疑是在偷聽我們談話。由於不信任大肛毛領主，我將手放在樹幹上，試圖找出通往高盧——或者說是法國，我最愛去的地點的傳送點。感應不到。其他歐洲我常去的地點也都一樣。認命之後，我搜尋所有還能轉移過去的地點，然後挑選了位於奧林帕斯山東麓的一棵樹。我帶我們轉移到那裡，然後半伏而下，眼觀四面、耳聽八方，期待遇上麻煩。在沒有發現任何看起來像是麻煩的東西後，我站直身子欣賞著下方的景色。

「好了，我們到了。」我說著看著下方一座人口約莫七千人的小鎮，橘色屋頂、白色建築、綠色地面；再過去是波塞頓的藍色汪洋，一路延伸到地平線上，與淡藍色的天空交會在一起。我們身處一棵松樹的樹蔭下；這裡的樹大多是松樹、杉樹，或樅樹。奧林帕斯山聳立在我們身後，通往山峰的山路就在附近。

「這裡是哪裡？」關妮兒問。

「晚餐時間到了嗎？」

「這裡是希臘的里托楚倫——如果妳相信這個觀光封號的話——也是諸神之城。很多人都會來旅遊。我們得找個人跡罕至的地方安安穩穩地幫妳羈絆。須要補給時，我們就到鎮上採購。」

「好。」關妮兒說：「帶路。」

我在前領路，謹愼地於樹林間找路走，保持往南。我朝山麓間一道天然山澗而去；那裡接近水源，又有很多枯木可供生火。歐伯隆跟在我身邊，沒有到處聞樹或標示地盤。

「阿提克斯？」歐伯隆說。

「怎樣？」

「我認爲自己很擅長解析人類說話的語氣，在這樣的情況下，我覺得我有責任告訴你，關妮兒聽起來不太高興。」

「我知道，老兄。我不確定原因，但是我打算在今晚紮營之後弄清楚。現在還不到問她的時候。她或許也不清楚自己在不高興什麼。這段山路可以讓她有時間好好想想。」

「你很睿智。」

「其實不算。眞正的智者一開始就不會惹她生氣。幫我們個忙？」

「當然。」

「到前面去探路，但是別跑太遠——確定你能聽見我們的聲音。我們要找適當的地方紮營，不過得要是人跡罕至或是根本沒有人到過的地方，還要有株荊棘叢。」

「適合紮營的地點不是通常都不要有荊棘叢嗎？」

「通常是這樣。但是這次情況特殊。」

「好吧，我想，有帶點心的人是你。」歐伯隆小跑步前進，鼻子壓在地上，尋找各式足跡。關妮兒和我一言不發地跟在他身後，以我們遲鈍的人類感官保持警覺，搜索任何有人跟蹤我們的跡象。

正常情況下，我不是喜歡隨意踐踏樹叢的人。但隨著我們爬上斜坡，遠離道路，腳下的矮樹叢變得越來越濃密，直到刺刺的樹叢間完全沒有縫隙爲止。我們得擠過這些真的很多刺的樹叢。我幾乎可以在手上刮痕越來越多時，感到身後關妮兒的心情越來越糟，偶爾荊棘還會刺穿我們的牛仔褲，逼我們出口成髒。就連我的心情也開始變差了。

「你不能請大地幫我們弄出一條穿越這些玩意兒的通道嗎？」關妮兒終於問道。

「我可以。」我承認道：「但是在這裡做那種事可能會吸引不必要的注意。」

「誰的注意？」

「奧林帕斯諸神。兩組都有可能。我們現在身處他們的地盤，要擔心的不光只是他們——還有那些寧芙、樹精靈【註】，以及整座希臘人幻想出來、又讓羅馬人搶走的神話動物園。如果我脫下涼鞋，開始吸收這裡的元素力量，希臘羅馬諸神肯定會發現有人在他們的後院裡施法。我還沒有完全放棄

註：寧芙（Nymph）是希臘神話中的女性小神（精靈），多居住在山川、森林、谷地、海洋中，並守護該地；常被視作自然幻化而成的少女。樹精靈（Dryad）則是希臘神話中的樹芙寧或女性樹精。Drys在希臘文中代表橡樹，因此Dryad本來單指橡樹精靈，而後泛稱所有樹寧芙。傳說除了在與所有寧芙交好的女神阿緹蜜絲身邊外，她們都非常害羞。

偏執妄想。我要找個偏僻無人的地方，完全準備好後才能開始做任何有風險的事情。」

我們兩個一邊生著悶氣，一邊在很不舒服的荊棘海和樹枝間跋涉前進。半小時過後，腦中響起歐伯隆的聲音讓我鬆了一大口氣。

「嘿，阿提克斯，抬頭。看到那隻禿鷹了嗎？」

一道寬大的黑翅掠過天空，從我的右邊飛到左邊，朝向一道陡坡前進。

「留意牠的目的地。」

通常，禿鷹會降落在樹上或是屍體旁邊；牠們不是穴居鳥類。但這禿鷹直接飛入山坡上的一個大洞口，而我可以清楚看見那附近有荊棘叢。

「你怎麼發現的？」

「我剛剛看到牠飛出山洞。一開始我以為是蝙蝠，因為飛出山洞的通常都是蝙蝠，但是牠很怪。牠在天上繞了一圈，然後直接飛回山洞。就是這裡了。地勢有點高，不過是個山洞。」

「沒錯。說不定我們可以據為己有。那可能是牠的巢穴，也可能裡面有死屍。不管怎樣我們應該都能利用。」

我為關妮兒指出那座山洞，說我們該去查探一下。她只是點了點頭，一言不發地跟著我走。

我認為一個人明明刻意不和你說話，偏偏一舉一動都展現出強烈的肢體語言是個很有趣的現象。關妮兒屁股兩側各有一副刀套，每副刀套裡放有三把葉型飛刀。她雙手都能擲飛刀，藉以了結敵人，或是一開始就阻止對方出手；她的木杖比較像是防禦性武器，用來擊落敵人的武器或是絆倒身穿沉重護甲之人，而不是施展致命攻擊。她每踏出一步，飛刀就會發出噹啷噹啷的聲音，但是我之前都沒聽過。或許我只是沒去注意。然而此時此刻，這種噹啷噹啷聲表達出她迫切想要拔出一把飛刀、射進我肩胛骨中間的渴望。

爬這段陡坡很累人，飛刀的噹啷聲很快就變成別的意思：最好值得我這麼大費周章。

歐伯隆來到我們身邊，只見他氣喘吁吁，舌頭垂在嘴邊。對他而言，森林裡充滿美妙的氣味。

「嗨，歐伯隆！」關妮兒說著停下來拍他。「你玩得開心嗎？」

「告訴聰明女孩我說今天非常愉快。」他用他幫關妮兒取的綽號回答道；他幾乎有一半時間都這樣叫她，因爲他發現她除了會和我練習戰技之外，還喜歡和我鬥嘴。「而且森林裡所有東西幾乎都很怕我，所以我現在覺得自己像是頂級掠食者。」

我把這話複誦給關妮兒聽，她大笑。

「你肯定是頂級狗。」她對他說。

「阿提克斯，我以前有沒有說過我覺得你這個學徒收得好？」

「有啊。每當她奉承你的時候。」

這陣愉快的氣氛在歐伯隆跑到旁邊去調查一陣聲響後就消失了。關妮兒的飛刀指責式的噹啷聲再次響起，我開始好奇她到底什麼時候才要開口說話。既然這裡只有我們兩人，她不可能是在等待獨處的機會，所以我的結論只有她在等待別的。我唯一能做的就是和她一起等。

歐伯隆在我們抵達洞口時突然停步；他將耳朵平貼兩側，喉嚨輕輕作響。

「阿提克斯，這個山洞聞起來怪怪的。」

我不再前進，關妮兒也一樣。她沒必要問我怎麼回事；她看得出來歐伯隆在和我交談。

「怎麼個怪法？」

「這個嘛，應該要聞到可怕的鳥還有腐屍的味道，這些都有。但我還聞到了人味。還有熊。」

「人和熊？這樣完全沒有道理。除非是披著熊皮的人。」

「這種天氣披熊皮有點太熱了。」

「或許是熊皮毯。」

「鋪在山洞裡？」

「好吧，進去看看。小心點。」

我輕手輕腳地自劍鞘裡拔出莫魯塔，心知關妮兒在我身後已經拿好了飛刀和木杖。我躡手躡腳前進，雙腳於山坡石子地上輕踏出的聲響在我耳中格外響亮。我聽見前方傳來抓搔聲，還有鳥類冰冷刺耳的喉音。

我先將劍深入洞口，暫停片刻，看看有沒有東西發動攻擊。確認沒有之後，我冒險偷看一眼。一雙位於銳利鳥喙上方的黑眼珠瞪視著我。歐伯隆說的禿鷹距離我們約莫十碼，站在一堆骸骨和腐肉上打量我。這裡看起來一點也不像鳥巢；比較像是食堂，而且特別強調「食」字。這裡打水並不方便，而且很臭，不過只要清理一下就可以了。洞頂高算是額外的好處。但是我們得先說服原洞主搬家才行。

「只有一隻禿鷹而已。」我說：「上來吧，小心牠的喙。」

禿鷹的爪力沒有什麼值得一提的，因爲牠們的獵物通常不會試圖逃跑。但牠們的喙則非常擅長刺穿皮膚。奇怪的是，禿鷹沒有在我走入洞口時做出任何警覺反應。就連關妮兒爬上來時，我也沒看到牠展翅恐嚇。那隻鳥就這麼繼續瞪我們，好像期待我們會突然暴斃，成爲牠的午餐。

直到歐伯隆現身，禿鷹才終於出現警覺跡象——同時也表現出牠不是禿鷹的跡象。

歐伯隆又叫又吼，露出利齒，豎起頸毛。「阿提克斯，這傢伙是怪物！」

「什麼？」

「牠不正常！」

就在我們眼前，禿鷹尖叫、展翅、變大——但不是變成更可怕的禿鷹；變成另一種截然不同的東西。脖子變粗、鳥喙變成犬鼻、羽毛變成獸毛。短短粗粗的禿鷹腳變成短短粗粗的人腳，但上半身朝我們吼叫的卻是——

「嘎！是頭大熊！」

「天殺的希臘人和他們可惡的混血怪物！」我碎碎唸道，然後以希臘語向怪物說話：「你是會說話的熊人，還是純粹很餓？」

大熊再吼一聲，歐伯隆努力叫更大聲，不過接著怪物以雄渾恐怖的聲音說道：「我是色雷斯的阿格里歐斯，波莉芳緹之子。你是誰？」

我很想回答「沒有人」，但我不是奧德修斯，他也不是波利菲暮斯【註】。

「我是……阿提卡的阿提克斯。」我回答。回答別的對他而言都毫無意義。我開始想起關於他的神話了。這傢伙很久以前被荷米斯和艾瑞斯變成禿鷹；他母親和弟弟因爲是「不算太壞的」色雷斯人，所以只被變成貓頭鷹。阿格里歐斯深受諸神厭惡。因爲他母親波莉芳緹惹毛了阿芙蘿黛特，所以愛神懲罰她愛上一頭熊，與其交合，生下了阿格里歐斯和歐里伊歐斯。

「你不是應該受困於禿鷹的形態嗎？」我問。

「色雷斯女巫教我如何變形。我服侍了她們一段時間，然後把她們開膛剖肚、生吞活剝。奧林帕斯已經將我遺忘。只要我不獵殺渺小的凡人，僅吃大地賜給我的食物，他們就不會來管我。已經有很多年沒人拿活人獻祭給我了。是誰獻祭你的？」

「哇喔。等等。我們可不是祭品。只是在找全希臘最頂級的洞穴，而我們以爲這裡就是了。」

我迅速指示歐伯隆：「開打之後，繞到他後面去咬他屁股。」

「收到。」

「你喜歡我的洞穴？」阿格里歐斯說，神情困惑地抓抓肚子。

「喔，是呀。特別喜歡你用那些腐肉做的裝飾。人大多不會想到用腐肉來裝飾住所，但我覺得你的品味十分特殊，足以創新潮流。」

關妮兒輕聲以俄文問道：「你在幹嘛？」

「只用飛刀。不要接近他。」我以同樣的語言回道。

色雷斯怪物埋怨：「如果你們只是對裝潢感興趣，爲什麼要帶劍來，狗狗還對我大吼大叫？」

我聳肩。「有時候住在洞穴裡的人不是很有禮貌。但我看得出來你很有教養。」

熊人仰頭發出熊的笑聲。

「對喉嚨放刀。」我對關妮兒道，她在我說完之前就已經動手。

「上。」我對歐伯隆說，他衝到怪物身側。我也一撲而上，迎向飛刀插入喉嚨後的那陣憤怒吼叫聲。我不希望他去追關妮兒。她的木杖不適合與這種凶猛怪物近身肉搏；而不管飛刀丟得多準，大概都沒辦法射倒他。熊皮很硬，其下的層層脂肪也有生物型克維拉防彈背心的功用。

當阿格里歐斯低頭朝我衝來時，歐伯隆已繞到他身後。他沒有咬怪物的大腿背面，而是咬到一隻腳踝，然後用力拉扯，扯得阿格里歐斯站立不穩，臉朝下摔倒在我面前。這一摔導致喉嚨上的飛刀插得更深，讓我有機會放手攻擊他。我舉起莫魯塔砍下，打算就此結束這場戰鬥，但他以人類動作滾向一旁，掙脫歐伯隆的嘴巴。他拋下獵狼犬和我，撲向關妮兒，因爲對他而言她只有和針一樣的飛刀和牙籤般的木杖。我的所在位置沒有辦法即時攔截。

歐伯隆動作比我快，再度咬中對方的腳踝。這一下並不足以阻止他的衝勢，不過還是讓他速度減緩，令關妮兒有機會再射一刀。飛刀擊中他的雙眼之間，但卻沒有貫穿頭骨、攪爛腦部。阿格里歐斯大吼一聲，再度拖著歐伯隆撲向她，但關妮兒轉身避開，直接滾落山坡，遠離熊掌的攻擊範圍。

---

註：波利菲暮斯（Polyphemus），著名獨眼巨人。奧德修斯騙他說自己名叫「沒有人」；當他攻擊波利菲暮斯時，波利菲暮斯大叫其他巨人來幫忙，宣稱「沒有人」攻擊他。其他巨人以爲他在開玩笑，就沒理他了。

這下幫了我個大忙，因爲我可以盡情揮動莫魯塔，不必擔心誤傷她；這把魔劍上的死靈魔法不分敵友，一視同仁。我在怪物緊追我的學徒衝下山坡前撲了過去，不顧一切地將莫魯塔刺向他側身，在腰窩上開了一條淺淺的傷口。他怒吼一聲，再度甩開歐伯隆，腳踝上被咬下大片血肉和肌腱。他一心只想逮到關妮兒。阿格里歐斯嘟噥一聲，利用沒被歐伯隆咬殘的三條手腳奮力跳起，試圖擺脫我們的攻擊。跳出洞口時，他露出勝利的笑容，但當他落在陡坡上，驚訝的叫聲打斷了勝利的喜悅。莫魯塔的死靈魔法滲入他的心臟，他再也無法控制落地的勢道——事實上，他再也無法控制任何東西。他在越滾越大的沙塵中滾落坡底，變成一團漆黑殘骸。關妮兒抱在一根小樹幹上，驚恐地看著他。

「幹得好，隊友們！」我說，試著不去多想這傢伙的動作比我想像中快很多的事實。「大家都沒事吧？」

「我沒事。」歐伯隆說。

關妮兒盯著癱在坡底的屍體。「我不知道他們都是眞的。我是說，我知道神是眞的，但是這些神話生物也是？」她移開目光，抬頭看我，尋求解答。

「這個嘛，希臘神話生物眞實存在的數量最多。因爲世人不斷流傳和強化他們的神話故事。」

「所以人面獅身龍尾獸？貝勒羅方？奇美拉？天馬【註二】？通通都是眞的？」

「喔，對呀，都是。他們的知名度比這傢伙高多了。」

關妮兒搖頭。「請告訴我，你不是打算在這裡讓我和大地產生羈絆。」

「不。我們會另外找個地方。」

「那就走吧。立刻出發。」她轉過身小心下坡。我將莫魯塔回鞘，發誓一有機會就要清洗劍刃。

「我本來以爲她的心情已經跌到谷底，但我顯然錯了。」歐伯隆說。

「我知道。我們得找個安全的地方讓她罵我。」

「這地方現在很安全了。」

「對，但是太臭了，你知道。」

「所以我們得找個既安全又清香的地方讓她罵你。」

「對。」

「找尋中，老闆！在山丘間跟上我。」

我在山丘底下趕上關妮兒，對她笑了笑。她比個手勢要我帶路，不發一語，神色冷淡。我又繼續穿越濃密的荊棘樹叢。這座山谷裡不會有寧靜的地方，因爲我們倆之間很不寧靜。

而天殺的北歐神就選在這個時候上門找碴。

「阿提克斯，我想我們被阿弗烈德．希區考克【註二】的鬼魂纏上了。先是遇上了禿鷹，現在又有兩隻大渡鴉朝我們飛來。」

---

註一：人面獅身龍尾獸（manticore）是傳說中的怪物，長著人臉、蝙蝠翅膀、獅身與有毒的蠍尾，擁有驚人的食慾；貝勒羅方（Bellerophon）是希臘神話中的英雄，最有名的事蹟是馴服天馬（Pegasus）並屠殺會噴火的怪物奇美拉（Chimera）。奇美拉是種有著獅子頭、山羊身體、毒蛇尾巴的怪物，因爲這種混合多種生物的特徵，在流行文化中，「奇美拉」也被用來稱呼混合多種生物特徵的怪物或遺傳基因工程造就的混種怪獸。

「哪裡？」我抬起頭來，發現大部分視野都被雜亂的樹木遮蔽。

「那個方向。呃……聖誕老人來的方向。」

「北方？」我轉向右側，片刻過後看見了渡鴉。體型巨大、十分眼熟。牠們是胡金和暮寧，奧丁的渡鴉。這隻胡金是新來的，因爲多年前我在阿斯加德殺了之前的胡金，但是奧丁終於孵出一隻替代品——或是暮寧孵的。在牠們盤旋逼近時，天上畫下一道彩虹，落在我們面前數呎外。我並不驚訝沒有在彩虹盡頭看到一盆黃金，不過還是有點失望【註三】。

一個外表寧靜祥和的女人飄下——或說看起來像是飄下——彩虹，來到我們面前。她微鬈的金色長髮在風中輕飄，淡橘色搭配紅色的連身裙完全遮住雙腳。連身裙的繫帶綁在胸部下緣，裙子向外鼓起，導致她移動時會讓人聯想到戴利克機器人【註四】。儘管如此，她散發出一股和平寧靜的力量，臉上的微笑在她抵達彩虹盡頭、踏上大地時，擴散到她藍色的雙眸中。

「幸會，德魯伊。」她說。

「眞的。很高興見到妳，富麗格。」我說。我向關妮兒介紹奧丁的妻子時，她的眼睛只有瞪大一點點。

「我很榮幸。」關妮兒說。她想行屈膝禮，不過在想到自己沒穿裙子時已經太遲了，結果就變成用尷尬又誇張的姿勢鞠了個躬。

「我也是。」富麗格說。她將目光轉回我身上。「奧丁派我來拜訪你。」

我瞇眼望向天際。胡金和暮寧在天上盤旋，不過看起來並沒有打算降落。

我和北歐諸神的敵對關係約莫六年前達成停戰協議，因爲我交還了奧丁的神矛，並且承諾要償還導致眾神死亡所積欠他們的債務。

他們說要血債血償，不過不是用我的血。一如往常，奧丁最擔心的莫過於防止或拖延諸神黃昏，而他認爲我可以幫忙處理這些問題。既然我就是殺了諾恩三女神、幫助李夫·海加森幹掉索爾、啓動末日災難的那個白痴，我同意幫忙。

但那並不表示我們之間的過節全部一筆勾銷。富麗格只是比其他存活下來的北歐諸神更能壓抑想殺我的衝動而已。

「我想妳聽說洛基的事了？」我問。

「我們聽說了很多，也見證了很多。」她說：「我們可以談一談嗎？」

「當然。」

「很好。照這樣發展，災難很快就會降臨，想要避免最糟糕的情況，我們就得儘快行動。」

我鼓起勇氣面對令人不快的消息。不管洛基打算幹什麼，我至少都要爲引發這些災難負部分責任。富麗格立刻提醒了我這一點。

---

註二：阿弗烈德·希區考克（Alfred Hitchcock, 1899-1980），著名導演，擅長懸疑驚悚片。
註三：愛爾蘭傳說中彩虹盡頭有一盆黃金。
註四：戴利克機器人（Dalek），影集《神祕博士》（*Dr. Who*）裡的外星機器人種族，身體呈錐狀、滑行移動。

□

在你十二年前進攻阿斯加德之後不久，赫爾就發現她可以自由來去世界之樹的九大國度，之前她都辦不到。許久以前，奧丁將她逐入尼弗爾海姆、讓她控制九大國度時，她的權限僅限於年老力衰之人，還有英年早逝，但卻不幸沒有蒙受英靈殿或弗爾克凡格寵召之人。除非諾恩三女神要求奧丁再度把她向下放逐，不然她無法獨自離開那塊冰凍大地。

身獲自由後，她待在米德加德的時間遠比我們料想中還長。奧丁在復元的過程中難以監控一切，而赫爾則充分利用了這個優勢。她帶著幾個結論回到尼弗爾海姆，毫無疑問，其中之一是她必須學最新的主流語言英文，就和許多阿薩諸神在幾個世紀前學過一樣。我們可以推斷她認爲洛基最好也學一下，因爲她派了個具有語言天分的鬼魂去教他英文。當然，我們有在洛基的洞穴入口派駐守衛，但他們沒有辦法阻止那個鬼魂。由於鬼魂不可能釋放洛基，而學英文又能讓他分心，於是我們就讓鬼魂留在那裡。不過我們增派了洞穴的守衛——五十名全副武裝並接受過現代武器訓練的英何嘉戰士——同時還在洞穴裡安排了些……監視者。有點像是奧丁的渡鴉。

我們陸續收到報告，赫爾在她的國度裡建造熔爐，並且與斯瓦塔爾夫交易原料。至於矮人——祝福他們——拒絕和她交易。赫爾在米德加德上得知劍與盾已經不足以達成目的。她在大約九年前開始大量製造武器，訓練她的卓格使用這些武器。現在她建立了一支配備自動武器的龐大部隊，除非摧毀那些士兵的腦袋或是讓它們身首異處，不然根本殺不死。

奧丁一直在訓練英何嘉戰士對付它們，但就算穿了現代護具，英何嘉戰士還是處於劣勢。矮人決定與我們並肩作戰，一起為最終戰役做準備。他們擁有我從未見過的新型交通工具和武器。

根據我們估計，赫爾去年就能展開諸神黃昏，特別是在史爾特爾和暮斯貝爾加入之後，他們贏面很大。少了索爾對付約夢剛德，又沒人能阻止芬利斯，她幾乎贏定了——至少紙上談兵是如此。

唯一阻止她的，似乎就是少了父親洛基就不敢進攻的心理因素。她當時就可以自己出面征服世界，摧毀米德加德，依照她的意志重新塑造，但結果她卻渴望得到他的寵愛。

幾天之前，她終於展開行動，率領兩千名武裝卓格前往洛基的洞穴，對付我們五十名英何嘉戰士。她踏過他們英勇的屍體，披著一個駝背老女人的軀殼進入洞穴。

洛基之妻席格英認出她後，立刻要求她離開。

「這裡不是妳該來的地方！」她叫道：「妳有尼弗爾海姆還不夠嗎？」

赫爾不理會她，陰森地對洛基說話，毒蛇的毒液則持續滴入席格英舉在洛基臉上的碗裡。

「父親，」她尖聲說道：「我們可以今天就離開這裡，打贏諸神黃昏這一戰。古老的預言已經失效。諾恩三女神死了；原先註定會殺死你的海姆達爾也已經死了；就連強大的索爾也死了——而我的部隊已經準備好了。」

惡作劇之神一直到聽見雷神的名字才有反應。「什麼？」洛基說：「妳說索爾死了？怎麼死的？」

她把你的隊伍入侵阿斯加德、出人意表地擊敗我們的事告訴了他。她詳細描述你的隊伍成員：狼人、吸血鬼、鍊金術師、德魯伊、巫師和雷神。

「什麼雷神？」洛基想知道。

「佩倫。斯拉夫雷神。他消失了。」

「但是他沒死？」

「我不知道，父親。」她說：「他可能死了。」

「我知道該怎麼查清楚。」洛基說著露出已經許多世紀不曾露出的笑容。「釋放我，女兒。」

「父親，我無法釋放你。只有你能辦到。但是我能加速你自我釋放的過程。」

「怎麼做？」

「先回答我：你還愛這頭母牛嗎？」她朝席格英——多年以來一直在蛇毒前保護洛基之人——揚起下巴。但她不是赫爾的母親，洛基的怪物子嗣全都是一名女巨人所生。

「她？」洛基冷笑：「不，我恨她。不管我如何要求，她就是不肯殺掉那條蛇，或是在我頭上弄個屋頂。她愚蠢、毫無價值。」

「那我就釋放你。」赫爾說。她蛻下人類外皮，現出原形，像株不健康的野草般直衝洞頂。她自裸露肋骨的刀鞘中拔出那把邪惡匕首——饑荒刃，一刀插入忠心耿耿的席格英頸部。

洛基的妻子在汩汩血泡聲中吸入最後一口氣，接著盛了腐蝕性毒液的碗整個傾倒在洛基臉上。他放聲慘叫、激烈扭動，但在史卡迪女神的命令下，那條蛇持續滴落毒液。洛基猛力一抖，拉扯身上的束縛，大地隨即在赫爾腳下震動。他咒罵她。他發誓要找她報仇。接著，當毒液蝕穿他的眼珠、吞噬他的血肉時，他開始搖首乞憐。

但赫爾毫不憐憫。憐憫是她心裡的一間空房，那裡沒有任何神聖之物，沒有任何活物——包括她父親在內——能用哭喊聲打動她。

毒液深入體內，洛基弓身彈起，嚎啕大哭。他揮動雙手，破口大罵。地面越震越兇，一直震到束縛終於綳斷，他身獲自由爲止。鮮血和淚水順著漲紫的臉頰流下，他一把抓起如此折磨他的那條蛇，以擺脫束縛後回歸體內的火焰力量將它活活燒死在手中。從來沒有任何自由要付出如此痛苦的代價，而他發誓要讓仇人七倍奉還，就從斯拉夫雷神開始。

我們不曉得他爲什麼要把帳算在佩倫身上，而非殺死索爾的吸血鬼；或許因爲他是比較容易得手的目標。洛基知道斯拉夫神域的入口位於烏拉山某個隱密地點，而他離開囚禁自己的洞穴後立刻前往該處。

他丟下赫爾，連句謝都不說，也沒有認同她的作爲，沒有指示她展開諸神黃昏。在沒辦法跟上他的情況下，赫爾返回自己的國度，心情欠佳，又不確定該怎麼做，只能靜靜等待父親進一步指示。

□

「這就是我們得立刻攻擊、除掉芬利斯的原因。」富麗格做出結論，而這顯然是本年度最不知道打哪兒冒出來的結論。

「不好意思？」我問。

「我們必須打擊赫爾的士氣，防止她對阿斯加德展開攻擊。奧丁認爲最好的辦法就是除掉芬利斯。」

「是喔，好想法，但是我們可以晚點再動手。」

「現在是最佳時機。」

「我不認同。強烈不認同。」

富麗格眼中蒙上陰霾，天上的渡鴉呱呱叫。「你承諾要幫助我們。你發誓要盡力幫助我們來償還之前的血債。」

「我會幫忙。但現在不行。我得完成學徒和大地間的羈絆，結束前，我不會處理其他事。」

富麗格目光轉向關妮兒，噘起嘴唇，一臉厭惡地發現我的學徒已經成爲她達到目的的阻礙。

「那就帶她一起去。」她說。

「不行。」我搖頭強調。「她還沒準備好。等她完成羈絆後，她就眞的能派上用場，也可以出於自由意志選擇要不要幫忙。但現在她只會造成負擔，還有可能淪爲人質。」

我攤平手掌，舉在眼前遮陽，在天上尋找奧丁的渡鴉。我對牠們叫了一聲，確定牠們所代表的心靈可以聽見我說話。

「如果我的學徒出了什麼『意外』，奧丁，我就完全不會幫你，聽見了嗎？只要再耐心等一陣子就好了。」

「如果諸神黃昏在我們耐心等候時展開了呢？」富麗格問。

「那樣，我就親自挑戰約夢剛德。」我說：「我就是如此深信它不會展開，好嗎？我認爲我們還有一年。」至少，我希望還有一年。

「你憑什麼這麼肯定？」

「那個我自己知道就好了。但是我的承諾沒有變，富麗格。學徒的羈絆完成後，我立刻實現承諾。」

富麗格沒有任何好話想說，於是她什麼都沒說。她輕輕點頭，轉身背對我們，順著彩虹飄上北方天際。渡鴉跟隨她離開。

我本來希望富麗格的出現能讓關妮兒結束冷戰，但這個樂觀想法在她搖頭瞪我時當場粉碎。

「造成負擔、淪爲人質，阿提克斯？」她說：「當眞？」

「跪下，卑躬屈膝。立刻！」

「這個——」

「別說了。跪下！」

「我對那隻熊怪射了兩把飛刀，在你失手時轉移他的注意力。」她說：「而我竟然是負擔？」

「聽著，關妮兒，面對人類對手，我認爲妳差不多可以打贏任何人。」我說：「但是富麗格是要我們去對付超自然生物，妳還沒有到達那個等級。妳很快就可以了。」

「所以會變成熊人的禿鷹不算超自然生物？」

「躺下來，露出喉嚨。不，等等，那是狗狗屈服時的作法。我知道了！把你的錢包給她！」

「沒錯，他算，關妮兒，而且妳應付得很棒，毫無疑問。但妳現在如果受傷了，妳沒辦法自我醫療，也沒辦法提高速度、施展偽裝，或是利用我經常用來保命的那些法術。我很想確保妳能保住性命，所以希望妳能原諒我的用字遣詞。我只是想趕走富麗格，如此而已。」

她瞪著我，不相信我的表情就和不認同一樣明顯，但她不打算繼續與我爭辯。她轉身背對我，沒有原諒我，我們一言不發地朝向西邊的奧林帕斯前進。

沿著山谷走了一個小時後，歐伯隆終於帶來好消息。

「阿提克斯，我想我找到了個好地方！」

「眞的？在哪裡？」

「我這裡看得到你。」

我環顧四周，但除了樹木、頑固的矮樹叢，還有前方深入山澗的光禿岩壁外，什麼也沒看到。我聽見山澗裡傳來冬季融雪流動的聲響，但是還看不到。

「我沒看見你。」我對歐伯隆說。

「你就是想要這種地方，對吧？」

「一點也沒錯。」

「繼續往水聲前進。我等你們接近後再指引你們過來。」

我告訴關妮兒已經找到了個可能的紮營地點，然後奮力穿越矮樹叢，來到山澗旁邊。那是條狹長多岩的小溪，有些地方可以輕易跳過，不過水流很急。

「你還看得到我們嗎？」我問歐伯隆。

「當然可以。你在找地方渡過那條末日奔流。順便一提，我這句話簡直是誇飾法和押韻的完美範例，應該能得到一隻火雞腿，還有手很柔軟的高個子幫我好好刷刷毛。」

「我們接下來要走哪裡？」

「上游。我在對岸的岩架上。這裡有棵松樹，還有一些荊棘，而且那後面的山邊有座山洞。」

我看向那個方向，找到他所描述的地方——至少我看見岩架上的樹。「太棒了。那裡有動物的足跡或其他蹤跡嗎？」

「有，不過年代久遠。」

「山洞有深到可以讓我們躺下、高到可以站立嗎？」

「深肯定夠深。你可能得要小心頭，不過我想基本上走路沒有問題。」

一旦抵達岩架，一路上所遇到的困難就變成了此地的優勢；不太可能有人跑來這裡打擾我們——因爲走前人走過的道路既安全又方便，這年頭很少有人要當開路先鋒了。

我們在路過那棵樹約莫三十碼的位置跳過小溪，然後努力爬上岩架。歐伯隆在洞口搖尾巴等我們。洞口窄得令人窒息，但洞內卻很寬敞。

「你怎麼會想到要來這裡找？」我問歐伯隆。

「老實講，我沒想到。找到它純屬愉快的意外。你看，剛剛那棵松樹上有隻松鼠，在我沿著溪岸路過時出言挑釁。牠用淫穢的言語形容我媽——」

「歐伯隆，少來了。」

「這個，好吧，我不知道牠說了些什麼，但肯定就和所有松鼠一樣態度不佳，而牠活該被我追到高處，受困一段時間。要不是這樣，我根本不會跑來這裡。」

「好了，這裡很完美。那隻松鼠把你引來這裡算是功勞不小。」

「給我等等！為什麼功勞算是松鼠的？」

「我是想說功勞歸牠，香腸歸你。」

「喔，那聽起來非常公平，阿提克斯；我真的沒什麼好爭的。」

「那我們要在這裡紮營嗎？」關妮兒看看洞內，打破沉默問道。

「或許。」我說：「先讓我查探一下。」我利用儲存在熊符咒裡的魔力啓動妖精眼鏡，檢查有沒有魔法陷阱，或是擷取大地魔力時會不會觸發警報。這座山洞可能是獨眼巨人【註】、寧芙，或是比阿格里歐斯那種古老怪物更可怕的東西。我花了一段時間徹底檢查；希臘神話人物施展的魔法和我的凱爾特羈絆大不相同。我沒有察覺任何異狀。洞頂沒有被遠古營火燻黑，這讓我更加相信我們就是數百年來第一批踏足這座山洞的人類——或許是從古至今的第一批人。

「看起來沒問題。」我說著抖掉背包的揹帶。「這裡應該很合適。」

「好。」關妮兒說著也卸下背包，輕嘆一聲，將它放在地上。

「歐伯隆，我要你去找出所有可能抵達這座山洞的路線。我們可以清楚看見下方，但我們必須弄清楚山洞後方的情況。可以嗎？」

「沒問題。我可以獵食嗎？」

「暫時不要。盡量偵查，我們先弄清楚這附近平常是什麼樣子，方便日後察覺入侵者。」

「好吧。但是離開前我要吃點東西，不然就會變成肌肉顏色像法國麵包的哈巴狗。」

「沒問題。」

歐伯隆轉過身去，尾巴一甩就消失在樹叢後。關妮兒悶不吭聲地開始取出背包裡的東西。

能夠施展夜視能力的時候，打包行李的內容就會不太一樣。像是手電筒、油燈、燈油之類的就沒有必要帶。我們有很多食物——大多是各式湯包、肉乾和水果乾。我們能靠這些食物過活而不會營養不良——但只能撐幾個月，不過在可接受的距離內還有里托楚倫可進行補給。飲水和柴火都很充足。高大的松樹可以分散煮食的炊煙。

關妮兒從背包裡拿東西出來的力道越來越大，先是隨手把東西甩在地上，後來變成用丟的。她在醞釀情緒；老壓力鍋上的汽笛就要爆發了。

「準備好就開火吧。」我輕聲說道。

註：獨眼巨人（Cyclops），希臘羅馬神話中的小神，天空與大地生下的巨人。他們在某些神話中被視爲鍛造之神，打造了宙斯、波塞頓、黑帝斯的武器。而在史詩《奧德塞》中則被描述成食人怪物。

她似乎沒有聽見。她還有幾樣東西要扯出來丟地上，我認同這種做法。暴力拿出行李這種行爲絕不該被打斷或是不一次做完。

「那些不是神！」她終於爆發。

「什麼？」

「我是說圖阿哈・戴・丹恩。富麗格還可以。但我認爲愛爾蘭神應該要更高尚一點才對，你懂嗎？不是那群氣量狹小、愛耍小動作，還把人冰凍在時間裡、像變態一樣欣賞他們死去的傢伙。我爲什麼要向他們祈禱？」

「這是個非常棒的問題。妳沒必要向他們祈禱。」

她充滿質疑的表情當場轉爲困惑。「沒必要嗎？」

「不，當然不用。」

「我以爲所有德魯伊都崇拜圖阿哈・戴・丹恩。」

「沒錯。」我挖苦似地笑道：「但那是因爲此刻我就是世上所有德魯伊。」

「不，我是說……在歷史上，還有更多德魯伊的年代。」

「那也不一定。比方說，這塊大陸上的德魯伊就比來自愛爾蘭的德魯伊更加親近瑟努諾斯【註二】。主大陸上的狂野狩獵規模也比較大。凱爾特文化並沒有絕對的中心教條。」

「所以我想崇拜誰就崇拜誰？甚至不拜都可以？」

「當然。蓋亞根本不在乎妳崇拜誰；當圖阿哈・戴・丹恩成爲第一代德魯伊時，我敢說他們絕對不會崇拜自己。妳將會與大地羈絆在一起，關妮兒，不是和一個宗教。喜歡的話，妳可以在禮拜五打扮成海盜，然後去崇拜飛麵怪【註二】。只要妳守護蓋亞，她才不管那些。」

「喔。」關妮兒彎腰坐下，接著決定換個姿勢，調整雙腳盤膝而坐。她雙手輕放在膝蓋上，挺直背脊，緊盯著我。我認得這個架勢；她即將開始爭辯。

「請解釋一下，你為什麼在明知不用這麼做、也清楚他們都有缺陷的情況下，還要繼續崇拜圖阿哈．戴．丹恩？」

我以跟她同樣的姿勢坐下，然後回答。

「妳的問題是建立在諸神必須完美無瑕的前提下，而那是一神教造成的偏見。我們這些異教徒不會在諸神反映出人類的缺陷這一點上大作文章。事實上，知道神也有缺點還滿令人欣慰的。」

「我了解你所謂的偏見，但這並沒有回答我的問題。如果你沒有必要崇拜他們——如果不管信不信仰他們都能保有所有魔力——你為什麼還堅持崇拜他們？」

「和其他人一樣，為了死後世界。」

註一：瑟努諾斯（Cernunnos）是凱爾特的有角神，被認為是掌管狩獵、豐收的冥府之神。歐洲傳說中，會在動物在神靈帶領下、群起獵人的狂野狩獵（Wild Hunt）中現身的獵人赫恩（Herne the Hunter），也常被視為他的化身。

註二：為了諷刺美國堪薩斯州教育委員會允許受基督教創造論影響的「智能設計論」（Intelligent design）加入正式教材，與「演化論」一起在學校教授；於是有人虛構出以飛麵怪（Flying Spaghetti Monster）為創世神的宗教，藉以表達某些宗教理論透過科學包裝來鑽美國禁止任何形式神創論作為科學知識教授規定的漏洞。

她皺眉。「你對我拋出了某種像是異教帕斯卡賭注【註一】之類的思辨？」

「接招！」

「去。」

「不要這麼不屑。永遠待在馬・梅爾有什麼不好的，或是提爾・納・諾格？這兩個地方都美不勝收。」

「大多數版本的天堂都一樣。」

「這也就是我鼓勵妳自行挑選喜歡的神來崇拜的原因。飛麵怪神教的天堂理論上有很多座啤酒火山，聽起來很棒。想想看香醇巧克力黑啤酒大爆發的景象。搞不好還有雞翅吃到飽。」

關妮兒語帶指責：「十二年來，你一直用你信仰中的儀式教導我，讓我相信成為德魯伊一定要崇拜圖阿哈・戴・丹恩。」

「對我來說就是這樣。這是我自己的偏見。很抱歉沒和妳說清楚。」

「你說他們——圖阿哈・戴・丹恩——從前都只是德魯伊。」

「沒錯。但是他們在成為圖阿哈・戴・丹恩前就已經十分擅長他們自己的法術了。」

「他們是怎麼變成神的？成神之後又得到了什麼力量？」

「當人們開始把他們當神崇拜時，他們就變成了神。他們成為凱爾特信仰的容器，信徒嚮往的音叉、我們的希望和禱告的守護者。他們獲得的力量就是信徒指派給他們的力量。馬拿朗・麥克・李爾本來不是亡者引渡人——直到信徒認為他是為止；他原先只是能在海中取得額外力量的德魯伊。」

「那邪教教主爲什麼不能變成神？」

「因爲他們都是一群爛人吹捧出來的自大狂。」

「但是索爾也一樣，不是嗎？我們別忘了現在的提爾・納・諾格上也不缺乏這種混蛋。我很認眞提問。有些邪教教主能讓信徒狂熱地付出一切。他們不該取得神力嗎？」

「不，因爲他們通通都在三十到五十年後就會死去，而他們的邪教也與他們一起消失。神格要有數個世代的時間，以及大量信徒的堅定信仰才能取得。」

「爲什麼相信馬拿朗・麥克・李爾是亡者引渡人就能讓他擁有這種力量？」

「我保持入世的原因之一就是要弄清楚這個。我認爲大型強子對撞機【註二】或許能夠提供一些線索。」

「你是指粒子物理學？」

「沒錯。他們已經逐漸了解爲什麼宇宙中的物質比反物質來得多。打破一個質子，你不會只得到物質和反物質。有些粒子會在很短的時間內衰退、改變。」

---

註一：十七世紀法國學者帕斯卡（Blaise Oascal）提出的理論，簡單來說，信上帝的人不是獲得獎勵（上帝存在），不然就是什麼都沒有（上帝不存在）；不信上帝者要就受懲罰，不然就是什麼都沒有。這表示不管上帝存不與否，信上帝就對了。

註二：大型強子對撞機（Large Hadron Collider，簡稱ＬＨＣ），位於瑞士日內瓦近郊歐洲核子研究組織的對撞型粒子加速器，科學家期待利用它進行的粒子物理實驗，能解開宇宙物質與能量組成等等謎題

「改變成什麼?」

「可惡,吉姆,我是德魯伊,不是物理學家【註】!」

這話讓關妮兒兩眼上翻。「我懂,但是那個和神力有什麼關聯?」

「關聯就在於宇宙中顯然有很多我們還不了解的力量和程序。我們說不出道理——暫時。我不知道蓋亞怎麼天生擁有魔法。圖阿哈·戴·丹恩也沒辦法確切說出他們是怎麼在擁有德魯伊魔法之後取得神力的。但他們知道自己並非一直擁有神力。有些神的力量緩慢增長,有些則是突然之間就發現了。這其實和其他文化的神沒有什麼不同。有些神相信了他們的起源神話,儘管這些神話肯定是堆精煉出來的狗屎——世界絕不可能是以數百種不同方式創造而成的——但聰明的神就會告訴你他們不確定是怎麼獲得神力,而他們不記得創造人類的情形,更別提創造世界了。因爲大部分的時間與空間裡並沒有他們的足跡;但是有一天,只要擁有足夠的信徒禱告,他們就有可能塡滿那些時空。」

關妮兒顯得沒精打采,盤坐姿勢整個亂掉,臉上浮現傷心與困擾的表情。

「怎麼了?」

「沒人知道答案,是不是?」她輕聲問道。

「沒有。很抱歉。」

---

註:致敬《星艦迷航記》(*Star Trek*)裡醫官麥考伊(MaCoy)常對寇克艦長說的台詞。原台詞大多是這樣,「吉姆,我是醫生,不是×××(Jim, I'm a doctor, not a xxx)。」

# 第七章

歐伯隆巡邏歸來，宣稱這附近暫時很安全。「我是說，對我們而言。對那些齧齒動物就沒那麼安全了。牠們現在都在交代遺囑。」

我脫下涼鞋，向奧林帕斯元素打招呼。我從沒遇上過這麼高興見到我的元素——不過他們通常都很高興見到我。這股情緒從我腳底向上湧升，讓我不禁面露微笑。

／／非常非常歡迎／十分開心和諧／希望你身體健康、心情愉快／／她說。關妮兒和我之前討論過，決定稱她爲奧林匹亞，不叫奧林帕斯。

／／和諧／／我回道：／／我們很高興來到這裡。／／

／／提問：我們？／／

／／德魯伊帶學徒來／準備跟大地羈絆／／

如果元素會興奮到失禁，奧林匹亞聽到這句話的時候肯定失禁了。我得抑止這股興奮奔流，才能找出空檔提出要求。

／／請不要告訴任何神或其他生命我們在這裡／／我說：／／羈絆學徒需要隱私／／

／／我會確保你們的隱私／／奧林匹亞回道：／／我會引走動物和諸神／／

我伸手輕拍歐伯隆的背。／／這隻動物是我朋友／／我解釋：／／請讓他自由行動／／

／／狗是德魯伊的朋友／／她同意道：／／浮出我的一部分／與學徒交談／／

一顆白色小彈珠——真的是平滑的雲紋大理石【註】——出現在我的腳趾間。我撿起彈珠，交給關妮兒，讓她可以和奧林匹亞交談。她面露微笑，握起彈珠，自我介紹。每當與元素交談，她臉上總是幸福洋溢。我很好奇經歷了兩千年，我是否還保有那種寧靜喜悅的表情。

互相介紹完畢，也確定奧林匹亞會掩飾我的魔法蹤跡後，我請歐伯隆帶路去熟悉洞穴附近的環境。我赤腳行走，要求大地於我們停留在此期間，幫忙撫平包括歐伯隆在內的蹤跡。濃密的矮樹叢——包括荊棘叢——自動移向兩旁讓我們通過，然後又在身後合起。而我們之外的其他人都得像我們之前一樣奮力通行。歐伯隆建立出一條難以從洞口看見的巡邏路線，告訴我經由西邊的上游接近我們是最不容易被發現的方法。那裡有段平坦寬敞的河道，水流較緩，而有幾處水深到可以游泳渡河。從附近的足跡判斷，那裡是深受鹿群喜愛的飲水點。歐伯隆肯定會在那裡狩獵。

我直接用說的，好讓關妮兒聽見我和歐伯隆說的話：「我們要去鎮上買點東西來做陷阱，希望可以讓菜色多些變化。我們會在鎮上過夜，明天早上回來。」

「這個，我不能待在這裡打獵嗎？」

「不行，我們須要你跟來，讓我們看起來酷一點。少了你，我們看起來就會像蠢觀光客。」

「喔，對，我忘了。愛爾蘭獵狼犬是人類最終極的配件。」

「我們回來後，你就會有很多時間可以狩獵。大概三個月。」

歐伯隆搖尾巴。「偉大的肉醬湖呀！聽起來好像很久，是吧？」

「比我之前讓你狩獵的時間都久。」

「哇喔！等等。有什麼壞處？」

「壞處是，如果你什麼都沒抓到，你就得吃肉乾。要嘛就是鮮嫩多汁的鮮肉、不然就是乾乾硬硬的醃肉。」

「好嚴厲的選擇！不過是配得上高貴獵狼犬的挑戰。」

「不要太過自負。你可能會嚇到別人。我們走。」

我們回山洞拿已經清空、可以再裝其他補給的背包。有奧林匹亞幫忙撫平道路，下山的路程比上山容易多了。抵達鎮上時，我們看起來就是爬了整天山的模樣。我打電話給我的律師霍爾・浩克，請他從美國匯款過來。我們找到一家有狗狗座位的餐廳，吃了些希臘旋轉烤肉和菠菜起司卷。歐伯隆認同這些食物。

「我喜歡這個國家。我可以大搖大擺地和你們一起吃飯，烤肉也很好吃。上面那些白白的東西是什麼？不是辣根吧？」

「查茲奇醬。用黃瓜和優格調製的。」

「我可以嚐嚐看嗎？」

「當然。」我在旋轉烤肉上抹了一點查茲奇醬，然後餵他。他吃得很大聲，舌頭舔來舔去，試著

註：英文彈珠與大理石都是marble，所以阿提克斯這樣特別強調。

品嚐滋味，而不光是聞味道。

「呃。倒不是説很難吃或什麼的，但它讓肉變涼，而且味道也變淡了。我還是直接吃肉就好。」

我們放鬆心情，在黃昏時刻聊著關妮兒接下來的羈絆儀式。這座有許多想要攀登奧林帕斯山遊客造訪的小鎮裡有間規模不小的運動器材店，我們打算在打烊前過去看看。我們把晚餐的菜色提升到宴會的豐盛等級，因爲我會有好一陣子不能這樣大吃大喝。

打烊前半小時，我們在喝黑皮諾紅酒喝到有點微醺的情況下走過兩個街口、前往運動器材店。歐伯隆發現附近有座很多人在遛狗的公園，於是我在他身上施展僞裝羈絆，祝他好運，告訴他聽到我叫就要過來。

這家店裡有好幾條走道在賣鍋具、調理包食品，以及許多看起來好像不用塞隻腳就能跋山涉水的鞋子。還有帳篷！我的天呀，帳篷的設計和古時候差超多的。不過我們要找的都是比較基本的東西，像是鐵絲、鐵絲剪，要是找不到，就換只能抓松鼠、兔子之類小動物的細繩和剪刀。山上並不缺乏支撐帳篷彈簧張力用的樹枝。

在奧林匹亞或許還有紅酒的幫助下，關妮兒現在心情大好，而在她這麼常笑的時候，根本不可能討厭人生。

不過看見站在隔壁走道偷看她的那個蒼白詭異的混蛋後，我臉上的笑容消失了。他皮膚沒被陽光曬黑，所以不可能是登山客；這傢伙在這裡幹嘛？

我啓動妖精眼鏡，接著壓抑住顫抖的衝動，看著他頭上那團吸血鬼特有的暗灰靈氣，以及中央的那點紅光。

我賭他聽不懂古愛爾蘭語，於是用這種語言和關妮兒交談。古愛爾蘭語中沒有「吸血鬼」這個字，所以我說：「別抬頭，隔壁走道有個活死人在看妳。他在跟蹤我們。事實上，是在跟蹤妳。不管在任何情況下都不要和他目光相對。妳的寒鐵護身符無法防止妳遭受魅惑。」

「你要怎麼做？」她以同一種語言問道。

「和他聊聊。待在這裡，目光朝下。現在用開心的語調和我說話，然後微笑。」

「好吧，那就把我一個人丟在這裡吧！」她開心地說。我從她身旁走開，來到走道末端，繞過一疊攜帶式啤酒冰箱，走入吸血鬼所在的走道。他看了我一眼，流露出一絲擔憂之色，不過很快又轉回去，假裝在看淨水丸。我默唸能在熊符咒裡的魔力耗盡前強化我的力量與速度的咒語。

吸血鬼身穿亞麻白襯衫、藍牛仔褲，以及一雙昂貴的慢跑鞋。他刻意避開賣搭帳篷用的木樁走道，這讓我覺得很有趣。

我在數呎外停下腳步，正面面對他，以希臘語招呼。

「晚安。」他說著目光偷偷移到我臉上，隨即又轉回看他絕不可能會買的產品。我繼續盯著他看，他說：「如果你有問題的話，我不是這裡的員工。」

「喔，我有問題，沒錯。你看，我才剛到鎮上不久，想請你幫我找個你可能認識的人。」

他不再假裝購物，轉身面對我。「我認識你嗎？」

「不認識。但我肯定你認識我在找的紳士。他是個吸血鬼，有時會用希歐菲勒斯這名字。」

我期待會看到震驚的表情——瞪大雙眼、嘴角下垂。我也期待他會試圖魅惑我。他嘴巴堅決地抿成直線，同時瞇起雙眼。我在寒鐵靈氣的守護下朝他微笑。

「你沒辦法魅惑我，抱歉。但是你能不能行行好，帶我去見希歐菲勒斯？他和我須要談談。」

我認爲這個時候他應該會問我問題。我猜他最可能會問：「你是誰？」，不過「你爲什麼要找希歐菲勒斯」也很合理，我甚至可以接受：「你剛剛說了吸血鬼嗎？」，但結果他卻對我展開全面攻擊，一邊發出貓科動物般的嘶吼聲，一邊試圖扯下我的喉嚨。

由於我早有準備，力量和速度也加持過了，所以沒被撲倒在地，不過我後退了幾步，然後以雙手扣住他的手臂。

爲了因應上次和吸血鬼交手時，因爲沒辦法唸完解除羈絆咒語而差點死掉的情況，我在項鍊上添加了一個符咒。在這之前我都還沒機會測試它。我可以用心靈指令啓動針對目標吸血鬼的解除羈絆程序。根據製作其他符咒的經驗，這個符咒理應需要很多年才能達到完美。此刻我啓動符咒，很驚訝地發現吸血鬼神色畏縮，開始出現生死交關的恐懼——就像你和朋友一起坐在大澡盆裡，其中有些朋友還超級性感，而你卻突然腹部一陣絞痛，顯然腹瀉的症狀即將再度發作的那種情況。我的符咒不算成功，不過還是有一定效果。我開始大聲唸誦解除羈絆咒語。

這個吸血鬼不如上次差點掐死我的斯丹尼克強大。斯丹尼克和我差不多古老，當時光爲了抵抗他的力量就差點耗盡我的魔力。這個吸血鬼大概只有幾百歲，我感覺得出來他開始覺得如果乖乖和我交談會安全很多。他立刻改變策略，停止攻擊。我繼續抓著他，手指深深陷入對方手臂。我不能就這麼放了他，讓他繼續獵食人類一千年。他試圖借力打力，趁我扯他手臂時再度攻擊；我則放開一手，護住喉嚨。咒語快唸完了。他張嘴咬住我的手臂，或許打算慢慢把我吸乾，不過我不在乎——這種做法太慢了，不會為他帶來任何好處。我後退一步，讓他以為自己佔了上風，於是他伸出我剛剛放開的手來抓我，避免我逃脫。這下他死定了，不過我在唸完解除羈絆咒語時還是付出了一些代價。

有些吸血鬼會在被解除羈絆時當場融化、濺落一地，但這傢伙卻爆炸了，鮮血和肉塊把我附近的東西和我身上噴得一片血紅。換句話說，我看起就像是個犯下凶殘謀殺案的凶手。

「噁。」關妮兒從她的有利位置處評論道；身上沒有濺到半滴血。「我有避開。」她解釋道。

店裡唯一的店員開始歇斯底里地以希臘語大罵髒話，雙眼瞪到跟乒乓球一樣大。他手持手機，一邊對著手機大叫，一邊跑出店外，遠離他所認定的命案現場。

「我們有麻煩了。」我說。

「你這麼認為？」

「他的死法和我想像中的不太一樣。」

「我也希望如此，因為那種死法太噁心了。你渾身都是內臟。」

我取消速度和力量羈絆，說道：「我要在我們身上施展偽裝羈絆。幫我找出監視系統。我們必須摧毀剛剛所有記錄。」

「沒錯。除了地上那灘黏液。」

「對。他們想要怎麼解釋那灘黏液都行。我只是不想讓他們看過影像後認定我施展了什麼魔法——或是認定他是吸血鬼。」

「好。我們要的東西都拿齊了，對吧？」她揚起一個裝滿我們要買的補給品的小籃子。

「對。」我對她施展僞裝羈絆，她在自我眼前消失的同時，說要去檢查運動器材店後面。

「我去看看收銀台後。」我說著僞裝自己。這幾乎把我熊符咒裡的法力吸乾。我無法維持法術多久。

我在收銀台後找到幾台監視器，但是它們的影像都是其他地方傳來的。

「在這裡，老師！」關妮兒叫道。我順著她的聲音來到店後，看到一扇上鎖的門，上面掛著用希臘文和英文寫著「員工專用」的牌子。我把門鎖的機關羈絆到開鎖位置，打開門。裡面有很多監視器，還有一台有許多線材接進接出的黑色控制台。

「這就是我們要找的東西。看起來和我在第三隻眼架設的監視系統差不多。」

關妮兒按了幾個按鈕，退出幾張光碟片。我從她的購物籃裡摸出鐵絲剪，剪斷了控制台後所有訊號線。監視器畫面一一變成雪花。

「我們最好確定這裡沒有硬碟備份。」我說：「我們應該打爛它。」

「喔，是呀，把氣出在機器上！動手吧！」我聽見關妮兒後退幾步，想像她揮動木杖的模樣。

我用力砸向控制台，沒有砸爛外殼，不過關妮兒木杖的鐵蓋落下後，外殼上出現明顯凹痕。

「再來。」我建議。

控制台隨即又被打凹了兩處。

「等等，」我說：「先讓我跳上去踩幾下。」

「上。」

我開開心心地在控制台上來段搖滾狂舞——還是斯坎克舞【註】——沒有產生什麼效果，不過確實讓我覺得很爽。

「封得很牢。我們直接帶它走，丟到公園的池塘裡。」

「好主意。」關妮兒同意。警笛聲已逐漸逼近。「我認爲我們應該立刻離開。」

「沒錯，走吧。」

我用最後一點魔力僞裝監視器控制台還有被關妮兒退出來的光碟，然後夾著控制台離開運動器材店，關妮兒則把光碟放在購物籃裡。警方緊急煞車，跳出車外，身上的護具強調出強壯的體魄，與造型不同的圓柱狀武器形成反差。他們在完全沒有看見我們的情況下包圍運動器材店；我們偷偷繞過他們，慢跑前往英尼基亞公園。我在那裡叫喚歐伯隆，他順著血腥味輕易找出我們。由於遛狗的人都在太陽下山後回家，他已經孤伶伶地待在這裡一段時間了，靠著到處聞來聞去和追逐小動物打發時間。我解除所有僞裝羈絆，把控制台丟入中央有座噴泉的方形池塘。關妮兒折斷所有光碟，然後也丟進去。

註：斯坎克舞（Skank），配樂通常會搭配斯卡曲風（Ska）的舞蹈。雖然有分裂成幾種不同的斯坎克舞，但基本型都是如同跑者般，大量舞動腿部。

「我剛剛有沒有漏聽什麼？」關妮兒問：「你向他問起一個名叫希歐菲勒斯的吸血鬼，然後他就展開攻擊？」

「對，妳沒漏聽。」

「希歐菲勒斯是誰？」

「李夫在我們進攻阿斯加德前對我提起過他。據說他是當今世上還活著的吸血鬼中最古老的一隻。還沒死的。隨便啦。」

「你認為剛剛那個就是他嗎？」

「不，差得遠了。希歐菲勒斯的力氣應該比我大。」

「那你幹嘛要找他？」

「我想問他曉不曉得古羅馬人對付德魯伊的事情。就算他沒有親自參與，肯定也認識參與的人。李夫認為希歐菲勒斯每年都有一段時間待在希臘；這表示其他住在希臘的吸血鬼都很清楚他的地盤。」

「所以你本來不打算殺掉那個吸血鬼的？」

「喔，不，我打算殺了他——不過不是在大庭廣眾下，而且我想先問點有用的線索再說。」

「我認為你已經問出有用的線索了。他一定是有什麼不想讓你知道的祕密才會攻擊。希歐菲勒斯還活著，而且就在附近。」

我點頭。「沒錯。但從各方面而言這都是不幸的發展；他會知道附近出現了個德魯伊，只有德魯伊能把吸血鬼搞成那樣。妳確定妳沒有沾到任何血嗎？」

「我不確定背上有沒有，不過感覺是沒有。」她說，轉過身去，回頭看我。「你看有嗎？」

看起來沒有。「沒。這就太好了，因爲我們還需要刺青墨水的催化劑。墨水本身已經準備好了，不過妳得去買兩瓶酒精。沒有酒精的話，就買兩瓶伏特加。」我給了她一疊歐元。「歐伯隆和我在這裡等。或許我會下水泡泡，清理一下血跡。」

「我儘快回來，老師。」她說著朝鎮上跑去。

我步入池塘，往臉上和手上潑水。附近沒人抗議我在池塘裡洗澡，所以我也沒有放輕動作。

「這感覺很奇怪，我覺得我應該要講個故事給你聽。」歐伯隆說。通常都是我在他洗澡時說故事給他聽。

「好呀，有何不可？也該輪到你講故事給我聽了。」

「我要上哪兒去找故事來講？我是唯一英文好到能講故事的獵狼犬。」

「我想你已經回答了你的問題。你必須自己編。」

「好吧。從前有隻杜賓狗，名叫尚克勞德・范・哈美——」

「等等，沒人會給狗取這種名字！」

「是誰在說故事？」

「你。」我讓步。

「謝謝。由於你粗魯地打斷我的故事，我決定永遠不和你說尚克勞德・范・哈美的精采冒險故事了，不過如果你答應不要插嘴的話，我要和你講個不一樣的故事，我已經構思了好一陣子的故事。你答應嗎？」

「我答應，很抱歉我亂插嘴。」

「很好。做好聽悲劇的心理準備吧。這個故事裡有消失的骨頭、消失的球球、大量浪費香腸的行爲、還有所有引人入勝的情節。」

「等不及啦！我可不是開玩笑。如果我有尾巴，現在一定搖個不停。」

「那就開始了……」

歐伯隆的故事，一個夏洛克·福爾摩斯風格的推理小說，叫作〈失竊的獅子犬〉。故事裡有隻警犬叫作伊許梅爾（威瑪獵犬）和他忠心的助手星巴克（波斯頓梗犬），查辦由芝加哥香腸大王艾比·弗羅曼所引發的暴力犯罪事件。

「喔，歐伯隆，眞是太棒的推理故事了！」我在他講完後說：「厲害！」

「我認爲你該稱我爲歐伯隆爵士。亞瑟·柯南·道爾寫了這些故事就被封爵了，所以我想我也該享有同樣的禮遇。」

「我懷疑女王會封你爲爵士。她對這種事情的想法有點保守。但是你願意的話，我可以封你爲德魯伊爵士。」

「眞的嗎？」

「當然！」

「太肉醬了！歐伯隆爵士……呃，我需要個很厲害的封號。」

「邋遢爵士歐伯隆！」

「我覺得不好。我說要很厲害的封號，就是要高貴點、威嚴點、神聖點、或之類的封號。」

「謙遜爵士歐伯隆！」

在精神氣爽、身上也沒那麼黏後，我走出噴泉池塘，檢查看看洗得怎麼樣。我的純棉襯衫毀了；要有工業等級的清潔劑才救得了它，不過不值得這麼麻煩。我脫掉襯衫，丟到草地上，然後解除整件衣服的羈絆，使分子與地面融合爲一。法醫絕對找不到任何證據。

沒過多久，關妮兒帶著兩瓶酒精回來。

「喜歡的話，我們可以找間旅館過夜，不過最好的做法還是離開。有興趣施展夜視能力爬山嗎？」

她有興趣。「我想要儘早開始羈絆。」關妮兒說：「打從拉克莎告訴我你的眞實身分後，我就一直在等待這一刻了。走吧。」

# 第八章

有些時刻就是令人難忘。

第一次成功騎腳踏車的那一刻。第一次上台演奏結束，燈光熄滅，觀眾爲了接下來要表演的搖滾樂團上台而尖叫歡呼的那一刻。懷疑地看著一個裝有好酒的閃亮罐子，喝下去、嗆到、發現你畢竟只是個啤酒愛好者的那一刻。蜜月結束後，你突然了解到蜜月眞的結束了，而婚姻須要下苦工的那一刻。然後是你第一個孩子出生的那一刻。這些就是我們短暫而深刻地了解到，我們的生活將永遠改變的時刻……就從下一刻開始。

關妮兒此刻正在經歷這種時刻。她肌肉緊繃，屏息以待，因爲我左手緊握她的腳踝，右手則拿一根荊棘刺對準她的腳掌。這根荊棘刺經由魔法強化，更尖更硬，而且依然連在一株活的荊棘叢上，當然這株荊棘叢也連在地面上，也就是與蓋亞連在一起。墨水是科羅拉多出土的青金石磨成粉末後混合酒精調配而成。

我們兩人都處於出神狀態，不過只有我與蓋亞保持聯繫；關妮兒是透過緊握在手掌裡的彈珠接受奧林匹亞的幫助。我們偶爾會暫停片刻，吃東西、睡覺、維持身體運作，但是一旦建立起與蓋亞的連結，那就得持續三個月。我們完全無法防禦自己，而且絕不健談。

歐伯隆了解我們在做什麼，這對他而言是段漫長孤獨的時光。他同時也了解在必要時，他會讓我們脫離這種狀態，不管關妮兒完成羈絆沒有。

我沒告訴關妮兒當我在她腳掌上刺上第一針，蓋亞的意識湧入她體內時會發生什麼事。沒有任何言語可以幫她做好心理準備。所以我就這麼朝蓋亞告訴我的位置扎了下去，然後在她抽搐、尖叫、昏倒時，用力抓住她。

# 第九章

德魯伊的訓練包括同時處理多樣工作和把心靈容量提升到極限。老師會鼓勵他們把眼光放遠，並且同時思考好幾個不同的想法。但是沒有人的心靈能跟得上蓋亞。一個人類的腦袋無法容納整個世界的心靈。這就是關妮兒在蓋亞意識湧入時失去意識的原因。我當年也是一樣；所有德魯伊都經歷過。但我們絕對不會忘記那股強大的力量、無所不包的愛、爲免發瘋而及時失去意識前驚鴻一瞥的深度痛苦。

趁關妮兒昏迷不醒，我繼續在她腳掌上刺青。如果她沒昏的話，要刺腳掌就很麻煩了。腳掌上的神經數量多到難以刺青——反射動作很難處理。

沒有先在關妮兒的腳上繪製圖樣；蓋亞羈絆的圖案直接來自她的意識，我則透過魔法光譜在關妮兒皮膚上看見一層綠色圖樣。那個圖樣看起來像是凱爾特花圈；和我手背上的環狀圖案類似，只不過中央沒有三曲枝圖。這是個約束環，有點像是能讓關妮兒保有意識地與蓋亞交談的濾鏡。在這個環狀圖案完成前，她不會甦醒過來。永遠不會。這是整個羈絆儀式中絕對不能被打斷的過程，所以直到圖案完成爲止，我持續工作了整整五個小時。我仔細檢查，然後問蓋亞是否滿意。

／／很好。／／她說：／／把她交給我／／

儘管關妮兒的腳依然鮮血淋漓、滿是傷口，我還是把她平放在山洞地面上。她驚呼坐起，瞪大雙眼。

／／歡迎，孩子／／蓋亞輕聲說道；我透過我的刺青聽見她。／／妳會成為強大的德魯伊／／

關妮兒倒抽一口涼氣，一臉驚慌。

「用妳和元素交談的方式說話。」我告訴她。「她聽得懂妳的情緒和想法。」

／／無窮無盡的感激／／關妮兒的感覺說：／／我身受祝福／／

／／我們都是身受祝福的孩子／／

關妮兒雙眼淚如泉湧，順著臉頰流下。我完全明白她的感覺，我的視線也因自己的眼淚而模糊。

「謝謝你，阿提克斯。」她說：「等待是值得的。就算等一百年也值得。」

「不必客氣。」我回道：「但現在道謝還太早了。從現在開始就沒有『無痛卡』了。我每刺一針都會讓妳很有感覺。」

「沒問題。」她說著再度躺下點頭。「完全沒問題。我明白為何而痛，一切都很值得。」

「好吧。」我說：「妳要直接繼續，還是再等一下？」

「繼續。」她說。

「那想休息的時候告訴我。」

她不用多少休息。事實上，她處理得比我當年好太多了，不過我沒提這件事。腳踝附近很棘手——因為這是個很敏感的地方——但我們日復一日、週復一週地持續進展，直到我們刺到大腿中間。繩紋兩側邊緣的圖案容許她吸取大地的魔力；這是為了因應任何部位的刺青受損而做的預防措施，不過這也表示她身體右側的任何部位都可以在她有穿鞋的情況下吸取魔力。至於內側的繩紋則隨著部位的不同而改變，允許她施展各式各樣的羈絆。第一組繩紋讓她可以羈絆魔法光譜和夜視能力。每組繩紋都有附加圖案，就像合約中的附屬條文，讓她可以羈絆其他人。

接下來的繩紋是利用大地來強化她本身的能力，增加力量與速度，並在長時間奔跑與打鬥時不會感到疲累。這些羈絆也可以施展在其他人身上。

正當我要開始刺下一組繩紋時，歐伯隆迫切的聲音貫穿了我的出神狀態。

「阿提克斯？阿提克斯，我真的很抱歉，但是我想我們遇上麻煩了。這情況不正常。附近有人。」

# 第十章

我不情願地完全脫離出神狀態，暫停動作，放下荊棘和他說話。「你怎麼知道？」

「這個嘛，我找到了一塊剛切的丁骨牛排。刀功一流，肉上有美味可口的油花，看起來是吃玉米的安格斯牛。奧林帕斯野地裡不該有人把這種東西隨手丟在地上。特別是在我的巡邏路線上。而且它才剛丟在這裡沒多久，不然早就被別的動物吃掉了。所以這表示——」

「附近有人。你說得對。用五千種方法罵他。從我刺青的進度來看，現在大約才過三週而已。你知道不能吃那塊肉，是吧？」

「嘿，我看過很多打劫片。他們總是先把狗毒死。而且我要補充，你講這話的語氣也太開心了點。」

「一切都是爲了這個時刻做準備，懂嗎？你還活著，沒有像電影裡的那些狗一樣死翹翹了。」

「謝了，阿提克斯。我該怎麼做？」

「有看見任何足跡嗎？聞到任何肉以外的味道嗎？」

「沒，這讓我有點擔心。萬一我的鼻子變成人類的鼻子了怎麼辦？」

「你的鼻子沒變。你還聞得到肉味。」

「對，聞起來眞香。」

「不要碰它，歐伯隆。舔都不要舔。那塊肉肯定有下毒。聽著，我要出來一下，看看能不能找出任何線索。待在那裡，瞪大眼睛、拉長耳朵，有任何不對勁立刻通知我。」

「好。」

「別再盯著那塊肉看了。去找把肉放在那裡的人。」

「噢！等等！你怎麼知道？」

「犬類心理學入門。我說眞的，不要看它。去找那個卑鄙的壞蛋。」

「嘎！要移開目光眞的好難！那塊肉上一定有牽引光束！」

「歐伯隆。那是塊死肉。你比其他狗來得堅強。移開目光。」

「辦不到！它吸住我了！阿提克斯，它吸住我了！」

「歐伯隆！小心天上掉下來的母牛！」

「哪裡？喔。你耍我！」

「別再回頭去看肉了！四下找找放肉的人。」

「呼。好吧。眞是太可怕了。快點，我現在好害怕。」

「我儘快趕來。」

我向蓋亞和關妮兒道歉。任何狠得下心毒殺狗的人肯定可以出手傷害我們，我們不能放任這種傢伙不管。／／必須暫停／晚點繼續羈絆／／

「阿提克斯？怎麼回事？」

「附近有人。他們在歐伯隆的巡邏路線上丟了塊丁骨牛排，我敢說一定有下毒。我們必須先處理這件事情。找出妳的飛刀，帶在身上。」

「我們可以繼續嗎？我們會繼續嗎？我只是想確認一下。」她邊說邊找回飛刀套，掛到腰帶上。

「兩個答案都是肯定。我離開前，妳要施展妳這輩子第一道法術。」我丟開我的背包，翻找莫魯塔。它還待在原位，我把劍鞘綁到背上。

「羈絆沒結束前我就可以施法？」

「對。我已經完成的繩紋本身都可獨立啓用。妳腳上的約束環一刺好就生效了。其他繩紋也都一樣。」我拿起她的木杖，走回她坐的地方。突如其來的變化似乎讓關妮兒難以適應──或許有點頭昏，因爲她的腳還是腫的，仍在滲血。我向她伸出一手，她握住我的手。拉她起身後，我說：「施展魔法視覺的羈絆。」

「好，要怎麼做？」

「什麼意思，要怎麼做？妳忘記咒語了嗎？我讓妳練習那麼多次通通白費了？」

「沒有，但是……」

「唸咒語，看著繩結，然後成爲綁繩結的那隻手。妳已經可以取用魔力了。」

關妮兒沒有可以用心靈指令施展羈絆法術的符咒。直到有能力製作自己的符咒爲止，她得親口唸咒。於是她開始唸咒，聲音有點遲疑，雙眼一副不相信她可以成功施法的模樣。我啓動我的符咒，觀察她的狀況：當她唸完在羈絆中灌注能量，於地上吸收魔力的最後一個咒語時，我看見白色的魔光自山洞地面竄起，照亮她皮膚下的刺青，然後聽見她在眼前的景象變得比之前豐富時出聲驚呼。她伸出雙手，突然失去平衡。魔法暈眩——感官超載。

「老師。這不是……喔，狗屎。」

我走近一點，確保她不會摔倒。「尋找物品的輪廓。」

「這和透過你的眼睛去看大不相同。色彩太豐富了。」

「我知道。妳要忽略四周所有羈絆的魔法線條。腳下的羈絆就別去看了；妳不用看見所有羈絆。妳得訓練自己忽視那些外來羈絆的感官訊息，就像司機在高速公路上會忽視告示牌和速限牌之類的東西。妳懂嗎？」

「呃……懂？我想？哇。」

「開車的時候，妳不會把注意力集中在所有東西上，但妳還是會意識到它們存在，是吧？妳會在不同時刻專注在不同的重點上，不管是妳前方的車輛、剛超妳車的大貨車司機，或是後方傳來的警笛聲；一切都存在，一切都在路上，但妳不用一次盡收眼底。這樣說有幫助嗎？妳不用去看此刻附近所有的羈絆。只要專注在妳之前看到的那些物品的輪廓就好了。」

「是呀，好吧，矮樹叢的輪廓很不清楚，老師，因爲它們就是一團茂密的枝葉。」

「拿著，」我說著把木杖交給她。「這個簡單的形狀應該可以讓妳輕易專注其上。」

「沒有耶，因爲我看到我手指留下的油脂、木頭細胞，還有——那是什麼？我的木杖上住著某種昆蟲的幼蟲？」

「拿到眼前看。專注在形狀上。妳的視線範圍內有根大基準棒。那就是妳看見的東西，只有輪廓。」

「喔，等等，有比較好了。」

「很好，如果可以，現在讓視覺保持在這個模式下，放低木杖。去看所有東西的輪廓。」

她緩緩放低木杖，在發現自己沒被眾多刺眼的羈絆閃瞎雙眼時鬆了口氣。

「好了，」她說著將木杖一端抵地，朝我微笑。「我覺得有點了不起。因爲我施展了第一道德魯伊羈絆。」

「恭喜。我要妳在我離開前再施展兩道羈絆。」

笑容消失。「離開？」

「我要去看看歐伯隆，記得嗎？附近有人。」

「喔，對。」

「施展強化妳的力量和速度的羈絆。我不在乎先施展哪一道。」

「阿提克斯，外面的情況超級詭異。所有動物的聲音都消失了。」

「很快就來了，老兄。快準備好了。」

我在自己身上施展相同的兩道羈絆。她先強化速度，完成羈絆後，她面露微笑。「我現在超想和你打一架的。」

我心裡十分驕傲，只想擁抱她，而不是和她打一架；不過抱她的話，我就得去想棒球，而現在不是想棒球的時候。

「記住那種感覺。如果現在快速移動，妳看東西會有問題嗎？」

「不會，我還是看得見東西的輪廓。我也能看見地貌特徵，不會承受不起。那感覺像是所有東西外圍都有一層柔光，只要不專注在那些光上，我就沒有問題。」

「非常好。妳要做的就是那樣。好了，我不知道外面是什麼人。對方可能會魔法。我回來的時候，看起來就該是這個樣子。如果妳在我身上看見其他東西——換句話說，就是有兩層不同的輪廓——那就不是我。那是其他人在施展幻象。痛扁他，或她，或它。」

「這就是你要我施展魔法視覺的原因——」

「確認身分。沒錯。我儘快回來。提高警覺。」

我在身上施展僞裝羈絆，緩緩步出山洞，越過荊棘叢，往下走向溪流。

「從山洞這邊往哪個方向走，歐伯隆？」

「西邊。我在小溪南邊，水洞那附近。」

水洞大約就是我能聽見他心聲的最大範圍。我開始朝他前進，盡量放輕腳步，留意四周動靜。

「這段時間你什麼都沒看見？」

「沒。」

「你不會又回頭去看那塊肉了，是吧？」

「沒有，我發誓。我才不會再被那道牽引光束吸住呢。」

「你沒聽見任何聲響，也沒聞到任何味道？」

「沒有。我沒聽見任何聲響這個事實本身就是個凶兆。」

「是呀。好了，我快趕到了，我在努力迅速又安靜地前進。必要時我會讓面前的樹叢移開。我有施展僞裝羈絆。」

除了我自己的腳在地上輕踏出來的腳步聲，我也什麼都沒聽見。歐伯隆說得沒錯。四周安靜得很不自然。在矮樹叢中奮力跋涉五分鐘後，我來到了水洞附近。除了溪水，沒有東西在動。

從那裡轉向南，不到一分鐘我就遇上了歐伯隆和那塊牛排。

「阿提克斯，是你嗎？我聽見有東西接近。」

「對。是我。」我解除僞裝羈絆，讓他看見我。歐伯隆搖起尾巴。

「感謝聖徒萊西！」

我檢查那塊牛排。顯然有人小心翼翼地把它放在那裡。牛排側邊和上面都沒有沾到塵土，如果是被隨手丟下來的話不會這麼乾淨。肉上有好幾個地方褪色，不像單純曝曬在空氣中所造成；上面還有些歐伯隆的狗眼看不出來的暗紅色塊。牛排上有噴東西。是什麼毒無關緊要。令我難以理解的是，歐伯隆爲什麼會堅稱附近沒有足跡。我本來認定是他眼中除了牛排外容不下任何東西，但附近眞的只有他和我的足跡。這讓我想出了幾個很麻煩的結論。

對方可能不是神；神不會讓所有動物默不吭聲。儘管如此，他肯定擁有像德魯伊一樣控制大地的能力——不然就是根本沒有接觸地面。能飛的東西。

「我們得回到關妮兒身邊，」我說：「立刻！」

接著我背上就中了一箭。

# 第十一章

我或許該跳回之前一點。正當我告訴歐伯隆說我們必須趕回山洞時，他的耳朵豎起，望向我的右後方。接著他叫聲：「阿提克斯！」立即朝我衝來，把我撲倒。結果——因爲被撲倒的關係——那支原本瞄準我背心的箭射中了左肩，擦過劍刃頂端。我落地時，撞擊的力道導致它刺穿我的肩膀，差點插中落在我背上的歐伯隆。

我本能性地在我們身上施展僞裝羈絆，然後在另一支箭呼嘯而過時，驚覺我應該連插在我背上的那支血箭一併僞裝。

「我看見那邊的樹上有不是鳥的東西在動。」

「上，歐伯隆！看看你有沒有辦法繞到旁邊去夾攻他們。」

「收到。」他彈向一旁，我掙扎起身。震驚的情緒消退，我開始感覺到痛了。我啓動治療符咒，拔出莫魯塔，四下找尋敵蹤。

沒多遠就看見了他們。五個紫杉人成戰鬥隊形，從水洞方向逼近，右肩上方高舉銅葉劍，如同日本武士般穿越樹叢而來。他們漆黑的小眼睛搜尋我的蹤跡——並且找到了我。他們能夠看穿我的僞裝羈絆。

儘管身高只有三呎，他們還是非常可怕的生物，身上長滿憤怒的瘤節，是莫利根沼澤裡魔法守護樹的樹枝。他們是莫利根專門用來對付圖阿哈・戴・丹恩的爪牙，因爲儘管擁有生命，他們卻不是動物，不必聽從富麗迪許控制；因爲不是血肉之軀，莫魯塔的魔力對他們而言毫無意義，安格斯・歐格的古劍除了像普通長劍一樣砍傷他們外，無法造成任何影響——而劍能對他們造成的傷害有限。用斧頭會比較好。派他們來對付我的人顯然做足了功課。

在德魯伊圈子裡，紫杉乃是死亡先驅、是凶兆，加上是莫利根的手下，這表示就連妖精也會害怕紫杉人；他們是能讓哥布林【註】滿身大汗驚醒過來的怪物。他們會服侍莫利根一百年，守護她的沼澤——那裡就是她的要塞，就像妖精宮廷是布莉德的大本營一樣——渴望戰鬥，卻始終不可得，直到她讓他們前往提爾・納・諾格，成爲鬥志高張的傭兵爲止。

我不太期待莫利根會在這個時候出面救我。幾年前她已經明白表示我要自己照顧自己，儘管她曾誓言確保我不會在暴力行爲中淒慘死去。

「歐伯隆，他們有劍，而且懂得用劍。我不要你攻擊他們。他們身上沒帶弓箭。看看你能不能找出那個弓箭手，告訴我他的位置。」

「好。」

這些傢伙不會飛，從那支箭來襲的角度研判，不可能是他們射的。那塊牛排不是紫杉人放的，對方還在遠處伺機而動；這就是我依然保持僞裝的原因。

他們的架勢給了我想法——他們提供了超棒的目標。我建立了一個物以類聚的羈絆，讓兩側紫杉人的銅葉劍突然和中間那個的劍羈絆在一起。效果很有趣，因爲紫杉人不肯撤手放劍。他們被劍拉著走，撞向中間的紫杉人。當手上不單只有拿他自己的劍，再加上其他四支劍和隨之而來的紫杉人後，中間那個就遭遇了一點困難，所有紫杉人摔成一堆。

我考慮用同樣方式羈絆紫杉人，但我擔心若眞的這麼做會產生什麼後果。這些都是莫利根的手下，要是能像普通木頭一樣隨意羈絆，絕不可能被用來對付圖阿哈·戴·丹恩。根據謠言，莫利根針對這種情況有所準備——或許那是她親自散播的謠言。儘管如此，任由他人羈絆或解除羈絆紫杉人的樹皮肯定很蠢，他們一定有保護措施。然而奧林匹亞或許能夠幫得上忙。紫杉人不該出現在這個世界上；他們是妖精世界的怪物，但對奧林匹亞而言，他們只是幾棵怪樹。

／／德魯伊找到樹／非自然活動／提問：幫忙扎根／帶來和諧？／／

／／驚嘆！／非自然活動！／樹必須扎根／成長／培養／和諧／／

紫杉人沒有聲帶——那是他們的神祕特質之一，扮演沉默寡言、冷酷無情的殺手。但如果他們可以發出挫敗的吼叫聲，現在肯定在吼叫。他們的身體所有接觸地面的部位都冒出樹根、死抓泥土，如同法拍禿鷹抓著希臘的房地產不放一樣。他們丟下長劍，奮力掙扎，甚至從彼此身上與地面跳開，但奧林匹亞打定主意要讓他們賓至如歸。一分鐘內，他們除了腦袋和手臂外，全身動彈不得，形成矮樹叢間一片新生小樹林。爲了追求和諧，奧林匹亞會持續解除莫利根加持的魔力，直到紫杉人

---

註：哥布林（Goblin），歐洲傳說中居住在地底或礦坑內的妖精，在各種傳說與文學作品中，哥布林的形象很多元化，但大多被描述成醜陋、邪惡的矮小妖精。

再度變成普通樹木。在此同時，他們十分清楚自己身上出了什麼事，還有誰要爲此負責。我笑嘻嘻地跑過他們身邊，他們眼睜睜地看著我路過，黑眼珠中流露怨毒的詛咒。

「嘿！幹紫杉【註】。」我說。

我肩上的箭在身前晃來晃去。要不是封閉了痛覺，這支箭肯定會給我帶來各式各樣的麻煩。我將注意力集中在箭桿上——我注意到這是中空的鋁箭桿——自出口傷的位置解除它的分子羈絆，直到它像威化餅乾一樣斷裂。

我想到當年烏鐸爾在阿斯加德射我那一箭後，我也應該要如此沉著理性才對，但那場戰鬥一旦開打就再也沒有任何理性可言。

「你找到弓箭手了沒？」我在接近水洞時問歐伯隆。

「沒，還沒看到他。不過我想我有聽見他的聲音。他在林冠附近。」

「他暫時不是威脅，因爲他看不見我們；先回山洞去幫關妮兒。反正那裡也比較適合防禦。」

「好。」

歐伯隆從所在位置轉身加速時，我聽見了他的腳步聲——輕輕的啪吋聲、細細的喘息聲，偶爾夾雜碰到樹叢的唰唰聲。我可以透過這些聲響粗略判斷他的方位。正當我試圖辨識位置時，一支箭自林冠呼嘯而下，插入溪邊的土地，就在水洞下方。

「嘿！好險！」

「以最快的速度跑回山洞，歐伯隆！」刺客也有僞裝法術。我不可能單靠長劍去對付身在林冠的傢伙。我需要一把關妮兒的飛刀；或五把。

歐伯隆鑽入樹叢，迂迴前進，搖晃的樹枝和落葉清楚顯示出他的位置。如果殺手待在原位，射箭的角度就會越來越差；箭只要一碰到矮樹叢立刻會偏掉。現在這種情況想要射中歐伯隆，殺手得飛出林冠、從正上方放箭。

我挑選稍微不同的路徑，提供與歐伯隆一樣的目標；對方可以透過在我前方分開的矮樹叢追蹤，但我身子伏低，除非對方離開現在的位置，不然不可能射中我們。

歐伯隆會先趕到山洞。

「不要直衝山洞暴露行蹤。你要像凱爾特忍者一樣偷溜進去。不要喘氣。」

「你知道那就像我叫你不要流汗一樣，是吧？」

「我知道，但在我抵達前盡量不要曝光。」

「凱爾特忍者要穿睡衣嗎？」

「不，傻問題！凱爾特人向來赤身裸體。」

「好吧，很好。我只是想確認一下。」

前往山洞途中，沒有箭自我身旁呼嘯而過；歐伯隆也沒有遭受攻擊。我鬆了口氣，不過又很擔心那個殺手跑到哪裡去了。

註：幹紫杉（Fuck yew），音似Fuck you。

我一進山洞就聽見一陣咒罵和撞擊聲。關妮兒遇襲了。

她被一個妖精殺手——有翅膀的那種妖精，困在角落。此刻因爲山洞裡空間不足，他沒在飛。他身上的幻象正在大聲抗議關妮兒的行爲，宣稱他沒有惡意，但實際上他正拿兩把外型邪惡的銀匕首攻擊她。關妮兒沒有上當；她透過攻擊他眞身的輪廓來對抗。她木杖的鐵頂——約莫只有八分之一吋厚——無法傷害他。他身穿硬皮護甲，她尚未接觸到他的皮膚。我不知道這場架打多久了；她看起來應付得很好，問題在於她一直採取守勢，而且沒有後路可退。

我對歐伯隆說：「全力大叫，分散他的注意，但不要攻擊。你看到的並非他的眞身。我會解決他。」

「好。要叫的時候告訴我。」

「叫。」

只要有心，歐伯隆的叫聲可以非常恐怖。他突如其來的叫聲嚇了殺手一跳，導致妖精後退一步，目光自關妮兒身上移開片刻。這是個致命錯誤。她木杖下擊，當場將他絆倒。他背心重重著地，大叫一聲，大概是翅膀被壓痛了。在他翻身跳開前，我一腳踩著他的手腕，解除肩膀上的箭以外的僞裝羈絆，以莫魯塔指向他雙眼之間。

「丟掉匕首。」我說：「立刻。」

「爲什麼？我反正死定了。」關妮兒也走過來踩著他的右手。

「只要你放開匕首，我保證會向提爾．納．諾格回報你是英勇戰死。不然，我就送回你的屍體，告訴他們你是個懦夫，令你家族蒙羞。」

「你保證？」他問。

「我保證只要你放開匕首，回答問題，我就會回報你是英勇戰死。」

他放開匕首。「死在鋼鐵德魯伊手上並不可恥。我是香儂石南地的杜維林・歐格。快點問。」

「我會。是誰派你來的？」

「是北歐斯瓦塔爾夫雇用我的。」

「什麼？你不能把事情推到黑暗精靈身上。你怎麼找到我們的？」

「黑暗精靈雇了我，還雇了其他人。他們投入大筆資金要取你的項上人頭。不過提爾・納・諾格確實有人洩露了你的位置。我收到匿名情報。」

「情報是怎麼收到的？」

「文字。小精靈送來的字條。上面說要搜查里托楚倫附近的樹林。我先找到那條狗，然後利用他引你出來。」

我得好好思考這件事情。「目標是我，還是關妮兒？」

「合約上註明要殺掉你們其中一個，或是兩個都殺，兩個都殺的話有額外獎金。不過你的學徒是比較好解決的目標。」

「屁麥。」關妮兒喃喃說道，當場摧毀了一樣一九五〇年代少數吸引我的事物【註一】。

「你說黑暗精靈還雇用其他人。都是些什麼人？」

殺手揚眉。「他們雇用妖精。他們雇用他們的族人。除此之外，我不知道。」

「哪個黑暗精靈想要我們的命？」

「我不知道。暗殺界都是透過中間人做生意的。」

這不是我第一次希望手裡拿的是富拉蓋拉，而非莫魯塔了。那樣就算我沒辦法從這個妖精口中探出更好的答案，至少還能肯定他說的是實話。

「你有多少同夥？」

「除了我，還有一群紫杉人和他們的轉移者。」紫杉人無法自行轉移世界，這是莫利根明智的預防措施。轉移者肯定就是那個弓箭手。

「香儂石南地的杜維林・歐格，願馬拿朗保佑你安然回家。」我對他說，然後望向關妮兒。「好解決的目標願意送他一程嗎？」

她二話不說，以木杖鐵蓋擊中妖精額頭。他悶哼一聲，身體一僵，然後化爲灰燼。

「這裡不能待了。」我說。

「我知道。」

「妳有受傷嗎？」

「沒。事實上，我覺得很爽。」她面露微笑。「我教訓了那個妖精一頓。」

「是呀，恭喜。妳表現得很好，識破他的幻象，看穿他的行動。但妳手臂上是誰的血？」

關妮兒皺起眉頭。「哪裡？」她先看右手，接著又看看架著木杖的左手。木杖一端抵地，她輕靠著它，手掌放在手肘上方。她就是在那裡看見我口中的血跡。一條血痕從她的手腕流到手肘，然後滴落地面。「哼。一定是被他割到的。我沒有發現。」

「不是個好徵兆。這些傢伙可能擅長用毒。」我話還沒說完，關妮兒已經兩腳一軟，癱在山洞地上，自信的神情轉爲困惑。她的木杖自麻痺的手指間滑落。

她看起來有點驚慌，我想我也一樣。「中毒？」她問：「希望不是艾爾肯粉[註二]。」

「希望不是。但既然他在獵殺我們，毒性或許很烈。和奧林匹亞談談，請她幫妳治療。她應該會很樂意效勞。妳看——腳上還有其他傷口。傷了不少地方。」

關妮兒低頭看著左腿外側，那裡的傷口可不是輕劃出來的。那道傷口很深，她會沒有察覺就表示殺手有使用麻藥，或她的腎上腺素超強效。

「喔，狗屎，我完全沒有感覺到——好吧。同樣的處理方式。」她閉上雙眼，與奧林匹亞交談，我則盡可能裝出毫不擔心的模樣。我強迫自己在她集中精神時離開她身旁，開始收拾行李。

---

註一：關妮兒在這裡罵了一句「屁麥」（Ass Malt）。作者解釋，這裡的Malt指的是一八九七年詹姆與威廉．好立克兄弟（James & William Horlick）發明的麥芽牛奶粉（malted milk powder），這種飲料可以拿來做成奶昔，在一九五〇年代它的受歡迎程度到達巔峰，人們可以在路邊的蘇打店或malt shops（可以喝飲料、吃東西、玩遊戲機的家庭餐廳）喝到這種奶昔。阿提克斯仍然記得當年美味的麥芽牛奶奶昔，而關妮兒把malt與ass放在一起、讓人聯想起乾乾的粉狀便便，毀了他的美好回憶。

註二：艾爾肯粉（iocane powder），電影《公主新娘》（*The Princess Bride*）裡的虛構毒藥，無色無味，可溶於水。

「我們現在就要離開了？」歐伯隆問。

「準備好就走。這地方已經不安全了。既然有人告訴一組人馬來這裡找我們，另外一組人馬八成也收到同樣的指示。說起這個，你可以留意一下小溪谷那邊的情況嗎？外面還有一個殺手，我可不想再度中伏。」

「好。」歐伯隆轉向洞口，順著樹叢迂迴前進，將上下游的景象盡收眼底。

「別忘記注意天上。他會飛。」

「好。但說實在話，阿提克斯，我認爲你該發明一種長程武器，讓我應付這種情況。」

「如果我這麼做，你只會拿去打松鼠。外面安全了嗎？」

「是。我什麼都沒看見。」

關妮兒抬起頭來，睜開雙眼。

「你猜對了，老師。麻藥和神經毒。不過奧林匹亞已經幫我解毒了。現在傷口開始痛了。」

「他在等妳像剛剛那樣倒地，然後解決妳。妳能動嗎？」

「可以。」她說著扭動手指。「我想沒問題。」

「那就好。幫我把背上的箭拔出來，好嗎？」

「什麼箭？我沒看到！」

「僞裝了。」儘管壓抑痛覺，我還是在她拔箭時露出吃痛的表情。因爲拔箭就是讓人覺得很不舒服。「謝了，」我說，然後開始癒合傷口。「打包妳的行李。我們得趕在更多殺手出現前離開。」

她把木杖靠上洞壁，然後一拐一拐地走去收拾行李。「我們要去哪裡？」

「先回提爾・納・諾格避避風頭。那裡有人不但幫殺手找出我們，而且還爲了某種原因和黑暗精靈勾結。這件事值得調查。」

「我們什麼時候才能繼續我的羈絆？」

「一有機會就繼續。相信我，我和妳一樣想要完成羈絆。」

# 第十二章

我看過小孩玩「鬼抓人」的遊戲。在這種遊戲裡，只要他們碰到「基地」，不管是樹、老輪胎、還是其他東西，鬼就不能抓他們。基地是個安全地帶——讓人可以喘一口氣，或是對鬼出言挑釁的地方。

愛爾蘭人的基地就是馬・梅爾。這裡不允許任何爭執。妖精殺手絕不敢違背這條規矩。你可以在這裡休息、治療，必要時甚至可以在這裡進行可惡的外交談判。轉移離開奧林帕斯後，我就把關妮兒和歐伯隆帶到這裡。我利用洞口的樹建立了一條通往提爾・納・諾格的通道——身上負傷、又有會飛的狙擊手監視，我們自然不會蠢到用走的下山——等我們抵達提爾・納・諾格後，我順勢再把我們帶往馬・梅爾。

剛到時，柯納克・爾・諾爾溫泉裡的寧芙妖精對我們身上的血跡感到震驚與憤怒，不過在我們澄清那是在別處弄傷，我們只是來療傷時，她們立刻變得彬彬有禮，甚至關懷備至，詢問有什麼可以幫得上忙。我請她們帶信給提爾・納・諾格的孤紐和馬拿朗・麥克・李爾，請他們來溫泉找我討論一件緊急事故。祝福她們，她們立刻派出兩名寧芙處理此事，剩下的則提供肥皂和繃帶，並邀請我們去泡有療效的溫泉。

溫泉四周地面鋪有柔軟草皮；為隱私而種的翠綠樹籬隔出個人澡池。有些比較大的池子專供兩人或更多人一起泡，我和歐伯隆就泡在這種池子裡。關妮兒被帶往附近遠離我們視線範圍的單人池。

「再和我解釋一次，你爲什麼無法忍受她不穿衣服的模樣。」歐伯隆在我脫光衣服，輕輕步入溫泉時問道。

「不是說我無法忍受。問題在於我身上某個部位會高高站起。不管我想多少關於棒球的事情都一樣。嗯，或許我該換成老人曲棍球比賽。又冷又有很多摔斷的髖骨。這樣或許有效。」

歐伯隆嗤之以鼻。「人類的交配習性超蠢的。」

「我是在想辦法不要和她交配，歐伯隆。」

「但是你想要。」

「不，我不想。好吧，我想，但問題在於，我不能，而且……這很複雜。」

「不複雜，很愚蠢。」

我嘆氣。「或許你說得對。」

「你知道我說得對。狗狗就聰明多了。母狗發情、播放馬文・蓋伊【註一】的歌曲、九週後小狗就出生了。不須擔心人類交配完後要擔心的那些事情，讓我們有更多時間可以玩耍和睡覺。我說眞的，你們花在擔心這種事情的時間比實際去做的時間要多多了。」

一個寧芙走了過來，保持著安全距離，告訴我孤紐已經在路上了。我謝過她，她隨即離開。

釀酒人是種招人嫉妒的工匠，而孤紐則是最頂尖的釀酒人。別人可以輕易試喝品嚐他所釀造的酒，而跟那些在毫無靈性的大賣場裡招呼你的人不同，他可以指著他所釀的酒說：「那些酒。我釀的。」最近他在他的鍛冶場（他也是個技巧高超的鐵匠）隔壁加蓋了間酒吧，而他常常待在吧台後，笑嘻嘻地提供剛釀好的酒給別人喝。我向來很喜歡他。不過話說回來，要討厭一個喜歡免費送酒給你喝的人可不容易。

「敘亞漢！」他親切叫道，穿越草皮大步向我走來。他樸素的棕色上衣上有些白色繩紋圖案，搭配乳白色腰帶。他兩手各拿著一個大黑酒瓶，雙臂敞開，一副想要用啤酒來擁抱我的模樣──「啤酒就是愛」的代言人。「很高興在天殺的妖精宮廷以外的地方見到你！你一定要來一杯我新釀的酒。」他盤腿坐在我的池子旁，用拇指和微妙的解除羈絆法術推開酒瓶的瓶蓋。他把酒瓶拿給我，又打開另外一瓶。「我叫它『風笛腳夫』。香醇爽口的麥酒，加上在你的舌頭兩側大跳吉格舞【註二】的丁香與香草口味。」

「身體健康、心靈和諧。」我說著朝他舉起我的酒瓶。他和我輕碰瓶口，複誦我的話，然後我們享受了幾口美酒。「太好喝了。」我對他說。

「可不是嗎？」孤紐自我陶醉地說：「如果有個吟遊詩人幫我所有釀造的啤酒分門別類就好了。哎呀！」他停止自嘲，嚴肅轉頭。「不過你找我來，說是有緊急事故。究竟是什麼事？」

---

註一：馬文．蓋伊（Marvin Gaye, 1939 - 1984），美國著名歌手、作曲家，被譽為靈魂樂王子（Soul Prince）。

註二：吉格舞（Jig），一種起源自英格蘭的舞蹈，而在愛爾蘭常用吉格舞曲伴奏踢踏舞。

「提爾・納・諾格裡有人在追殺我們。一群妖精刺客——紫杉人和低等妖精——打斷了關妮兒的羈絆儀式。」

「不！她還好嗎？」

「正在療傷。就在隔壁一、兩座水池。」我用大拇指比向左邊。孤紐皺眉，雙眼移向我的肩膀。「沒弄錯的話，那裡也有受過傷？」他問。

那道箭傷現在只剩隱約可見的粉紅色皺紋，但在德魯伊眼中依然顯眼。「對。遇襲時中箭。」

「下手的傢伙永遠別想喝我的酒。」他說。

「你眞是既公正又周到。」我說：「但我在想你和你弟弟會不會想要接受一項挑戰。」

「哪個弟弟？」

「盧基達。」

「挑戰，你說？」孤紐眼睛一亮。「我已經好一陣子沒有遇上挑戰了。」

「世界上也好一陣子沒有新進德魯伊了。」我說。「我在想或許應該用新的妖精武器來紀念一下這事件。」

孤紐嘴角下垂。「不會又要來把劍吧？」

「不，大多數工作交給盧基達負責。關妮兒擅長使杖。不是巫師的魔杖，而是打鬥用的那種。鐵頭杖。你可以在一頭鑲鐵對付妖精，另外一頭鑲銀來嚇阻狼人之類的傢伙嗎？」

鐵匠容光煥發。「啊！那就比較新鮮了！一定要又輕又硬，當然，特別是要耐震耐撞。既然是妖精武器，兩邊的金屬就一定要弄得既實用又美觀。」

「我敢說這對你們兩個來講都是挑戰。這種武器沒有模版可套用。」

「我想你說得對，敘亞漢！」

「加持你認爲適當的魔法效果，它將會成爲前所未見的傳奇武器。」

「沒錯！圖阿哈．戴．丹恩已經很久沒有造出值得一提的傳奇工藝了。」他斜嘴一笑。「除了我的麥酒，當然，當然。」

「當然。」

孤紐大口喝完剩下的啤酒，擦拭上唇的泡沫。「我得立刻去和盧基達商量此事。」他站起身來，拍拍褲子上的灰塵。

「等等。我們不該討論一下報酬嗎？」

「哈！挑戰還不算是報酬嗎？再說從你每次公開露面都會惹上麻煩來看，我想你的學徒也好不到哪裡去；這表示之後她會用這武器宣揚我的名聲。不，敘亞漢，這樣能提供消遣，也能滿足我所欠缺的自尊，而非金錢，所以我認爲你已經支付足夠的報酬了——我敢說我弟弟也一樣。我們會立刻開工！」

「不用付錢，還立刻開工？我認爲這位老兄沒事不要喝那麼多酒。」

我向孤紐道別，接著又有另一個寧芙走來，神色十分悲傷，說出她認爲超級壞的消息。「馬拿朗．麥克．李爾現在不在家。他身處大海之中，據說很快就會回來。他的妻子芳德邀請你去他們家裡等他。」

「太好了。我想我們會應邀前往。」我向她微笑，表達感激之情。

「立刻？」

「對呀。想對關妮兒叫個幾聲，讓她知道我們要走了嗎？」

我們傷勢好轉，感覺煥然一新，於是轉移回提爾・納・諾格造訪馬拿朗。芳德在門外等待我們。看見關妮兒走路一拐一拐時，她說：「可憐的孩子！快點進來，告訴我是怎麼回事！」

「如果妳不是非常介意的話，我們寧願不要去想那件事。」我說。

芳德先是滿臉困惑，接著有點難爲情。「喔，當然！先來吃點東西，休息休息，等馬拿朗回來。」

她帶我們來到廚房，一邊喋喋不休地說著大家對於我們那場覲見有什麼看法，一邊煎著從那些遠近馳名的豬身上切下來的培根。「這是永恆青春培根。」她在端盤子給關妮兒時笑道：「應該能立刻治好妳的傷，而且十分美味。」

關妮兒目瞪口呆地看著放在造型獨特的藍色陶盤上的四片培根。令她驚訝的不光是培根，她對繩結的知識已經足以辨識盤緣上的白色繩結能爲任何吃過這個盤子裡食物之人帶來健康的祝福。

「我……」

「怎麼了，親愛的？」

關妮兒沒再說話。

「她情緒有點激動。」我說。

「我了解。」

芳德還有用同一批豬肉做成的香腸，而她幫歐伯隆煎了一鍋，放在盤子上給他。

「偉大的天狼星大王呀，阿提克斯，這眞是史上最好吃的香腸！馬拿朗可以用這些香腸來統治世界。眞的，他甚至可以用這些香腸教會洛威拿犬禮貌。」

「這麼好吃，嗯？」

「這種香腸價錢一定超好的。」

「免費的，歐伯隆。」

「我知道。免費就是超好的價錢！」

我不打算和他討論「超好」這個形容詞的語意，於是在心裡暗自偷笑，然後享受培根和麵包。

芳德是個十分親切的女主人，和她母親實在差太多，讓我忍不住問道：「妳母親近來如何？」

「喔。」芳德臉色一紅。「她還是整天與你帶來的那個雷神走在一起。」

「佩倫還在這裡？」

「對。他獲得了政治庇護，想在這裡待多久都可以，不過一旦離開，就不能在未獲邀請的情況下返回。我聽說他並不急著回地球，因爲洛基在找他——也因爲我母親對他……萬分殷勤。」

我若無其事地裝作沒聽見最後那句話。芳德顯然對其母聲名遠播的性慾感到很難爲情。「都沒人發現洛基的下落嗎？」

「沒有。他要嘛就是躲得很好，不然就是待在某個北歐世界裡。」

一名妖精在廚房門口清清喉嚨，然後於我們轉身過來時鞠躬。「馬拿朗大人回來了。」

「很好。」芳德說：「請知會他我們在這裡。」

妖精又鞠躬點頭，然後離開。馬拿朗必定就跟在他身後，因爲他幾乎在妖精離開的同時就進來了，而且臉色有點陰沉。

「這是怎麼回事？」他沒有和我們打招呼，看著關妮兒裸露的手臂說道。他頭髮濕淋淋的，右手拿著魚叉。魚叉上刻有繩紋，所以八成是件有名字的武器。他剛剛在海裡打獵。「敘亞漢，我以爲你在幫她與大地羈絆。」

「本來是，但儀式被打斷了。」我說。

「打斷？」

在他問我被誰打斷之前，我說：「我可以和你私下談談嗎，馬拿朗？」海神的目光飄向他妻子，然後點頭。

「當然。」

我擔心的不是芳德，而是她的妖精。我向城堡的女主人鞠躬。「芳德，妳的待客之道無微不至。請容我們告退。」

「隨時歡迎你。」她回道。

我們跟著馬拿朗來到一間玻璃石板屋。經過馬・梅爾的溫泉、青春培根，還有健康盤子的多管齊下，關妮兒走路已經恢復正常。我們進屋時，一名妖精剛好出來，告知我們火已經生好。溫暖的爐火與冰冷的屋內陳設形成反差。牆邊有著藍灰色的石板書櫃，上面放著皮革書和小裝飾品。一個開啓的蚌殼裡放著超大珍珠，反射著淡淡火光。妖精在火爐前爲我們準備了四張有著深藍色座墊的高背椅，歐伯隆跳上一張，將自己視爲即將參與這段談話的一分子。

「那些妖精也有攻擊我，阿提克斯，所以我也應該可以坐在舒服的椅子上。」

歐伯隆的行爲讓馬拿朗揚起一邊眉毛，不過沒說什麼。他目光轉向門口，接著失去焦點——或是重新在魔法光譜裡取得焦點。他唸誦羈絆咒語，將我們封閉在房間裡；房外無法聽見我們的談話。除非……

我啓動妖精眼鏡，看看妖精可能在房裡搞什麼鬼。我十分信任馬拿朗，但他生活在到處都是妖精的城堡裡，而且又不常在家監視他們。掃描書櫃時，我在蚌殼上看見了有趣的東西——那玩意兒掩飾得很好，不過在蚌殼的天然光澤前還是隱約可以辨識出來。羈絆繩紋。我不熟悉。

「馬拿朗？」

「嗯？」

「那裡那些是什麼羈絆？」我指向蚌殼。他走到近處，仔細研究，眉頭深鎖。

「我不確定。我可以告訴你，不是我施的。或許無害，但我不喜歡我的私人圖書館裡出現奇怪的羈絆——特別當我想要隱私的時候。」

他解除繩紋，它們在滋滋聲響中消失，留下普通的蚌殼。

「我們應該再找找看。」我提議：「我想確認沒有其他人聽見我們的交談。」

「那麼嚴重，呃？」

「是。」

「或許我們最好直接離開城堡。」關妮兒說：「轉移到地球上某個隱密、不會有人偷聽的地方。」

「我剛好知道這樣的地方。」馬拿朗說：「我們抵達前不要再說話。」

我們跟著他一言不發地離開城堡，前往一棵傳送樹，然後轉移世界，跟隨他來到伊凡・阿不拉奇【註】——蘋果島。我從未踏足這個愛爾蘭神域，不過在身後的海洋和面前的果園之間，我絕不可能把它誤認爲其他地方。

「好了，是什麼問題？」馬拿朗問。

「派！」關妮兒開心地聞著鼻孔裡的香氣。

「沒錯，不過是水果派。如果想要讓我興奮，帶我去狗狗的應許之地，犬科天堂。那裡沒有牛奶和蜂蜜，只有牛排和牛腎。」

「派就是問題？」愛爾蘭海神神情有點迷惘。

「不，派不是問題。」我澄清道：「馬拿朗，我們在奧林帕斯山上遭到一群刺客攻擊。」

「一群？」

「紫杉人和其他妖精。他們打算殺死我們。放毒牛排給我的狗吃，打斷我學徒的羈絆儀式，而且還和斯瓦塔爾夫合作。」

我們把整件折騰人的事情講了一遍，看著馬拿朗臉色越來越難看。

「我保證會調查此事。」他說。

「你眞好心。」我回道：「不過你現在對於對方的身分有沒有任何想法？」

馬拿朗嘆氣。「看來你肯定不了解宮廷的情況，」他說：「在現在這種情況下，每個妖精都有嫌疑。」

我皺眉。「我眞的失寵到這個地步？」

「恐怕是的。上次覲見也沒有幫你加分。現下安格斯·歐格死了，大多數黨羽也已經肅清，布莉德隨時都在擔心莫利根會發動政變……」——他突然伸手在我鼻子下揮拳，藍眼珠裡透露要讓我痛苦的意圖——「你要是告訴別人我這麼說過，我就捏爆你的陰囊，聽懂了嗎？」

我吞口口水。「聽懂了。我絕不透露隻字片語。」

他收回拳頭。「很好。現在，你必須了解的部分在於，布莉德的宮廷裡有許多妖精因爲不能將你視爲布莉德的人馬，而認爲你隸屬於莫利根陣營。他們的腦子只有醃鯡魚的一半，這點我們都很清楚，所以你可以想像他們有限的判斷力會往哪個方向走。從他們的想法來看，除掉你就等於是除

註：伊凡·阿不拉奇（Emain Ablach），愛爾蘭神話中的天堂島，通常被視爲馬拿朗·麥克·李爾的領土；傳說中，光之神盧（Lugh）就是在這座島上被扶養長大的。

掉莫利根與日俱增的威脅。他們認為她永遠無法靠自己的力量完成那個護身符。對吧？」

我聳肩。「我還沒教她最後一個步驟。但那並不表示她要我教。她了解基本理論。她可以在沒有我的情況下完成護身符。」

「喔。好吧，無論如何，那些醃鯡魚——我們可以這樣叫他們嗎？——認為只要能夠阻撓莫利根，他們就會贏得布莉德寵信。老實說，他們這樣想可能沒錯。但是他們當然沒膽直接對付戰鴉。說真的，就連我也未必有膽量幹這種事！所以他們認為你是稍微比較容易得手的目標。並非私人恩怨，你知道。你的存在阻礙了他們私人的野心並不是你的錯。」

「而我覺得受到冒犯真是太蠢了。」

「沒錯。現在，我想到一個辦法能就此擺脫那些醃鯡魚。」

「什麼辦法？」

「只要你成為布莉德的配偶就好了。」

「不行！」一直在享受派與果汁香味和輕拍歐伯隆的關妮兒，在馬拿朗和我轉頭看她時伸手摀住嘴巴。

「抱歉，」她輕聲說道：「我大聲說出口了？」

「她說得沒錯，馬拿朗。」我說：「這不是可行的選擇。」

「我剛剛是怎麼說人類交配習性的？」

「不行嗎？」他一副好像想問原因的模樣，不過接著改變心意。他聳肩。「啊，好吧。那我想我們就得依照古老的愛爾蘭之道來處理此事了。」

「是呀。說起打架，我還有另一件事要討論。現在我的行蹤再度曝光，我可不可以用莫魯塔和你換富拉蓋拉？」

馬拿朗的嘴巴在驚訝中形成個小小的黑洞，隨即以清喉嚨的動作加以掩飾。「這個嘛，我得要考慮、考慮……」

我不希望他考慮。可能會有人勸他不要換。「莫魯塔是殺死索爾的魔劍。它的名聲已經比富拉蓋拉還要響亮了。你可以在那群嗜血的妖精面前大大加分。」

「嗯。得到他們的支持確實不錯，這點毫無疑問。」馬拿朗說。

「我保證我會用富拉蓋拉來讓世界更加有趣。」

馬拿朗．麥克．李爾笑嘻嘻地說：「好了，這話可真是令人信服啊，眞的。好吧，我可不想知道布莉德得知此事後會有什麼反應，但是我當然可以任意處置我自己的魔劍。總之，這對那些醃鯡魚而言肯定是場災難。和我回去。我們把劍換一換。在提爾．納．諾格上不要提起此事，朋友。監視我的傢伙起碼要幾天後才會發現我們換劍。換好劍就去好好羈絆你學徒吧。」

我對他微笑。「你是我最欣賞的海神，你知道。」

「喔，把你的鼻子拔出我的屁股【註】。只要你信守承諾，讓世界更加有趣就行了。」

註：這裡馬拿朗是在叫阿提克斯不要拍自己馬屁，因爲英文裡「親屁股」有「拍馬屁」的意思。

# 第十三章

劍鞘裡插著富拉蓋拉轉移離開提爾·納·諾格後，我發現自己很難不像在「星艦迷航記特展」裡的宅男一樣呵呵傻笑。

我把它拿回來了。經歷漫長的十二年後，我終於拿回來了。這回是一名圖阿哈·戴·丹恩親手送給我的，而不是從他們手中偷出來的！

我興奮到頭暈目眩、渾身發抖。我喉嚨中醞釀著激動的尖叫聲，因爲我又覺得自己變酷了——酷得不可思議、不像人，就像勞倫斯天殺的費許朋【註】一樣——但是我努力克制這股情緒；萬一我眞的叫出聲來，那就一點都不酷了。

「你在發什麼抖？」關妮兒問：「冷嗎？」

「喔。不。嗯，宣洩能量。急著想要重新開始。」爲了讓自己冷靜下來，我把黑暗精靈那段奇特的起源，以及必要時要怎麼對付他們等事情告訴關妮兒。保持移動，側面夾擊，還有，天殺的要把嘴巴閉起來。

---

註：勞倫斯·費許朋（Laurence Fishburne, 1961-），美國電影、電視、舞台劇演員，以硬派或探員角色著稱。代表作有爲電影《駭客任務》中的莫菲斯（Morpheus）。

「鼻子和耳朵怎麼辦？」

「我想他們沒辦法從鼻子和耳朵進來。他們一凝聚形體就會變成血肉之軀；我們的頭骨或許會直接割爛他們手臂。如果他們願意為了殺妳而犧牲手臂，好吧，我猜妳得擔心這種情況。不過話說回來，喉嚨裡都是軟體組織。他們會在凝聚實體時讓妳的下顎脫臼、肌肉破碎、食道撐破，然後再抽回手臂，順手拔出食道。」

關妮兒吞嚥口水，一手放在脖子上。「謝謝你提供的畫面。」

我們再度回到奧林帕斯危機四伏的邊緣地帶，不過這次我們位於西側。現在奧林匹亞了解我們的需求，十分樂意引導我們前往適當地點繼續關妮兒的羈絆儀式，所以我們沒必要再自己找合用的地方。這裡和東邊那座山洞很像，儀式需要用到的荊棘還遮蔽了洞口，而且三十碼外就有一條可以提供飲水的小溪。洞頂稍微低一點，也不如之前的山洞深或舒適，地上有不少小小毛毛的東西留下的便便，不過這裡符合我們的需求。我們幫歐伯隆確認巡邏路徑，然後盡量打掃洞裡。與蓋亞取得聯繫的時間比之前短一點——由於她在等我們的關係，所以不到一週就聯絡上了——沒過多久我就好像根本沒被刺客打斷一樣，開始用荊棘幫關妮兒刺青。

現代刺青槍能以每秒八十到一百下的速度刺入皮膚。我拿荊棘刺大概一秒一下。刺尖透過羈絆法術變得更尖更硬，不過刺起來還是很痛、很慢、很血腥。而且有時候我會有點分心。

因為。你知道的。

關妮兒赤裸裸的大腿。

就在我的雙手下。

你可以透過一些心靈把戲來克制情慾——想棒球只是其中之一——但是當大腿擺在眼前時，這就會變成一場持久戰。柔潤白皙、線條優美，還有……喔，可惡。接著我們終於刺到她得脫掉短褲的位置了。

我知道刺青藝術家幾乎不會注意到這種細節；當他們在刺青時，皮膚只是鮮血與墨水的畫布。但我並非經驗老到的刺青藝術家，而關妮兒的身體在我眼中絕非只是一塊畫布那麼簡單。它比較像是用低沉蘇格蘭滾音來發音的聖杯。

她想連內褲一起脫，我立刻阻止她。

「內褲不用脫。」我說，心裡默默請求達賴喇嘛幫助我放下所有世俗慾望。她依然是我的學徒。

「為什麼？反正待會兒還是要脫。」

「不必，我們可以繞過去。」

「但是這樣做很傻。內褲會沾到血和墨水。」她已經挺起俏臀，兩手拇指鉤住內褲兩側。內褲上緣已經開始往下，露出腰間那片美麗的肌膚，通往——天呀！

「我保證會幫妳買新的。反正。拜託。不要脫。」

「喔。我懂了。」她語氣平淡，躺回地上，轉過身去，躲在自己的肩膀後。「你還在假裝。」

這句指責讓我有點受傷，於是回道：「我完全沒有假裝。我一直表示得非常明白，我們必須堅守師徒關係。」

「是呀。你繼續這樣告訴自己吧。你不能繼續隱藏下去了，阿提克斯，所以請停止，好嗎？你知道我們對彼此都有超越師徒關係的感覺。」

「我們不能超越師徒關係，關妮兒。我不會。」

「那等我完成羈絆以後呢？到時候我可以爲所欲爲嗎？」

「基本上，可以。大地會將妳視爲德魯伊、回應妳的召喚，而妳想去哪裡就可以去哪裡。但是新進德魯伊通常都會繼續待在大德魯伊身邊一段時間，學習變形和轉移世界的訣竅。」

她轉過身來面對我，沉下臉一拳打在我手臂上。

「噢！」

「你再和我裝傻！身爲能看見所有生命間羈絆的男人，你是瞎了眼才會看不清我們的關係。你是不是一直在過濾視覺，只看你想看的東西？」

我的腦額葉遭受恐懼淹沒，不過我敢說關妮兒只有看見我嘴巴打開。她說得對──我過濾了視線中大部分影像；我只看見蓋亞爲了完成羈絆而要我看見的部分。接著我發現這個藉口實在沒有什麼說服力。

「呃。」我說。眞相就是，過去十二年裡，我隨時都可以透過魔法光譜觀察關妮兒，但除非上課需要，不然我不會這麼做；而當我這麼做時，我總是會過濾掉與教學主題無關的部分，就像我現在幫她刺青時的做法一樣。這是在否認現實，簡單明瞭。

我移除眼罩，看著我們之間的情緒羈絆，我很清楚眼前看到的是什麼。我曾經見過這種繩結。有些是情慾。還有一些，我因爲深怕不存在而始終不敢確認的那些，是愛。

現在關妮兒也能看見它們了，她不用我指導就猜出了它們的意義。她說得對。我不能繼續假裝下去。

然而我所能做的，就是覺得自己是個大笨蛋。再一次。

我已經不知道曾多少次在男女關係中感覺自己像個大笨蛋了。儘管我的戀愛經驗比世界上所有人都來得豐富，我還是學不會要怎樣才能不覺得自己是大笨蛋。那就像是在電影院裡點中杯飲料，而青少年員工每一次──每一次，都會問你要不要加五十分錢升級大杯一樣。即使你已經搶先告訴他們不要，他們還是非問不可，因爲「中杯」這個字會讓他們的腦子產生自動反應。墜入情網也是類似的情況：你總是會在某些時刻覺得像個大笨蛋，就算你很清楚會面對這種情況也一樣──這是無可避免的。

在我有辦法做出任何超過單音節的無助反應前，歐伯隆的聲音自腦中傳來，吸引我的注意。

「阿提克斯，有身穿白衣的三女一男朝你的方向前進。他們手裡拿著你提過的那種口渴的東西。」

「你是說酒神杖【註】？」

---

註：口渴（thirsty）與酒神杖（Thyrsus）音近，歐伯隆搞混了。

「對。他們在說別種語言，而且牙齒看起來很尖。」

一股全新的恐懼來襲。酒神女祭司來了。

# 第十四章

「聽著，老兄。情況十分危急。謝謝你事先警告。原地躺下，不要動。不要攻擊他們，不要跟蹤他們，在我再度聯絡你前，不要和我說話，好嗎？」

「懂了。我去打個盹。」

「絕佳計畫。阿提克斯結束通話。」

關妮兒從我恍惚的神情看出出事了。「怎麼了？」她問。

回答之前，我向奧林匹亞發出緊急求救。//隱藏德魯伊/危險//

//已經藏好了//

「立刻關閉魔法視覺。切斷蓋亞的聯繫，穿上短褲。我們得暫停。」

「又停？」

「對。不要透過任何方式吸取大地力量。必要時丟掉奧林匹亞的彈珠。絕對不要施展法術。」

她照做，彈珠在石頭地上發出輕響。「好了，告訴我是怎麼回事。」

「歐伯隆發現酒神女祭司。他們可以聞到魔法的氣味，而且正往這個方向趕來。」

「魔法要怎麼聞？」

我壓低音量。「我是在我們認識後不久才發現這件事的。記得那次在史考特谷，拉克莎幫我對付她們的時候？我施展僞裝羈絆站在黑夜中不動。應該不會被人發現，對不對？但是有個酒神女祭司在停車場對面深吸一口氣，然後就朝我直奔而來。她雙眼無神，但卻很清楚我的位置。我的體味沒有那麼糟，所以她聞到了什麼？我的僞裝羈絆。」

「所以是我們羈絆儀式的氣味把他們引來的？」

「一點也沒錯。」

我們調整姿勢，腹部朝下，平躺在地，在視線大幅遮蔽的情況下看著小山洞外的小溪和樹林。南方閃過一片白色身影，吸引了我的注意。我猛然朝那個方向轉頭，一聲不吭地讓關妮兒知道該往那兒看。

出現了更多白色身影，飄逸的布料在樹林間穿梭，沿路所有動物都安靜下來。除了下方小溪汩汩流水聲外，我們什麼都沒聽到。

漸漸地，刺眼的白衣間浮現皮膚色調。手臂和頭。漆黑雜亂的頭髮或許是靜電造成，也可能是愛玩的貓咪弄的，爲蒼白對稱的五官添加混亂氣息。從某些角度來看，她們或許堪稱美麗，可惜她們眼中綻放出瘋狂的光澤。

我沒有很意外地發現跟在她們身後的就是巴庫斯，瘋狂之王本人。跟上次見面時不同，他看起來很冷靜，完全克制住瘋狂本能。事實上，他看起來乾淨濕潤，好像剛從理容院出來，而不是在野外旅行了好幾個小時。他嘴唇不帶絲毫笑意，就連嘴角也沒有上揚，不過還是散發出一股滿足，無力的眼瞼顯示出他的縱情享樂，彷彿一個雌雄同體的美麗生物剛剛狼吞虎嚥掉了一堆烈酒和難以言喻的美味起司。如此凝視著他，我了解到他享受過我永遠無法了解的歡愉，一股嫉妒之情湧入我空洞的喉嚨。有很多人願意爲了淺嚐他漫長一生都在飲用的極致歡愉而付出一切。當他們的舌頭接觸到那種酒時，就成了他的奴隸，因爲他們願意爲了再度品嚐那種滋味而承受任何折磨，萬一太久沒有喝到那種酒，他們就會發瘋。不管是哪種情形，他們都會崇拜、侍奉巴庫斯。

不經思考的動物性極樂是很強大的誘惑；我們總是會感應到這種誘惑，就像懸崖邊緣或海浪一樣：跳下去。那是人類天性中不可或缺的部分，具有同等的快感與風險。然而對於受過語言訓練、曉得如何察覺枝微末節，並且樂在其中的人而言，這種原始、基本的誘惑會慢慢減弱。不過這樣也可能面臨可怕的危機：用言語抒發來轉移痛苦的傾向會鼓勵詩人規避眞正的情緒，過度熱愛書本也可能讓人活在象牙塔裡，在理應無拘無束的地方建立高牆。很久以前我就決定——爲了讓我在文盲和不懂思考之人間保持理智——生活裡一定不可缺乏詩歌；不過生活裡也不可缺乏性愛。我要同時享受兩者，然後還要聽從現代啤酒廣告睿智的建議，擁抱責任。葡萄酒之神從來不曾擁抱任何責任。

酒神女祭司在洞口停下腳步，但卻看不見洞口。她們抬高鼻子，用力吸氣，眉頭深鎖。其中之一以我和關妮兒都聽得懂的拉丁文說話。

「本來在這裡，或在這附近，但是現在不在了。」

第二個酒神女祭司觀察附近：「空氣中還有另外一股氣味。慾望。不知道是不是性愛魔法。」

「最棒的魔法。」

「嗯。巴庫斯大人，我們可以停下來放鬆一下嗎？我情慾高張。」

我臉色一變。只要控制得宜，她光靠情慾能害死我們。我的護身符完全無法抵抗酒神的瘋狂力量，一旦他們讓我們身陷其中，我們就完全處於他們的控制下。我強烈希望巴庫斯現在有點頭痛。

他沒有頭痛，但是他有訴求。「不。我們不能為了消遣耗費體力。法烏努斯【註】沒有辦法永遠把他困在這裡。我們要繼續搜索。」

酒神女祭司出聲哀號。我差點為了嘲笑她們而洩露行蹤，但我奮力忍耐，直到他們消失在北方，鳥兒再度開始高歌為止。

我伸出一根手指放在嘴前，對關妮兒低聲道：「我們要離開了。帶著妳的證件和武器。留下其他東西。我們輕裝快行，不用魔法。不管任何情況都不能吸收大地的魔力。」

「好。」她低聲道：「但是天就要黑了。我們不能施展夜視能力嗎？」

「不。那道法術會佇留在空氣中，讓他們聞到。我有別的想法。」

我們輕手輕腳地溜出山洞，但在得知有個奧林帕斯神積極搜尋我的下落後，我們所有動作聽起來都超級大聲。我的寒鐵護身符能夠預防占卜，而奧林帕斯眾神大概不知道可以透過關妮兒或歐伯隆來找我，但我還是覺得朱比特之眼在監視我的一舉一動。我朝天空比個中指，以免我猜對了。

「比中指幹嘛？」關妮兒問。

「比就對了。」我說：「我們去找歐伯隆，然後離開。」

我們沿著溪床朝南方走去，約莫四分之一哩後，我開始和歐伯隆聯繫。我不認為我們的心靈連結算得上是強力魔法，但為了避免讓他們聞到，最好保持通訊寂靜。

「歐伯隆？我們沿著溪床向南走。你可以下來和我們會合嗎，拜託？」

「當然，阿提克斯！要吃晚飯了嗎？」

「不幸的是，不是。我們得離開這裡，凱爾特忍者風格。而且不該聊太多，以免他們察覺。」

「收到。待會見。」

沒過多久，歐伯隆搖著尾巴與我們會合。我笑著拍了拍他，低聲對關妮兒說：「妳要在無鞍下騎乘座騎離開。」

「騎在什麼座騎背上？」

「我的背上。我的雄鹿形態就算不施展夜視能力也能看得清楚。」

「但是變形不會引來他們嗎？」

「可能會。但是那只要施一次法就好，而且變形完畢後，我們立刻就會飛奔離開。」我取下富拉蓋拉交給她，然後轉過身去脫衣服。

「我可以叫你不要脫內褲嗎？」她問。

「如果我有穿的話就可以。」

牛仔褲一落到屁股底下，我立刻將自己羈絆成雄鹿形態。關妮兒爬到我背上，富拉蓋拉掛在肩

註：法烏努斯（Faunus）是羅馬的森林、原野與繁衍之神，形象爲頭上長著羊角、腳爲羊蹄的有角神，有時會被視爲羅馬神話版的希臘牧神潘。文學中也有描寫他在夢中告知人類預言的橋段，中世紀以後也有與夢魔混同的狀況。

膀上，木杖則抓在右手裡。我沒有稱手的鬃毛可以給她抓，於是她身體前傾，雙手環抱我的頸部，然後說準備好了。

我轉而向東，以自認可以維持一段時間、不致於太累的速度前進。我遲早會須要從地上擷取力量才能繼續趕路，但我認爲一次大量擷取，或根本不要擷取，比每踏一步都吸少量魔力要好。老實說，我懷疑他們能聞到我消耗自己吸收的能量，但爲了安全起見，我還是保持低調。

離開奧林帕斯荒野的漫長旅途讓我們有時間思考。在這種情況下，我習慣會和我大德魯伊的鬼魂交談，他嚴厲的語氣與獨特的習性深植我心。我認爲這樣做總比自言自語要好——而事實上，這有點像是進入不同的思考模式。我的大德魯伊很擅長把複雜的問題蒸餾成簡單答案。我不是每次都能認同他的想法，但是偶爾他的思考模式也有派得上用場的時候。這次，我和他聊起我與關妮兒那段不能發展的關係，還有剛剛得到的證據——巴庫斯親口說的——全歐洲只剩下奧林帕斯可去畢竟是個陷阱，而且還是我們尚未逃離的陷阱。

「如果逃得出去，」大德魯伊說：「你就該立刻上了那個女孩。你沒有東西可以教她了，而且你很可能活不長了。」

「我認爲你是在透過我飢渴的情慾發聲。」我說：「所以我就當沒聽到。我認爲我們最好的做法就是儘速離開，然後等待事情過去。」

「你又來了。」我的大德魯伊說：「老用你的結腸而不是腦子思考。你相信這種想法，因爲你很用力，但其實你只是在擠出大便而已。逃跑有什麼好處，我的孩子？那會讓你的學徒認爲你不是高強的戰士，這是其一，還會讓她以爲想要擊敗德魯伊只要造成一點生活上的不便就行了。而且除此之外，你還要幫助北歐神，就像你承諾過的一樣。你不能在洛基四下遊蕩、打算焚燬世界的時候，跑去馬．梅爾鬼混幾個月。」

「那你有什麼建議？」

「去踩幾顆卵蛋，孩子！主動進攻！查出究竟是怎麼回事！」

這是個我不能隨便當作耳邊風的建議。這裡的情況顯然不像提爾．納．諾格上那些神願意承認的那麼簡單。兩個羅馬神串通好來對付我，而他們可能有也可能沒有與黑暗精靈、吸血鬼，還有某個力量強大的圖阿哈．戴．丹恩勾結。不會有人主動提供答案；我們得自己找人施壓。

# 第十五章

運動器材店有個奇怪的地方，就是裡面充滿各式各樣的鋼鐵和直線。店裡的氣氛就是冰冷死板、明亮刺眼，因爲在規劃期間，某個管理高層說過：「什麼，你想要窗戶？陽光和月光？給我閉嘴。」

如果自然界算是小紅帽，而運動器材店算是大野狼的話，自然界會說：「天啊，你的合成產品眞是擺放得井然有序呀。」然後運動器材店會說：「這樣比較容易支配妳呀，親愛的。」人們前往運動器材店，表面上是爲了準備接近自然，但實際上，每買一樣塑膠用品，他們就等於是在遠離自然。

儘管如此，如果你想化身青銅器時代的藍波，對付酒神女祭司和她們的主神，運動器材店裡就有些很棒的道具可以拿來做陷阱。繩索。痲線。網子。各式各樣又尖又利的工具，適合用來丟人或插人。

但要找最好的選擇，還是要到大城市裡，那裡有很多人迫切想購買能讓他們更接近自然的道具。這就是爲什麼關妮兒和我跑去奧林帕斯北邊的大港口城薩洛尼基【註】中一間運動器材店，瀏覽各

---

註：薩洛尼基（Thessaloniki），位於希臘北部，也是希臘第二大城。

式各樣專門用來獵殺、屠宰所有人們熱愛的動物的尖銳器具。我的理論在於，肯定有人會用青銅或其他非鋼鐵的材料製作匕首，而如果我們弄到夠多這種武器，就有可能應付幾個酒神女祭司。我們自一座叫佩特拉的小鎮附近離開奧林帕斯山野，雇用一輛車直接把我們載到薩洛尼基。

我們約莫在晚餐時間抵達，租了間旅館房間，主要是爲了整理儀容。我修剪因爲幾週沒有打理而略顯凌亂的鬍鬚，脖子上沒有鬍碴感覺眞好。我轉了一會兒電視遙控器，找到播放美國老電影的頻道，搞定了歐伯隆。我們讓他攤平在特大雙人床上欣賞《當哈利遇上莎莉》【註】。

「你會喜歡的，」我在關上房門前說：「它會讓你更加堅定人類交配習性很蠢的論點。」

「我認爲證據已經多到數不清了，阿提克斯。這根本不是一項論點；這是眞理。我可以用它來建構證據。」

「有這種事？」

「你看著吧。有一天我會有小孩，到時候我會叫他們坐下，或是坐在他們頭上，然後說：『已知：阿提克斯和聰明女孩是人類。已知：人類擁有交配習性。求證：人類交配習性很蠢。證據：看他們交配就知道了。故得證。』」

「我認爲你的邏輯在最後有點說不通，老兄，不過繼續加油。」

學徒和我分享了一頓尷尬的晚餐，在山洞裡沒說出口的話還是沒有說出口，不過卻像個被抹除的漫畫對話框般掛在半空中。我不能肯定她的想法，不過我想我倆這場戲得要等到某個安全的肥皀劇場景出現時才能開演。已經兩度有人打斷她與大地的羈絆儀式，而在那些想殺我們的傢伙知道我們大概會在什麼地方的情況下，我們很有可能還會再度被打斷。我們得換個地方，她也同意。要這麼做的唯一辦法就是弄清楚奧林帕斯眾神——或至少是巴庫斯——是怎麼布置這個陷阱，然後解除它。我們還得再回去一次。

爲此，關妮兒和我在造訪運動器材店時吸引了一些目光。我把富拉蓋拉揹在背上，不過有施展僞裝，她手裡則拿著她的「拐杖」，而我們還要購買一趟露營旅程絕對用不完的帳篷木樁和各式刀刃武器。

所有刀器都放在玻璃櫃裡，所以我們得請銷售員幫忙。尼克——他名牌上的名字——是個二十五歲左右的年輕人，相貌英俊，而由於我一言不發，他對關妮兒超級友善，迫切地想要幫忙。他最大的錯誤在於假設關妮兒對刀一無所知。好吧，我這樣講可能有點小心眼。他或許只是想在和她講解平衡、投擲力道之類的東西時表現出自己很厲害的樣子；不過這種態度有點像在賣弄，即使他不是在和我說話，我還是有點不爽。事實上，關妮兒丟飛刀的技巧已經青出於藍；她天生就瞄得比我準，而且已持續練習了十二年。

沒過多久，我就看出她也讓他的語氣弄得不太高興。她舉起一把匕首，隨手揮舞，比劃了幾下看起來遠比實際上複雜的花招，然後射中尼克身後的飛鏢靶靶心。

---

註：《當哈利遇上莎莉》（*When Harry Met Sally...*, 1989）是由比利．克里斯托和梅格．萊恩主演的愛情喜劇。劇中主角不斷地討論兩性關係，包括了「男女是否能只是朋友」等等話題，並提出了很多不同的男女感情觀點。

之後尼克就不再解釋任何東西了。

我轉過身去，一方面爲了忍笑，一方面按照慣例開始檢查周遭環境。店裡擠滿了穿著大頭靴的顧客。我看見超多法蘭絨衣料，模特兒和顧客身上都有。似乎沒人覺得穿這種衣服很奇怪，或是個壞主意。

兩個畫了白臉紅鼻子的小丑正爲了兩捆繩索高談闊論。他們嚴肅的表情和臉上的血紅笑容或頭上的彩色假髮格格不入。我不確定他們在討論些什麼。難道有些繩子天生就比其他繩子還要好笑？

他們看起來也很奇怪，不過關妮兒和我似乎比這兩個小丑還要引人注目。我可以走拚命郎約翰尼【註】的思考模式，假設我們穿牛仔褲超級好看，但我多疑的天性依然認爲這家店裡的客人有點奇怪。我打斷專心研究商品的關妮兒，以古愛爾蘭語告訴她需要的話可以吸收我熊符咒裡的魔力。我形成羈絆，教她怎麼吸。

「謝謝，老師。」她微微一笑，輕觸我的手臂。我不由自主地渾身顫抖、臉紅心跳，暗罵響尾蛇隊的捕手去年在本壘板上的表現怎麼會如此糟糕。喔，對呀。我的反應太劇烈了點。

關妮兒回去繼續瀏覽尼克的商品，我則繼續提高警覺。入口附近的白影吸引了我的目光。那是支白旗——視情況不同代表了和平、會談或投降等意義。我的視線由白旗下移，經過一隻蒼白的手掌，來到黑色運動外套，還有一張蒼白面孔與金色——金到幾乎算是白的——直髮。

那是李夫．海加森，一如往常般硬朗、完整、健康，就死人的標準而言，氣色絕佳。

我立刻產生「見鬼了」的反應，在運動器材店中拔出富拉蓋拉，取消劍上的僞裝羈絆，讓我的前任律師能夠看見它。關妮兒聽見我的聲音，轉過身來，左手舉起木杖，右手握住一柄飛刀。

「阿提克斯，怎麼——喔，狗屎。」

狗屎，沒錯。尼克敏銳地察覺到我們的肢體語言突然間從顧客轉變成戰鬥人員，於是開始大叫救命。我在關妮兒唸誦魔法視覺咒語時，感受到熊符咒稍微流失了一點法力。

上次見到吸血鬼李夫・海加森時，他看起來一副得意洋洋的模樣，因為他強迫我殺了他的創造者——斯丹尼克，好讓他可以重新奪回短暫失去的領地。他差點在過程中害死了歐伯隆——更別說還有我，之後我們就一直努力避不見面。那是因為我透過我的律師霍爾・浩克轉告李夫說，只要再讓我看到他，就會立刻解除他的羈絆。

而現在他又讓我看到了。整整十二年後，在薩洛尼基的運動器材店裡對我揮舞白旗。他是怎麼知道我在這裡的，而他這回又想幹嘛？我自己回答了第一個答案：我們不歡而散前，他曾喝過很多我的血。現在他八成隨時都有辦法把我給找出來。我開始唸誦解除羈絆咒語。他看見我的嘴唇移動，知道那是什麼意思。

「阿提克斯，拜託。我並非出於己願而來。」他在二十呎外、一排走道的中央停下腳步，完全處於我的視線中，雙手高舉。他右手還拿著白旗；左手上有支手機。

註：拚命郎約翰尼（Johnny Bravo），卡通頻道同名卡通的主角，是個頭腦簡單、自戀的肌肉男，梳著金色飛機頭，常戴墨鏡並穿著黑色T恤與牛仔褲。

一名警衛出現在我左邊，開始大聲以希臘語要求我放下武器。我目光沒有離開李夫。不過李夫的目光卻自我身上移開，以希臘語和守衛說話。

「先生？先生。看著我，先生。」最後警衛轉頭看他了。就在警衛這麼做的同時，李夫魅惑了他。「你會走到店裡最遠的角落，面對牆壁，然後尿尿在褲子上。你要在那裡站一個小時後才能移動。」

警衛無聲離開。尼克在我身後發出驚慌的喘息聲，但不再繼續求救。附近的顧客認定這場騷動眞的不關他們的事，並且想起廚房烤箱裡還有木莎卡【註】在烤。

爭取到一點沒人插嘴的對話時間後，李夫說道：「吸血鬼希歐菲勒斯強迫我幫他做事。」

「從什麼時候開始？」我問。

「從你在里托楚倫解除一個吸血鬼羈絆開始。」他搖搖手機。「這是一次性手機。他要和你談談。」

他開始緩緩蹲下，同時繼續說話：「他怎麼說我都不要相信。我絕對不是自願幫他。他很快就會打來。小心點，阿提克斯。他已經把你視爲暗殺目標，因爲你是他唯一懼怕的人。」

李夫把手機滑過堅硬的油布地毯給我。手機停在我的涼鞋足尖前。我沒有彎下腰去撿。

「我會盡量透過莎士比亞來警告你。或許我可以彌補過去的過錯。因爲有人在監視我，我現在得走了。」

「監視？誰？從哪裡？」

他沒有回答。他站起身來，開始後退，雙手高舉。我看著他離開。當他退到門口時，我腳邊的手機響了。

「關妮兒，到櫃檯後面去。所有刀都是妳的，懂嗎？」

我聽見我的學徒在身後吼道：「這裡的東西全都是我們的，尼克。」她以英文說，不過尼克完全可以了解她的意思。

「好！好！都是你們的！」他大叫，顯然他的英文還不賴。可憐的傢伙。他聽起來非常懼怕這個幾分鐘前還覺得很可愛的女孩。

「你或許會想提早下班。」關妮兒恢復成希臘語補充道：「反正這只是個爛工作，對吧？」

我彎腰撿起手機，然後走向右側，檢查附近的區域。還有顧客正在離開。尼克爭先恐後地試圖搶在顧客之前逃離現場。一個看起來像是經理級的胖子在結帳櫃檯後打電話，八成是想報警。小丑完全無視周遭，依然在爭吵繩子的問題。

我按下手機上的「通話」鍵。一個自命不凡的男高音傳出話筒，彷彿說話的人在試鏡「混蛋老爸」角色一樣。他說拉丁語。

「謝謝你接我的電話。我是在和德魯伊說話嗎？」

「你想怎樣？」

註：木莎卡（Moussaka）是一種以肉醬與茄子爲主要食材、類似千層派的料理，希臘式木莎卡最爲著名。

「我想要表示禮貌。既然你努力存活了這麼久，我想你應該非常珍視自己的性命，願意接受能夠延年益壽的提議。」

「待會再來討論你的提議。既然你現在這麼有禮貌，就先來個自我介紹。」

「我是希歐菲勒斯。我相信你的朋友，海加森先生，曾經提起過我。」

「他不是我朋友。」

「啊。或許這就是他這麼樂意幫我找出你的原因。」

我當作沒聽見；我不打算參加他們的心理遊戲。他們兩個都是我的敵人。「我要知道羅馬人的事。」我說：「你曾經掌控的那些古羅馬人。」

「啊！那是很久以前的歷史了。」

「不曾公開的歷史。請現在公開。作為友善的表現。」

希歐菲勒斯對我的耳朵嘆氣，這讓我想起李夫。他也很喜歡這種戲劇性的嘆息。這八成是吸血鬼為了回想呼吸的感覺而養成的習慣。

我打算藉這個機會弄清楚當初羅馬人是怎麼剷除德魯伊的，因為這很可能是我唯一的機會。前往阿斯加德前，李夫曾對我吐露希歐菲勒斯是他所聽說過最古老的吸血鬼。即使老到像李夫那樣，他還是在德魯伊遭人獵殺到近乎絕跡之後才出生的，所以不可能回答任何那個年代的問題。不過羅馬人帶著吸血鬼一起向北擴張時，希歐菲勒斯就已經存在了。

「有什麼好說的？我們吸血鬼想要擴張領土，於是利用凱薩的勢力為後盾。」

「但是爲什麼獵殺德魯伊？他們又沒在獵殺你們。」

「沒有獵殺，沒錯，但你們擁有無視我們力量、解除我們羈絆的惱人天賦。那樣有點不公平。」

「燒掉所有德魯伊樹林，用兩打長矛插死一個人才叫不公平。」

「只用一打長矛未必殺得死你們。你們很擅長療傷。」

「所以一切都是你在幕後指使？」

「不能只歸功於我一個人。」

「你是說不能只怪罪你一個人？」

「隨你怎麼說。當年參與此事的吸血鬼很多。但那是我的主意、我的計畫，沒錯：對付所有德魯伊的計畫，確保吸血鬼可以自由自在擴張到世界各地。而這個計畫成功了。沒有完全成功，當然——不然我們現在就不會在講電話了——但很有效。現在吸血鬼人數眾多，德魯伊卻只剩下一個。」

「每十萬個人類就有一個吸血鬼，是不是？」

吸血鬼漫不經心的混蛋語調裡平添了一絲惱怒。「海加森先生告訴你的？」

李夫十二年前提過《羅馬協定》，但我不認爲希歐菲勒斯須要知道這一點。

「來談談你友善的提議吧。」我回話道。

「提議很簡單：你可以離開這家店，繼續活下去。這顯然是你應得的，我很感激你提醒了我自己並非無所不能。」

「不，你一點也不感謝我。如果你眞的這樣想，你就不會拿這個友善提議來威脅我了。我要怎麼做才能贏得生離此地的權利？」

「你必須同意不要獵殺吸血鬼，並且不再訓練更多德魯伊。」

「我從來沒有獵殺過吸血鬼。」

「那就解釋一下你在里托楚倫留下的那灘黏液。」

「他攻擊我。我不認爲他知道我是誰。那純粹是自衛。」

「好。我接受你的說法。但你還必須停止訓練德魯伊。」

「這個要求不合理。我也沒要求你停止製造新吸血鬼。」

「那是因爲你沒資格提出這種要求。」

「萬一我拒絕呢？就像你期待我會拒絕的那樣？」

「那我就會重啓古老的計畫。一個很小的計畫，目標只有你和你學徒而已。」

我不認爲他的提議是眞心的，於是打算揭穿他的謊言。「好，沒問題，希歐菲勒斯。我接受。」

「你說什麼？」

「我說我同意。我接受你友善的提議。」

「眞的？」

關妮兒從刀器櫃檯後方叫我：「老師，這裡有場該死的小丑大會，你有注意到嗎？他們的靈氣有點奇怪，不過我看不出來怪在哪裡。」

我眨了眨眼，留意四周。我以爲到處都看到的兩個小丑其實比較像是有一打不同的小丑。他們包圍了我們。啓動魔法視覺後，我看見那些鬆餅妝底下的眞相：壓扁了藏在假耳朵下的尖耳朵；七彩假髮底下則是濃密的黑色長髮；寬鬆的衣服中暗藏匕首。整個身體籠罩在冰藍色的雜訊——某種混淆關妮兒視線的幻象下。她還沒有足以看穿幻象的經驗。這些傢伙根本不是小丑。他們是斯瓦塔爾夫——貨眞價實、活生生地行走在米德加德上的黑暗精靈。

「你派小丑出馬？」我對手機說。

希歐菲勒斯輕笑幾聲，掛斷電話。他的提議就這麼作廢了。整通電話就是爲了讓我分心，好讓小丑包圍我們。

「這些小丑是黑暗精靈，關妮兒。你死我活。動手！」

# 第十六章

儘管馬拿朗警告過黑暗精靈在追殺我，而妖精刺客也承認是黑暗精靈雇用他們的，我還是沒想到會親眼見到他們。我想如果你希望黑暗精靈跑到老米德加德上來拜訪你，那就花十五個世紀把一切壞事都怪到他們頭上；他們遲早都會聽說的。

黑暗精靈有很好的理由讓我感受一些因果報應。我十二年前第一次上阿斯加德時就曾嫁禍給他們。我爲了不讓北歐諸神發現我的眞實意圖而撒了些謊，導致奧丁短暫相信是斯瓦塔爾夫入侵阿斯加德，並且害死了諾恩三女神。我事後得知奧丁進行了激烈的報復行動，所以黑暗精靈想要找我算帳也很合理。

可惜他們沒有把我的學徒計算在內。趁著所有精靈對著我大吼大叫的時候，關妮兒擲出三把飛刀，**嚓嚓嚓**，三名斯瓦塔爾夫在開打前就已經倒地。我衝向右邊，也就是關妮兒的三點鐘方向，朝那裡的小丑揮出富拉蓋拉。正如所料，他開始化作煙霧，小丑服攤落在地，還有一團白臉漆和七彩假髮。我沒留下來研究他什麼時候會在哪裡凝聚實體，而是順時針轉身，然後全速衝刺。

我感到熊符咒的魔力外洩，然後在被貨架遮住視線前轉頭看了關妮兒一眼。我瞥見她接受我的建議展開行動。她一手拿著木杖，一手握著飛刀，跳到玻璃展示櫃上，然後朝後翻身越過貨架，跟著我來到另一側。

我第一個想法就是，喔，天呀，她會落在哪裡？但接著我發現她非這麼做不可。有好多團煙霧朝她竄去。地板上的一套套小丑套裝彷彿在和法蘭絨襯衫爭奇鬥艷。

關妮兒這一跳吸引了貨架這側的斯瓦塔爾夫注意；他們本來打算化作煙霧，然後從後面捅死我們。其中之一在我轉過轉角時一直盯著關妮兒，沒注意到富拉蓋拉來襲，所以在我刺中他的腎臟時依然保有實體。他的死前慘叫令圍向關妮兒的小丑分心，讓她有機會姿勢難看，但毫髮無傷地落在兩排迷彩服中間。

「繼續跑！」我叫道：「夾攻、伏擊！」

我不是唯一在叫的人。位於店門口附近的那個經理不再以緊張兮兮的語調小聲提出要求，而是對著電話大聲要求警力支援，彷彿有人在中臣大樓【註】展開槍戰一樣。他現在就需要幫助，天殺的，現在！我在煙霧自貨架上方朝關妮兒直追而來的同時衝向最接近她的小丑。關妮兒逃到運動器材店後方，離開我的視線——特別是在我一跤絆倒、跌個狗吃屎之後。

我讓剛剛第一劍斬過的小丑從後拖倒；他重新凝聚形體，朝我緊追而來。我倒地後，他跳到我身上，一刀插入我的背心——至少他這麼以爲。我感到背上一陣劇痛，不過他的黑煙匕首顯然是魔法武器，而我的寒鐵靈氣拒絕讓它通過。儘管如此，我還是故意發出被刺的慘叫聲，接著翻過身來，順勢由左到右帶過富拉蓋拉。他又刺我一刀，這回刺中肚子，然後在保持實體的情況下露出凶狠的笑容，顯然願意爲同伴挨我一劍，確保我死透。結果我把他的腦袋給砍了下來。

我本來衝向的那個小丑現在拿刀要割我的喉嚨。爲了增加戲劇效果，我一面發出被血嗆到的汨汨聲，一面伸左手摀住喉嚨，然後舉起富拉蓋拉盲目向後揮出。魔劍擊中目標，我聽見一聲驚呼，踢開跨坐在我身上的黑暗精靈屍體，在他化作黏液前起身面對被我刺傷的小丑。他緊握自己的手臂，還沒開始化煙。他本來看起來就很悲哀的濃妝臉現在皺成了一團。

「噢。悲哀的小丑超悲哀的。」我說。他身後那幾團翻騰的精靈煙霧開始追趕關妮兒。我聽見店後傳來玻璃破碎的聲音，暗自希望她安然無恙。我舞動魔劍奔向悲哀的小丑，期待他化身煙霧；但他卻側身閃躲，結果撞上一櫃迷彩服。我輕易刺穿他的心臟，心下感到些微困惑。他們顯然無法在受傷時化身煙霧。

這個行刑場面讓追殺關妮兒的斯瓦塔爾夫大發雷霆。其中三名脫離煤灰色的煙霧形態，凝聚實體，一邊揮動匕首，一邊對我嘶吼。我無所謂。追我的黑暗精靈越多，關妮兒就越安全。她沒有我這種魔法免疫力。

我小心翼翼地後退，踩上第一個死在我手上的精靈殘骸。

「噁。」我說：「你們夥伴弄髒我的腳跟啦。」

其中之一以古北歐語咒罵我——他說我是矮人老二插過赫爾的半死陰道後出現的產物，我忍不住在心裡幫他加分，現在已經很少有人願意費心在罵人時展現創意了——然後他們朝我攻來。我轉身跑向店的前半部，就是我剛剛過來的方向。轉過貨架，我就來到刀器櫃檯和戶外食物器材區附近——小

註：中臣大樓（Nakatomi Plaza），《終極警探》（*Die Hard*）裡被恐怖分子佔領的大樓。

冰箱、烤肉架、燻肉箱，還有穿法蘭絨襯衫的假人在翻漢堡排。我一直在注意雙眼高度範圍內的黑暗精靈，直到被絆倒後才發現兩個架子間有綁一條繩索。我臉部朝下，摔倒在煤炭和打火機油前，不過沒有放開富拉蓋拉。三個追殺我的黑暗精靈立刻撲到我背上，隨即發現他們的匕首只能幫我搔癢。

他們都是身手矯健的殺手，我心裡清楚要不是不怕他們的黑煙匕首，我早就死掉好幾次了。既然我們如此接近大量標準的鋼鐵匕首，我急著想要儘快離開。

然而讓我逃離現場並非他們的第一意願。我奮力掙扎，他們則加強壓制力道，沒有繼續用刀插我，或是嘗試其他做法，只是把我固定在原位。

我設法轉頭，看見另外兩個斯瓦塔爾夫正在走道另一端的烤肉架前做奇怪的事情。其中之一——我注意到她是個女的——拔開了一罐打火機油的瓶蓋，倒在她的裸體夥伴身上。在把最後幾滴都灑在他肩膀上後，她把一支打火機交給淋滿打火機油的黑暗精靈，以古北歐語告訴他說他準備好了。

準備好幹嘛？

片刻過後，這個恐怖的答案清清楚楚地呈現在我眼前。淋滿燃油的黑暗精靈臉上浮現你滿心以為不會在漫畫以外看見的邪惡笑容，一邊朝我衝來，一邊點燃自己。他並沒有眞的全身著火，但那本來也不是計畫中的一部分。他的計畫是衝向我，然後在最後一刻化身煙霧，將液態火焰灑在我身上。他就是這麼幹的，而壓制我的那些混蛋直到確定火焰燒到我後才化煙。喔，至於用油淋他的那個女精靈？她帶著兩罐打火機油緊跟上來，彷彿把我當作她的烤肉一樣把油噴在我身上。

德魯伊日誌，七月十五日：黑暗精靈不光只是身手矯健的殺手，而且還很有創意，很愛玩火。

我年輕的時候，偶爾會有人想要把我綁在木樁上燒——曾經有段時期，刺青就代表你「跟惡魔交易」——但我從未在同一個地方待到讓他們有機會燒我。不過我倒是幾次目睹過焚燒異端的情況。通常他們燒的根本都不是女巫，只是某個天生就是同性戀，或有三顆奶頭，或有某種胎記的可憐人——他們的慘叫聲非常可怕，和我聽過的其他慘叫不同。事實如下：「活活燒死」這個形容完全不足以表達過程中所承受的痛苦。你皮膚上所有神經都在發出終極尖叫，而你完全沒有辦法壓抑那種痛楚，找到快樂之地。這並非地獄火，也不牽涉任何魔法；這只是單純的化學反應，而這也就表示我的護身符無法提供任何保護。

我翻向右側，試圖壓熄刺青上的火焰。不能讓那裡的皮膚融化，不然我就無法施展魔法了。我啓動治療符咒，開始修補已經如同保麗龍般融化的細胞；我的臉和上半身都著火了，但是我的腳沒有。我在拿打火機油的精靈淋下更多燃油的同時，唸誦咒語解除上衣的羈絆。烤肉架在火焰烤到時所發出的滋滋聲在你的肋骨被當成烤肉架時聽起來就不那麼美妙了。

我失去注意周遭的能力，只知道還有四個精靈，而且他們很可能會解決我，但我想不到任何可以撲熄火焰的辦法。就連多吸一口氣都很難。我臉上的火焰吸光了附近的氧氣，我已經開始喘不過氣來了。

我開始想是不是就這樣了——活了將近兩千一百年，結果卻在運動器材店裡被天殺的黑暗精靈燒死。雖然奮力阻隔痛覺，我的神經還是激烈吼叫，而且我的左半部身體也完全燒起來了；儘管如此，我依然掙扎起身，讓還在身上的上衣脫落。有些火焰隨著衣服而去——但那個拿打火機油的斯瓦塔爾夫還一直噴我，確保我渾身都在燃燒。我已經聽見好一陣子的嚎叫聲原來是發自我自己的喉嚨。

我耳中傳來五下近距離的啪啪聲響，精靈紛紛倒地——好吧，其中四個精靈倒地。最後一個在關妮兒幹掉他前化身煙霧，但他原本握著的標準匕首掉落地面。

「倒地翻滾，老師！我們有幾秒空檔。」她對我衝來，一手拿著半自動手槍，另一手握著她的木杖。我之前聽到的玻璃破碎聲必定是我的學徒為了拿武器而敲的。黑暗精靈癱落一地；她執行了一次超級成功的伏擊。我在工業地毯上翻滾，發現這種地毯並不容易壓熄火焰。有一點作用，但我沒辦法弄熄臉上和頭髮上的火，而我痛到無法去想別的辦法。或許是因為我的腦袋比較擔心腦部缺氧的問題。關妮兒又開了兩槍，應該是在射剛剛逃脫的那個精靈，接著上方落下許多法蘭絨。這些布料悶熄火焰的效果絕佳，我這才知道是關妮兒脫下模特兒身上的衣服來撲熄我頭上的火焰。我以後絕對不再嘲笑法蘭絨了。吸入一、兩口美好的空氣後，我趁機嘗試將神經系統改回手動操作，而非本能性的自動導航。

「全部殺光了嗎？」我在一堆紅黑色的襯衫底下悶聲叫道。

「不知道，我還在看。」關妮兒回道：「之前化煙逃掉的那個已經在凝聚實體時被我幹掉了。」

火焰熄滅後，我終於壓抑痛楚，沉浸思緒。「我們得離開。」我說著扯開頭上的襯衫。有些皮膚好像和衣服一起被扯下來了。「焦油渣。非人生物的監視影像。妳知道這棟建築會有什麼下場。」

關妮兒瞪大雙眼。「喔！我們得走了！」遠方傳來的警笛聲強調了這麼做的必要性。

「沒錯。」我說：「扶我起來。」我伸出右手，她握住它，拉我起身。

「喔，天呀，阿提克斯，你的臉……」我從她臉上驚恐的神情看出我已經不再英俊了。

「如果看起來有感覺的一半糟，那我就不想知道。我們得找個地方讓我療傷。」

我轉向痴呆的經理，叫道：「快點逃命！」我是用希臘語。「別忘了角落的那個守衛！」這下就看他決定是要聽從，還是無視警告了。

走向大門的同時，我的皮膚還在沸騰，每個毛細孔都在冒汗，我說：「我的魔力即將耗盡。我可以在我們身上施展僞裝羈絆，安全走出店門，但我不會去維持僞裝。想要不留疤痕，我就必須持續治療。」

街上傳來震耳欲聾的警笛聲；經理的後援即將趕到，而他肯定有向警方詳細描述我們的長相。監視器也錄下了整件事情。問題在於希歐菲勒斯（或李夫）願不願意讓警方取得影像。

事實上，那並非唯一的問題。黑暗精靈爲什麼會和吸血鬼合作？之前的妖精殺手就是黑暗精靈在幕後指使的，那是否表示吸血鬼也和妖精聯手了？還有是哪個黑暗精靈以爲在米德加德上打扮成一群小丑會是好主意的？

這些謎團得要晚點慢慢解開。我在我們身上施展僞裝羈絆，符咒裡儲存的魔力幾乎耗盡；我繼續壓抑痛覺，但卻沒有多餘魔力可供治療。經理在我們消失時驚叫一聲。

我們穿越店門，在空氣中產生一些移動現象和不固定的形狀，接著轉而向左，沿著凱沙里亞斯街東南向往南前進，一路閃躲看不見我們的人群。有些人感覺到我們的動作——空氣會有瞬間發光的現象——於是停下腳步，不過大多數都不知道他們已經成爲街道滑雪的障礙物。我奔跑的姿勢十分難看；左半身一點也不想移動。

跑出一塊街區後，我關閉僞裝羈絆，保留僅存的法力。我們聽見不是惱人警車發出的喇叭聲；而是腳踏車上裝的那種喇叭。我們也聽見了鈴聲。口哨。小孩的笑聲。我還邊走邊聽見震驚的叫聲和喘息聲，這是人們看見身體燒焦一半、手持長劍的瘋子，以及拿著木杖和手槍的美女時的正常反應。

來到維斯宜斯街口時，孩童玩耍的聲響變得更加清晰，而我們差點就撞上了一群小丑遊行隊伍——邪惡的黑暗精靈小丑，在街燈照耀下露出恐怖的笑容。他們自一條貫穿整座城市的綠地前走來；不管有意還是無意，他們都擋在我們和最近的魔法來源之間。

就在同一時間——或接近同時——我們身後傳來一陣爆炸，顯然有人用軍隊等級的武器爆破運動器材店。我敢說那是李夫幹的，而他很清楚我已經離開那棟建築了。我懷疑那個經理和被李夫魅惑的警衛有逃出來。店裡或許還有其他店員或客戶躲在角落或是什麼地方。

大多數人都被爆炸所吸引。但是有些人，特別是離得比較近的人，卻沒有忽略渾身焦黑的男人和身材健美的女人跑過馬路。那個男人手持一把長劍，而劍在希臘是不合法的。那個女人拿著一把手槍，這在沒有第二憲法修正案的歐洲簡直是超級違法的行爲。

有人向我們指指點點，我催促關妮兒繼續前進。

有些小丑離開群眾，騎著高腳踏車、單輪腳踏車、迷你摩托車追趕我們；有些則轉向另一邊，朝運動器材店和接近而來的警方衝去。

爆炸和解散的小丑遊行隊伍讓圍觀群眾困惑，導致不少人瀕臨恐慌邊緣。這些人不清楚究竟是怎麼回事，但他們知道小丑沒有在笑，情況已經不適合闔家觀賞了。

兩名小丑拔出他們的黑匕首，接著人們開始尖叫——反正也有很多人認爲所有小丑都很邪惡，這種行爲只是在證實他們的想法。尖叫聲起，現場立刻陷入混亂。

「大混亂！」我說：「現在就是這種情況。」

「還用你說。」關妮兒在我旁邊氣沖沖地說。

「脫離險境再說。我們必須踏上那片綠地。繞過這個街區，然後再往回走。」

「這些傢伙之前都躲在哪裡？」關妮兒大聲講出疑惑。「他們不是直接從北歐世界跑來的，對吧？他們本來就待在這裡？」

「這是個好問題。等吸血鬼發現我們在哪裡後——」

「我不認爲是吸血鬼發現的，阿提克斯。我認爲是黑暗精靈。記得運動器材店裡一開始就有兩個小丑嗎？」

「沒錯！」我們左轉，順著安納托利基斯羅米李亞斯街朝東北而行，百忙之中回頭一看，發現有五個小丑在追我們。或許還有更多化身煙霧形態追趕？

「他們一定有打電話叫人，然後立刻安排伏擊。」

「聽起來沒錯。」我同意。「電話裡的吸血鬼要我以爲是李夫找到我們的，那也有可能。他或許能追蹤我的下落，因爲他喝過很多我的血。」

「聽起來很讓人不安。」

「是呀。妳跑前面；追來的這些傢伙不可能知道我不怕他們的魔法匕首。如果他們要從後面刺殺我們，讓我來擋。」

關妮兒拉大步伐，跑到前面。我在聽見金屬磨擦和撞擊聲時回頭察看。小丑的腳踏車和服裝都躺在亞特蘭提鐸斯街上。他們身形不定，化爲煙霧追逐我們。從我對他們的了解來看，他們只有在打算動手殺人時才會這麼做。

「動作快，」我說：「他們要追到了。」

接下來我們就沒有機會再說話；我們與大地的魔力隔絕，氣喘吁吁地跑到派拉艾斯街，左轉，回頭奔向維斯宜斯街。我跑在關妮兒身後掩護她。

這是很明智的預防措施，在還沒跑完三分之一條街時，我的背上就傳來一陣刺痛，導致我摔倒在地。我試圖在倒地承受攻擊的同時轉身，但我的傷勢實在太嚴重了，除了變成難看的屁股著地外，什麼動作都做不出來。「關妮兒！施展『旋轉女孩』！」

她這套使杖的招式其實有個正式的中文名稱，但她一直沒辦法唸出令我滿意的發音。後來因爲挫折感太重了，她問我可不可以把這招改成英文發音。既然她已經在學另外三種語言，我就同意讓她改。「旋轉女孩」指的是她迅速在身邊旋轉木杖，形成一道防禦性的旋風——前、後、左、右。這招並非毫無破綻，不過破解難度高，還要時間觀察。我利用這段時間嘗試一個早該嘗試的做法。

關妮兒停下腳步，開始在身邊甩動木杖，讓對方無法接近我。斯瓦塔爾夫勇猛善戰，但不夠聰明，其中之一試圖凝聚形體，迅速攻擊關妮兒，結果腦袋上吃了一杖。他倒地昏迷，其他四個則在我四周聚形，火速展開攻擊。我拚命朝他們揮劍，有一個在發現匕首刺不進我的身體時驚訝到忘了化煙，沒有避開富拉蓋拉。不過其他黑暗精靈都化爲煙了，我正要他們化煙。

富拉蓋拉擁有三種加持功效，其中兩種須要施法，第三種貫穿任何護具的能力，則隨時保持「啓動」狀態。第一樣須要施法的功效就是這把劍命名的來源：「解惑者」，因爲它能定住敵人，迫使他們吐露眞相。第二種魔法功效——召喚風的能力，基本上不是很實用，所以我很少使用，甚至不會想到它；我上次使用它是十二年前在東尼小屋時，當時我用強風吹倒安格斯・歐格。當然，這十二年來我也沒有機會使用富拉蓋拉。現在正是養兵千日、用在一時的好機會。我施展那道法術，舉劍指向街尾；身後颳起狂風，將黑暗精靈吹飛五十碼，接著他們才想起可以凝聚形體來抵擋風勢。我大叫一聲，因爲這道法術吸乾了我的魔力，現在我每一吋燒焦的皮膚都劇痛無比。

關妮兒察覺了我的情況，抓著我沒被燒焦的右手拉我起身。

「來吧，老師。」她說：「你爲我們爭取到一點時間。不要浪費了。」

移動一點也不好玩。待在原地不動也一樣；我渾身無處不痛。雖然火已經熄滅很久，我的皮膚還在持續灼燒並死去，而我似乎沒辦法好好呼吸。我至今還能正常行動都是因爲有法力壓抑痛覺的關係。

「快走！」關妮兒說著拉我向前，我跌跌撞撞地跟在後面，速度比之前慢多了。我看得出來，黑暗精靈很快就會追上來，他們會在距離綠地很遠的地方就殺死我們。

至少我的靈氣能夠對抗他們的匕首。關妮兒沒有魔法可以抵擋他們。

「妳先走，儘快離開。」我說。

「不。」

「去那些樹旁，強化妳的速度，然後妳就能趁他們凝聚實體時幹掉他們。」

「你和我一起來。我們走，老師。」

「他們傷不了我。」我解釋，走得依然只比連滾帶爬好一點點而已。這點速度吹起的微風就能對我的皮膚造成難以言喻的劇痛。「他們只有那些愚蠢的黑匕首，而我對魔法匕首免疫。妳先走，我會跟上的。到時候我們一起解決他們。」

關妮兒正要繼續爭論，後方一陣慘叫聲卻吸引了我們注意。她比我更快弄清楚是怎麼回事。

「狗屎。他來了！」

是他。李夫．海加森在一個追殺我們的黑暗精靈凝聚實體時抓住了他，然後吸血鬼把他撕成兩半。兩秒之後，我們眼睜睜看著另一個黑暗精靈凝聚形體，李夫化爲殘影，接著斯瓦塔爾夫在半邊身體離體而去時只發出一聲驚呼充當死亡之歌。我們不再逃跑，面對李夫。他愉快地揮手招呼，然後撕裂最後一個追殺我們的精靈。我不知道有沒有附近住戶自窗後目睹這一幕；或許今天晚上希臘的電視節目超級精采。李夫站在還在抽動的屍體旁開口叫我。

「我們可以談談嗎，阿提克斯，還是說你打算現在摧毀我？」

「你知道你很安全，」我嘶聲道：「我法力耗盡了。」

「儘管如此，」他說：「我向來還是懷疑你有留一手。」

「很合理的懷疑。」我回道：「走近一點，不要一直用吼的。」

我轉身走向維斯宜斯街。當關妮兒轉身趕上時，李夫已經竄過來與我並肩同行。他看了我面目全非的五官一眼。

「我很抱歉，」他說：「我沒想到他們傷得了你。」

「十一、二個會化煙的混蛋對上我們兩個，而你以爲我們可以毫髮無傷地殺出重圍？」

李夫聳肩。「我曾見你殺得屍橫遍野過。」

「關鍵字是『遍野』。那家店裡又沒有草地，也就是說沒有魔力。」

「我就是爲了魔法而來警告你的。你打算去那片綠地，是吧？」

「當然。」

「希歐菲勒斯派了一群想喝特殊人血的吸血鬼在那裡埋伏。」

「當心操偶師，呃？」

「對，但是希歐菲勒斯並非操偶師。如果你想用比喻的話，他比較像是技巧高超的學徒。」

「那是誰在操縱他的繩索？」

「來自你們世界的傢伙。」

「愛爾蘭？」

「不。另外一個世界。提爾・納・諾格。」

「是妖精在幕後指使？」

「據我所知，沒錯。」

我原先就有這樣懷疑，但確認這個想法還是讓我有點震驚。又或許這算不上確認。我不能相信他說的任何話。

「我知道你想幹嘛。」我咆哮道。

李夫嘴角上揚。「如果你不知道，我就太失望了。」

「你在兩面討好，然後自己坐收漁翁之利，你這個老謀深算的混蛋。你八成在其他世界裡也搞了些政治手段。你期待我會和你交易嗎？結盟？」

吸血鬼再度聳肩，雙手放在口袋裡。「不用結盟。暫時而言，我們的目標相同。這樣和其他手段的效果是一樣的。」

「我絕對不會原諒你利用我的事。還有傷害歐伯隆。」

李夫笑道：「幸好我不求原諒。我會先走過去解決綠地外圍的兩個吸血鬼。接下來你就得靠自己了。那句美國年輕人的流行用語是怎麼說的？『再見了，老兄』？」

「不是。」我說：「除非說這話的人希望睪丸被人踢到肚子裡去。」但是李夫已經迎上前去，空氣中迴盪著他的輕笑聲，逐漸往遠方消失。

黑夜降臨我們身邊，三十秒之內，除了我們的腳步聲、某些家庭沉悶的爭執聲，以及緊急應變車輛聚往運動器材店的呼嘯聲外，四周一片死寂。

關妮兒終於在這陣堪稱城市中的寂靜裡提出一個問題：「吸血鬼有睪丸嗎？」

「我不知道。」

# 第十七章

抵達綠地後，薩洛尼基的元素馬賽東尼亞填滿了我的魔力，並容許關妮兒自行吸取魔力。儘管我們蹲在一棵樹下，她仍施展夜視能力，然後立刻提升速度。在我們身後那棵最接近馬路的樹下躺著一具灰色吸血鬼屍體——李夫送我們的禮物，他的頭被扯斷，捧在雙手間，放在肚子上。李夫剛剛提到有兩個吸血鬼，但我們沒看見另一個。

我填滿熊符咒，然後舒緩皮膚上的劇痛。現下我思緒清晰，又有馬賽東尼亞的力量爲後盾，我可以仔細評估灼傷，然後專心療傷。

要是不處理，我就會變成蝙蝠俠裡的雙面人，因爲我左臉大部分皮膚都嚴重灼傷，過幾個月傷口會變成肥厚性疤痕，失去柔軟的皮膚，而我嚇小孩的實力將呈等比級數增加。幸運的是，皮膚一點也不難重生。祕密全都隱藏在眞皮層裡；只要保持健康的眞皮，要維持表皮的外觀就不是問題。重生眞皮層會比表皮耗費更多時間，不過還不至於到重生骨骼或肌肉組織那麼痲煩。而且只要能弄到合適的藥材，我甚至可以調配保護皮膚健康專用的彈性茶。我會有一陣子看起來很可怕，不過幾個禮拜後就能恢復正常；基本的治療在三到四天內結束，美容部分則要更多時間才能完成，因爲要等死去的細胞脫落，由新鮮的細胞取而代之。就前一個小時所發生的事情來看，我很清楚自己現在能在這裡有多幸運。黑暗精靈與德魯伊首度交鋒，結果令雙方都感到意外，而其中最令人驚訝的在於我竟然有辦法逃脫。要不是有關妮兒，我懷疑自己有沒有辦法逃出生天。

「對了，妳剛剛表現得很棒，」我說：「謝謝妳。」

她回應前吞了一口口水。「不必客氣。」她的聲音很輕。

「妳殺了幾個？」

「八個。你知道，並不是說我有在……計算分數還是什麼的。」

「我殺了三個。當時只有十一個，還是十二個？」

她皺眉。「我記得是十二個。」

「我也是。這表示最後一個可能死在商店爆炸中，也有可能沒有……」

「也就是說他可能在跟蹤我們，或是向上司回報我們的技巧和策略。」

「他沒有在跟蹤我們。」我說：「如果敵人在附近，李夫不會那麼坦白。」

「所以下次交手時，他們會使用傳統武器對付我們。」關妮兒說。

「對。他們也不會讓妳從旁邊夾攻。」

她點頭，接受這點，然後再度吞口水。我發現她是在忍住不哭。「我沒有及時趕到。你會好起來嗎？」

「喔，會。」我試圖微笑，不過隨即想到以我此刻臉上的慘狀來看，這笑容或許不太安撫人心。「我知道看起來很嚴重，但過一陣子就會沒事的。」

「好吧。」

「希歐菲勒斯和李夫期待我們待在這片樹林裡——或許黑暗精靈也一樣——不過我看不出來有什麼好處。妳現在還不能施展僞裝羈絆或是解除吸血鬼的羈絆。我可以幫妳僞裝，但如果同時有超過一個吸血鬼攻擊我們，情況就會非常危急。我們沒必要打這場仗。情況改變了。我們沒必要帶著一堆武器回奧林帕斯山查探消息。我們現在就可以回去，因爲我知道是怎麼回事了。」

「所以我們攔輛計程車，去接歐伯隆？」她問。

「對，妳去攔。我先解除這個吸血鬼殘骸的羈絆，」

關妮兒微笑起身。她慢跑一段距離回到街上，手指放入牙齒間，然後吹口哨。

# 第十八章

「我們即將挑起一場或許沒有能力結束的爭端。」我警告關妮兒。「雖然我們可以說這一切都是巴庫斯的錯，但為了避開他，我們得要把希臘萬神殿給牽扯進來。他們大概不會在乎事情是誰挑起的。」

歐伯隆說：「那就有點像是ＮＦＬ【註】的裁判。」在我向他保證我遲早會好起來後，他就不把我的傷放在心上了。

「我不太肯定你的意思，老師。」我們在前往奧林帕斯山的豪華轎車後座裡交談。我們需要隱私，還需要個用來浸泡燙傷左臂的冰桶。司機人很隨和，願意三不五時路邊停車，讓我「呼吸新鮮空氣，」不過我其實是要補充熊符咒裡的魔力，然後在車上繼續治療。而在薩洛尼基鬧成這副德性之後，我不介意小小奢侈一下。

「我們不用去抓酒神女祭司來盤問了。我很清楚現在是什麼情況——還有之前是怎麼回事。妳聽見巴庫斯在山洞外說的話了，對吧？他說法烏努斯沒辦法永遠把我們困在那裡。」

「對，不過我們沒有受困。我們跑掉了。」

---

註：ＮＦＬ（National Football League），國家美式足球聯盟。

「所謂的受困是指奧林帕斯山。那是我們此刻唯一可以羈絆妳的地方，而至今我們已經為此兩度中斷羈絆儀式。我們的行動都是奠基在大肛毛領主那個歐陸板塊受到洛基燒掉佩倫神域影響的理論上。我並不相信這種說法——北美大陸的震動幾乎是立刻停止，事後我們也能順利轉移離開，歐洲有什麼理由會影響這麼久？——不過我一直想不出更好的理論。現在我想到了。事情已經發生一個半月，如果佩倫神域焚燬就是干擾來源，那歐洲各地難道不該出現異象嗎？遭受干擾的程度不該因地而異，俄國比較嚴重、西班牙和義大利比較輕微；而且現在不是也該消退一點了嗎？但是干擾依然強大。有人持續進行干擾，並且刻意排除奧林帕斯山。」

「我以為你相信是奧林帕斯眾神在保護領土。」

「他們是在保護領土，同時也在擾亂其他地方，而這一切都是為了讓我們陷入陷阱。是法烏努斯幹的，關妮兒。法烏努斯和那個沒用的酒鬼巴庫斯。」

「他們是怎麼弄的？」

「『大混亂』，妳有看出來。」

「不，我沒看出來。」

「我也沒看出來，因為我的思緒一直圍著羅馬諸神在轉，沒有去想原始希臘諸神。大混亂是指秩序崩壞——換句話說，就是混沌【註】。就是這股力量在干擾歐陸板塊上所有樹林，不讓我們轉移到其他地方。潘恩和法烏努斯都擁有這股力量——神話故事記載得十分清楚，當然也被融入語源學中。圖阿哈·戴·丹恩和妖精都沒有想到這股力量。這股力量很可能打從遠古時代就再也沒被使用過了，而即使在那個時代，也沒有如此規模地使用過。這很可能是它首度在希臘以外被使用，這就是妖精想不出任何解釋的原因。」

關妮兒秀眉緊蹙。「奧林帕斯的神爲什麼會擁有專門阻止德魯伊轉移世界的力量？」

「這並非最初的用途——只是他們現在採用的用途，因爲這是能讓他們取得優勢的附帶效果。一開始潘恩是讓人類與所有自然的原始力量和內心自我取得聯繫的方式。他代表一個大『陽』，也就是所有諸神、奧林帕斯的秩序與人類文明所代表的『陰』的反面。潘恩想要宴會作樂、性交、發出許多噪音——而當一神教徒跑來希臘，瞧了這傢伙一眼後——」

「哈！你說『瞧』。」

「——他就變成了魔鬼本人的化身，搞亂了世間一切事物的秩序。我敢說如果花點時間弄份報紙研究一下歐洲此刻的新聞，我們肯定會發現比平常更多騷動。那是因爲潘恩的羅馬分身法烏努斯，正在惡搞整座大陸。我們通往提爾・納・諾格的傳送通道都是加諸在自然定律上的德魯伊秩序，而他正在干擾它們。」

「那我們要怎麼對付他？」

「如果法烏努斯正在世界上惡搞奧林帕斯以外的所有樹林，我們就必須讓他返回奧林帕斯、一

註：大混亂（pandemonium）除了阿提克斯解釋的意思外，也是彌爾頓敘事詩《失樂園》中提及的地獄首都「萬魔殿」。

直待在上面，好讓我們有機會利用其他樹林。在我看來，只有一件事能讓他立刻趕回去。」

「什麼事？」

「搶走他的性玩具。」

# 第十九章

不管就實質意義還是象徵意義來看，這個羊腳神都是一個色迷迷的傢伙。古希臘人在森林裡提供一大堆寧芙和樹精靈給他玩弄，以免他跑到城市裡去大搞特搞。對希臘人而言，大搞特搞其實是件好事，當然，但是，你知道：「凡事不可過量。」希臘人試圖爲西方文明和他們自己奠定基礎，於是潘恩和他的信徒得待在樹林裡才能肆無忌憚地玩樂。

通常潘恩很享受追逐。他以追逐取代前戲。寧芙可以讓他追很久。但有時候他會有點懶，就會去找樹精靈玩，因爲樹精靈沒辦法遠離她們的樹。遠離她們的樹超過兩天，樹精靈往往會枯萎死亡——而她們的樹也要面對同樣命運。兩者之間的連結並非僅具象徵意義，而是生死與共。

我完全打算利用這項優勢爲關妮兒和我爭取所需時間。適用在潘恩身上的規則同樣可以用在他的羅馬分身法烏努斯身上。

「妳知道樹精靈的樹酷在哪裡嗎？」我說。我們付清了轎車司機開到奧林帕斯山南部的車資，帶著幾瓶水和我們的武器踏上山丘。我沒穿上衣，因爲我受不了布料磨擦我酥脆皮膚的感覺。

「知道，它是一棵與永生寧芙連結在一起的橡樹。」

「沒錯。不過樹精靈的樹還有一個很酷的地方，就是它在三個世界裡長得一模一樣。樹不光是長在這裡，還長在羅馬和希臘神域，樹枝、樹葉全都一模一樣。」

「每棵樹都是三位一體。我懂了。」關妮兒點頭微笑，不過笑容在心中浮現問題時慢慢消失。「這並不是說有三個不同的樹精靈，是吧？」

「不，樹精靈只有一個。潘恩和法烏努斯分享她們，阿緹蜜絲和黛安娜也會分散他們的注意力。」

「喔！對。樹精靈對狩獵女神也有特殊意義。呃。」她眉毛擠成一團，皺起眉頭，顯然感到不安。

「怎麼了？」

「你確定你要扯上樹精靈嗎？」

「妳確定妳想當德魯伊嗎？」

「這個，我當然想，但沒有其他辦法嗎？」

「當然。我們可以去找奧林帕斯眾神，客客氣氣地請他們停止干擾大地。但是直接去找眞正不朽的神明大概不會有什麼好下場。」

「我同意，老師，這就是我質疑這種做法是否明智的原因。」

「妳想要在天知道羈絆儀式會被酒神女祭司打斷多少次的情況下，繼續之前的做法嗎？奧林帕斯山境內只有幾個地方可以進行儀式。不，主動出擊的時刻到了。請求原諒好過請求允許，回應惡作劇最好的做法就是來場更厲害的惡作劇。我們不會傷害她們的。」

「奧林帕斯眾神並非以擅於原諒他人著稱。」關妮兒指出這一點

「好了，我已經厭倦採取守勢了。我們至今都很幸運，因爲我們移動得比他們快，但就策略上而言，我們所做的一切都只是爲了不要輸而已，如果妳懂我的意思。再說我們兩個——」

「嘿！三個！獵狼犬也算！」

「——抱歉。我們三個在封閉區域內對付全世界的吸血鬼、妖精與斯瓦塔爾夫的勝算非常低。」

「說得沒錯。所以我們爲什麼要激怒更多奧林帕斯眾神？」

「我們不是要激怒任何人，我們只是要擁有更多選擇，恢復行動力，還有惡作劇。不過我很樂意接受不同的意見。妳有其他想法嗎？」

關妮兒嘆氣。「沒有。」

「我有個想法。去裘帝・馬朗尼【註一】的香腸王國弄一百磅優質香腸如何？龍舌蘭雞肉、土魯斯【註二】大蒜，還有鮮嫩多汁的波蘭香腸綜合口味？這種禮物能夠讓我原諒一切！」

「不是所有人都能用肉來賄賂，歐伯隆。」

「不能嗎？喔！你是說他們吃素？」

「不，他們吃葷。只是肉不能左右他們的決定。」

「這個，這太……這樣不對，阿提克斯！他們是怪物嗎？他們簡直沒有道德中心！」

---

註一：裘帝・馬朗尼（Jody Maroni's），美國生產各種香腸的廠商。

註二：土魯斯（Toulouse），法國西南部城市。

「好吧。我們要找和樹精靈連結在一起的橡樹。這很容易。這種樹的樹心是白色的。」

「現在可以施展魔法了？」

「這個嘛，這種做法並不安全。我們得賭賭看能不能在酒神女祭司或其他人找上門之前搞定這件事。前兩次羈絆儀式我們撐了兩個多禮拜。這次撐上幾個小時或許不是問題。」

「嘿！那隻松鼠就是這麼說的。」

我們沿著奧林帕斯山的緩坡走了四分之一哩路，終於找到一棵在魔法光譜下呈現白色樹心的樹。我在路上已和關妮兒講解過整個計畫：我先製造通往提爾・納・諾格的傳送通道，然後轉移過去，在時間之河旁找尋適合用來惡作劇的場所。

「那裡很合適。」我指向上游一座空曠小島說道：「那裡的時間慢到他們光說『等等，不要把我留在這裡』的『等等』，就要說上一個世紀。」

「這些島要怎麼用？」

「看到岸邊那些刻有歐甘碑文的石碑了嗎？那就是它的地址。利用那個地址，你可以從任何地點開啟通往那裡的傳送門，然後把東西塞進去。我們要使用傳送門而不用樹，是因為我們不想把自己傳送到那個時間流裡。」

「好想法。」

「我們從別人的錯誤中學習。我想第一個用樹轉移進去的老兄現在還卡在裡面；不過據說他應該再過十年左右就能轉移出來。」

「所以他已經在裡面待好幾個世紀了?」

「他在裡面待得比我活在世界上的時間還久。」

「哇喔。那他錯過了很多東西。你認爲他會覺得寇克和畢凱艦長【註】哪個比較厲害?」

我記下歐甘文地址後,我們轉移回白心橡樹旁——不過是轉移到在羅馬神域裡的那棵。我沒有看見這棵樹的樹精靈。

「她在哪裡?」關妮兒邊問邊環顧四周,搜尋附近區域。

我聳肩。「附近。或許在希臘神域裡。當我們開始解除她與這棵樹的羈絆時,她立刻就會讓我們知道她在哪裡。」

「你確定這麼做不會傷害她嗎?」

「會傷到一點。她總得有所感應。不過照我們的做法絕不會威脅到她的性命。」

「你怎麼知道?」

「因爲當她被凍結在時間裡時,她的樹也會一併凍結。當我們把她們重新羈絆在一起時,對她們而言只過了短短幾秒鐘而已。」

關妮兒不太相信。「我認爲我們會遭天譴。」

---

註:寇克艦長(Jim Kirk)和畢凱艦長(Jean-Luc Picard)分別是《星艦迷航記》(*Star Trek*)和《銀河飛龍》(*Star Trek: The Next Generation*)裡兩代星艦企業號的艦長。

「注意！無比恐懼學徒顯露！尤達文法立刻採用【註一】！」

「沒那回事。記住，樹精靈出現時，妳要用拉丁語安撫她，讓我有機會施法製作傳送門。」

「收到。」

我專心打量樹上的白光，拉近焦點，研究這道羈絆的架構。

法術很美麗。希臘人利用魔法的方式與凱爾特人不同，當然，他們的魔法架構與建築物的結構十分相近：很多直線、銳角、三角形、十分精確的計算；永無止盡地分割兩半的立方柱體；位於整個法術核心的天殺超立方體，將橡樹和樹精靈緊密結合在一起。立方柱有趣的地方在於缺乏有機組織裡多餘的部位。只要弄掉幾塊立方柱就會嚴重破壞整體架構。我解除一個三角結，感覺到樹微微顫抖。我拆除一個立方柱，樹則抖得更加厲害。

我身後一個文雅的聲音以完美的拉丁語說：「請住手。」

我轉身，看見一個心臟四周綻放白光的女人。這個樹精靈顯然屬於這棵樹，於是我解除魔法視覺，看見她希望讓人看見的形體。她在看見我嚴重灼傷的五官時神色畏縮。

她身體四周覆蓋著一層類似柔焦的濾鏡；凝視她的外表有點像是在看沃特豪斯【註二】的畫作，充滿深度與感召力，但依然具有玫瑰花瓣般的視覺效果，細緻靈巧、虛無飄渺、在觀眾眼中激發出一股焦慮感——我覺得我不可以凝視太久，不然可能會對她的美貌造成永久性的傷害，然後我會日漸憔悴，最後死於罪惡感。

她的頭髮漆黑濃密，以花藤編飾成一條鬆鬆的辮子，順著左胸垂至腰際。另外一條花藤纏繞她的身體，束起質料輕薄的白上衣。她的雙腿和腳掌都是赤裸的；雙眼則懇求我們和平離開。

她的美貌是屬於只要看上一眼，就會讓人覺得有神界勢力在眷顧她的那種。我常常在想這能否算是關妮兒所有哲學問題的答案：人生在世是爲了創造並見證美麗。蓋亞每天都在創造美麗的事物，而身爲蓋亞的一部分，這也該是我們的任務。貝多芬有看清這個事實；梵谷也是，雖然他很瘋狂。還有很多其他人都一樣。

「我們會住手。」關妮兒說：「謝謝妳來拜訪我們。」

「你們是什麼人？」樹精靈問。

趁著我的學徒和樹精靈聊天，我輕輕唸誦古愛爾蘭咒語，在她身後開啓通往提爾・納・諾格的傳送門。當傳送門閃入現實後，我們甚至不用強迫她穿越。我只是對她露出醉人的微笑，上前踏上幾步，她當場就因爲恐懼而退入傳送門內。我在她穿門而過後立刻關閉傳送門，然後向關妮兒道賀。

「做得好。」

「你造成了多少傷害？」

註一：《星際大戰》（*Star Wars*）中的絕地大師尤達講話喜歡用倒裝句。

註二：沃特豪斯（John Willian Waterhouse, 1849-1917），英國新古典主義和前拉斐爾派畫家，經常以神話或文學中登場的女性作爲繪畫主題。

「幾乎沒有。很容易修補。我們再去造成更多傷害吧。」

我們繼續行動，又送了五個樹精靈離開她們習慣的神域。奧林帕斯眾神沒有辦法透過占卜得知她們身處提爾・納・諾格；他們會擔心樹精靈快要死了，但是她們和她們的樹都被凍結在時間裡。既然兩者間的羈絆只是減弱、沒有斷絕，發生在樹精靈身上的事就等於發生在樹上。

我們在最後一棵樹上留下兩張字條——一張留在羅馬神域裡，一張留在地球上。我們刻意忽略希臘神域，藉以表示我們很清楚誰該爲此事負責，不希望把戴奧尼索斯或潘恩牽扯進來。幸運的話，希臘眾神會對羅馬眾神施壓，要求他們用對我們有利的方式解決這個問題。字條上寫道：

「我的巴庫斯大王生氣了，而他的行爲導致某些樹精靈跑去其他地方度假。如果你希望她們毫髮無傷歸來，法烏努斯大王，那就停止所有大混亂三個月。只要照做，我保證不會動她們一根寒毛。」

接著我請奧林匹亞透過歐洲眾元素傳遞一則簡單的訊息給法烏努斯——不管他在哪裡：「你的樹精靈似乎有幾個失蹤了。」

關妮兒、歐伯隆和我轉移到馬・梅爾，我花了一個晚上泡在柯納克・爾・諾爾的醫療溫泉裡，盡可能地修補皮膚。第二天早上，妖精都在談論「大肛毛領主的詛咒」已經結束的消息，現在他們——還有我們——都能夠轉移到歐洲的任何地方了。

# 第二十章

二次世界大戰的時候，我一直忙著幫助猶太家庭逃出維琪法國【註】，前往西班牙，然後再到葡萄牙。我利用不同的途徑將他們偷渡離開大西洋庇里牛斯山，而我在過程中把這附近的地勢弄得很熟。這段經歷讓我想到一個非常適合羈絆關妮兒的地點。

庇里牛斯山——法語發音類似「辟瑞內」——有些很美妙的洞穴。穴居人在其中某些洞穴裡留下古老的壁畫，而這些壁畫大多超越了同時代藝術成就。有些洞穴裡有地下溪流和河道流過。有些洞穴越走越窄，最後變成死路，或是僅容一根香蕉通過，然後又變成從來沒有人類——除了我以外——見過的寬敞石灰岩洞窟。這是眞正屬於我一個人的地方。我私下稱之爲綠人避難所，因爲當年獵殺我的德軍稱我爲綠人。

莫利根叫我在二次世界大戰時盡量不要使用魔法，因爲她會爲了挑選死者忙到翻掉，沒辦法在安格斯・歐格面前守護我。庇里牛斯元素十分同情我的處境，非常樂意幫忙；萬一我被趕出這塊區域，天知道什麼時候能夠回來？

我必須盡量減少吸收大地魔力；如果附近有妖精或圖阿哈・戴・丹恩，他們會感應到吸收魔力

註：維琪法國（Vichy France）是二次世界大戰時，德國在法國建立的僞政權。

的現象，而我就可能會意外洩露行蹤。庇里牛斯元素做了很多事幫我掩藏行蹤。如果元素主動施展魔法，那就只是大地在做自己的事，而非有人在對大地進行羈絆儀式。

一名德國軍官聽說有個叫綠人的傢伙在幫助猶太人逃亡，他認為這則消息可信，於是派出幾組人馬搜查我的下落。當年是一九四一年；他們已經征服法國，美軍又還沒參戰，所以士兵有點無聊，能夠騰出時間來獵捕罪犯。正常情況下，他們不會對我造成困擾，但他們卻趁我睡覺時突襲我的營地。他們持有自動武器，我卻只有完全無法抵抗子彈的皮膚。

我立刻施展偽裝羈絆，請庇里牛斯元素想辦法幫忙。幾秒過後，他在我的南邊引發了一場岩石坍方，幸好那幾秒間德國人沒有開火，因為他們還不肯定我就是綠人；我只是個露宿樹林的瘋狂混蛋。他們大叫幾聲，四下尋找我的蹤跡，有些人跑去調查南邊的坍方。然而，還是有幾個人待在營地裡，看看能不能找到些什麼。他們找到了富拉蓋拉，我差點打破沉默，懇求他們別拿走劍。

庇里牛斯感應到我心急如焚，於是提出了一個妙不可言的計畫。我所藏身的岩牆另一邊有個外界無法進入的洞窟。他打算在岩壁上製造一個洞口讓我進入，同時透過搖晃士兵腳下的地面提供掩護。他們會以為地震了。

我同意他的計畫，現場隨即陷入混亂。營地四周地面突然劇烈搖晃，一名士兵摔倒的同時擊發了一排子彈。子彈打死他一名夥伴，接著所有士兵全都主動趴倒，開始朝樹林開火，偏執妄想地認定他們遭受攻擊。因為劍不能用來對抗機關槍，手持富拉蓋拉的士兵順手把劍丟在地上。我在劍鞘的皮革和掌心的皮膚之間建立羈絆，富拉蓋拉當場飛到我手中。我閃入黑暗，庇里牛斯元素封閉我身後的洞口。再見，殘酷的世界。

洞裡絕對漆黑，就算施展夜視能力也毫無幫助。山內沒有任何光源。不過空氣還不算太糟，這表示山洞還有通風的地方。洞裡很潮濕——而且還有點冷。既然什麼都看不見也聽不到，我決定坐下來小睡一下。庇里牛斯元素在天亮時叫醒我。

我走出山壁，瞇眼聞著松樹氣味，聆聽晨間鳥語。我的營地遭到洗劫，德國士兵偷走了我所有家當。我得花一週才能重新補給回到營地，但我非回來不可；我想要見識人類從未見識過的景象。早在人類踏足這座山之前，庇里牛斯就一直守著這個祕密，如今他與我分享祕密。

我帶著幾盞油燈回來，而庇里牛斯很歡迎我，再度為我開啓洞口。看見洞內景象時，我驚訝到忘了呼吸。

這裡沒有戰爭，沒有種族屠殺。沒有神要取悅或觸怒。只有一座以不同地質時期裝飾的洞穴。濟慈【註】對此做過完美的描述，雖然他那些話是用來描述其他東西的：這是寂靜與漫長歲月的養子，充滿緩慢滋長的石柱，地板和天花板上也有許多有朝一日將會成為石柱的小石筍。

地上幾潭顏色很深的水池反映著燈火，庇里牛斯要我避開它們。池水可以飲用，不過有五種未知生物居住其中。我小心翼翼地穿越山洞，發現洞內有幾條通風小洞，不過都沒有大到足以容納人

註：濟慈（John Keats, 1795-1821），十九世紀英國浪漫派代表詩人之一。阿提克斯引用了他於《希臘古甕誦》（*Ode on a Grecian Urn*）中的一句：Thou foster-child of Silence and slow Time。

類通過。庇里牛斯解釋這些小洞最後都會通往西班牙境內的洞窟，那就是我能呼吸的原因。我沒在裡面待太久，只有一個小時左右，欣賞製造出這種空間的技巧與耐性。我由衷感謝庇里牛斯讓我見識這座洞窟。

將近八十年後，我依然記得如何前往綠人避難所，彷彿昨天才來過一樣。

從提爾．納．諾格轉移回地球後，關妮兒就和我帶著油燈和食物上山。抵達目的地時，庇里牛斯已經準備好要幫德魯伊之道盡一己之力——移動一些岩石和塵土。

荊棘叢不會生長在缺乏陽光的地方，而山洞附近不像我們在奧林帕斯山選定的儀式場一樣可以輕易找到荊棘叢。我們往下走了約莫三座足球場的距離才終於找到一叢。庇里牛斯移動了一下山坡，在荊棘叢後方建出一條狹道，造成類似搖籃的地形，導致所有從山下往上看的人都看不見我們。要看到我們，就得走到和我們同樣的高度，或是從山上下來。白天時，歐伯隆能監視四面八方，發現有人接近可以老遠提出警告，晚上我們就休息，待在綠人避難所裡讓「魔法的氣味」變淡；雖然我不認為酒神女祭司短期內會跑來庇里牛斯山。我只是想確保這次可以完成羈絆儀式，如果這表示每天只能用較少的時間刺青，那就這樣吧。我還是日以繼夜地治療燒傷，現在看起來已經沒那麼可怕了。

再度與蓋亞取得連結，準備繼續之前的羈絆儀式時，關妮兒沒有再提要脫內褲的事。她盡可能將內褲拉到腰際，接著在必要時，二話不說地把內褲拉到剛刺好的傷口上。她看來吃痛，但是沒有出聲。

「謝謝。」我輕聲說道，儘管有之前的經驗，我還是希望她能了解這兩個字背後所代表的意義。接下來幾分鐘內，我們在寂靜中，一針接著一針痛苦地塡滿她皮膚上的繩紋。我本來以爲她不會有所回應了，所以當她開口時，我嚇了一跳。

「不必客氣。」她喃喃說道。這話終於打破了我的心結。我停止過濾魔法視覺，任由自己好好打量我們之間的羈絆。羈絆很緊實、很複雜、很豐富，而且關妮兒在不用我指導的情況下自行解析出它們的意義。

我嘆了口氣，低聲說道：「我要向妳道歉，關妮兒——不，我不會再找推托之詞了，好嗎？我道歉。」我說：「我眞的非常抱歉。我已經很久——超過正常人好幾輩子的時間——可以不用假裝自己是其他人了。等妳超過五十歲但依然保有二十歲的外表時，只要在別人面前，妳就是在演戲。妳永遠不能離開舞台，一旦做出不符合年紀的事，就會有人注意到。我上一個知道我是德魯伊的愛人就是我妻子塔希拉。但她並沒有成爲德魯伊，所以她沒辦法看見妳眼中的景象。我從來不用處理這種情況。而且她也不知道我能夠看見什麼。」

「你能看見的肯定比我多。」關妮兒說。她聲音很小，好像深怕提高音量會讓我不再說下去。

「不。如果我們看到的景象不同，那我想應該是妳看到的比我多。魔法視覺本身對施法者一視同仁；不同的地方在於妳如何過濾影像，以及如何解讀妳所看見的東西，而在這段時間習慣魔法視覺後，妳顯然天生就非常擅長解讀魔法。不然，妳絕不可能了解我說『謝謝』時想要表達的一切。」

「你不光只是想要我別脫內褲，」她說：「不光只是考慮到我們兩個。你的情緒和過去有關。某個理由令你害怕。」

她的話把我嚇壞了。她看到的比我想像中更多——那已經接近心靈感應了。這就是解讀意識羈絆的意義嗎？我自震驚中恢復過來，說道：「對。我沒有機會幫我上一個學徒羈絆，我知道之前已經告訴過妳了。問題就是我們遭受干擾，而他沒有存活下來。我不希望歷史重演。」

「而你認爲男女關係會干擾儀式？」

「不會嗎？」我對她笑道：「在十二年的壓抑和否認過後，一旦釋放出來，我們什麼時候會停？」

她輕笑幾聲：「這樣說很有道理。兩個可以透過大地恢復體力、並且治療劇烈接觸造成的擦傷的人？我們會做到荷馬史詩的規模。至少三本《伊利亞德》【註】那麼長。」

我哈哈大笑，她咯咯嬌笑。我額頭靠在她手肘內側片刻，享受化解緊張的感覺。接著當我們兩人都放鬆下來後，我在她肩膀上輕輕一吻。她安靜下來，一臉迷惑。

「繼續忍受我的恐懼一段時間？」我問：「爲妳也爲我著想？」

「好。」她說。儘管明知不該，我還是差點就墜入她那雙綠眼中。接著她偏開目光，補了一句：

「老師。」我抖擻精神，繼續羈絆她與大地。

□

那次交談過後一個月，在沒有諸神及凡人的打擾下，我們終於通過了純粹只有痛苦的部分，來到痛苦中帶有刺激的部分。我精確地沿著關妮兒的身側向上刺下蓋亞的繩結，越過她胸部的曲線，接著紋上她肩膀上方就像條士兵辮，接著往下在二頭肌四周刺下變形繩紋的迴圈。

德魯伊的動物形態不是德魯伊自己選擇的，而是由蓋亞挑選。在羈絆過程中，蓋亞會漸漸了解該名德魯伊，然後自行決定最適合對方的動物形態。二頭肌最上方的第一道繩紋向來是人類形態——爲了讓我們能夠變回人類；而在那之下，德魯伊會得到一個有蹄類動物的形態、一個地面掠食者、一個飛行形態，還有一個水生動物形態。蓋亞不會預先告知會是哪些形態，所以我們兩個都得等到刺青成形後才能知道關妮兒可以變身成什麼動物。

開始刺第二道繩紋後，她每隔三分鐘左右就問我一次。

「看得出來是什麼了沒？」她問。

「不，抱歉。」

「現在呢？」

「還不行。有點焦急，是不是？」

「或許有一點。你不能猜猜看嗎？」

「妳會有獸蹄。」

---

註：《伊利亞德》（*Iliad*），相傳爲荷馬所作的古希臘長篇敘事詩，是在描寫特洛伊戰爭的故事。

「我討厭你。」

我挖苦般地微笑：「不，妳不討厭我。」

「對，你說得沒錯。」

繩紋逐漸明朗化，我開始看出端倪。「看起來像馬。」我說。

「是馬！哪一種？阿帕魯薩馬？阿拉伯馬【註二】？」

「跑很快的馬。」

「八成是紅馬。栗色皮毛，你知道。超美的。」

「毫無疑問。」我說著繼續刺青，關妮兒則雙眼失焦，幻想著跑得比人類形態更快的感覺。

第二天開始刺她的掠食者繩紋。這個繩紋顏色很深，需要很多墨水和時間。「我不確定是什麼動物，不過毛皮肯定是黑色的。」我說，這話讓她猜了一整天。又過了一天，我才隱約看出那個繩紋所代表的動物。

「嗯。是隻黑貓。」我說。

「黑貓？」她的聲音有點忿忿不平。

「大型貓。不是小貓咪。要等妳變形才會知道是豹還是美洲豹。」

「喔！那聽起來好多了。」

「的確。妳是狠角色。」

「會不會是黑豹？」

「黑豹也是豹【註二】。牠們不是不同種族。差別只在黑色的隱性基因和人類一種不願意用黑色的豹來稱呼牠們的奇特心態。」

「嗯。眞是有趣的選擇。」

「我想蓋亞是要妳成爲黑暗中的危險人物。妳的飛行形態八成也會留下猜測的空間。從這些制式繩紋裡要分辨出種族並不容易。」

「我不會變成蚊子或類似的東西，是吧?」

「不會。德魯伊通常都會化身爲大型鳥。蓋亞不會讓妳淪落到食物鏈底層去。」

飛行形態的繩紋完成後，我看出關妮兒是隻猛禽，不過不知道是鷹、隼，還是鶥。反正她不會和我一樣變成貓頭鷹。

關妮兒的水生形態可能是她最弱的形態；她是海獅，儘管海獅可愛到了極點，動作卻不如我的海獺靈巧；不過她的泳技會比我好很多。

我又花了一週半刺完讓她得以轉移世界的前臂，還有手背上的繩圈，讓她控制自己身體的治療能力。最後一天中午，她坐起身來，看著我刺完繩圈，她的手放在我手中，盡量壓抑興奮之情。我也

---

註一：阿帕魯薩馬（Appaloosa）是美洲馬種，特色是斑點皮毛；阿拉伯馬（Arabian Horse）則是世界上品種最古老的馬種之一，耐力十足，特徵是楔型頭與高聳的馬尾。

註二：關妮兒一開始提到的黑豹是black panther，黑豹不是特定物種，而是用來指任何擁有一身黑毛的大貓。牠們可能是後面阿提克斯提到的Leopard（非洲與亞洲豹）或Jaguar（美洲豹，也作美洲虎）中擁有一身黑毛的個體。

十分興奮；我已經完全康復，看起來和從前一樣，只不過還要兩個月才能長出之前的鬍子。

當我刺下最後一針，蓋亞的魔光自我和她眼前消失時，她滿懷期待地看著我，面露興奮的笑容。

「恭喜，關妮兒・麥特南。」我說：「妳是過去一千年來地球上第一個新進德魯伊。」我朝她微笑，爲了儀式終於結束而放鬆心情，她開懷大笑，也大大鬆懈下來。

我和她一起笑，接著看著她輕鬆的表情突然崩壞，彷彿有人抽走了支撐笑容的支架。她下唇顫抖，微微抽咽。「我不敢相信一切眞的結束了。」她邊說邊打量著自己右手手背，接著以左掌擦拭眼淚。「漫長的十二年。」

「喔，胡說八道。十二年咻一下就過去了！」我說。

「是呀，隨便啦。」她又抽咽一聲，然後擦乾臉頰的淚水，再度展顏歡笑，不過這次笑得有點淘氣。「所以這表示你已經不是我老師了？」

「就是這個意思。」

「很好。那麼，我已經等太久了。」她抓住我的後頸，把我拉到嘴前。「過來。」

我過去。

# 第二十一章

「好吧，我要公開表示一下，你們發出的聲音一點也不像狗叫，還有不管在任何情況下，我都反對任何人模仿『波茲卡波哇喔【註】』那一套。」

「歐伯隆，拜託。現在不是時候。」

「現在正是時候！這是你和關妮兒第一次進行波茲卡波哇喔的行爲。」

「這句話不是在模仿狗叫聲！這是在嘲弄七〇年代A片裡的垃圾配樂，特別是貝斯吉他的部分。我們可以有點隱私嗎，拜託？」

「什麼？你要我走？」

「好啦，起碼不要盯著我們看！你和菲菲搞的時候，我可沒有坐在旁邊看你，還一邊品頭論足，是不是，比方說要給狗骨頭啃什麼的？」

「好吧。但是人類交配習性很蠢。」

註：波茲卡波哇喔（Bow-Chicka-bow-wow），美國七〇年代A片的配樂聽起來類似這種發音，後來這句片語就被用來比喻性愛。

# 第二十二章

我們終於不再做愛了，不過純粹是因爲歐伯隆在太陽第三次下山時，威脅我們再不停下來就要吃自己腳的關係。「當看門狗眞的無聊到爆，尤其是在我還必須看你們兩個這麼噁心的模樣。」

「好了，等等！首先，你不用看我們，因爲我有特別建議你不要這麼做；其次，我們一點也不噁心。這是艾爾・葛林【註一】會寫歌歌頌的那種行爲。」

「是你教我那句諺語的耶：旁觀者眼中能夠看出噁心的事物。」

「不，歐伯隆，是看出美麗的事物【註二】。」

「隨便啦，用『噁心』也很恰當。」

當時沒有任何事能夠影響我的好心情，於是我哈哈大笑，承認他說得有道理。

「打獵如何，歐伯隆？這樣可以讓你好過一點嗎？」

我的獵狼犬揚起鼻頭。「看情況。要去獵什麼？」

---

註一：艾爾・葛林（Al Green, 1946-），美國歌手，七〇年代在美國出了一系列暢銷靈魂樂單曲。名列《滾石雜誌》百大名人堂。

註二：「旁觀者眼中能夠看出美麗的事物（Beauty is in the eye of the beholder.）」有情人眼裡出西施的意思，不過爲了對應前面歐伯隆的發言（Groody is in the eye of the beholder.），這裡採取直譯。

「想獵什麼就獵什麼。想去哪裡就去哪裡。關妮兒需要練習轉移世界和變形。」

「我想獵犬羚【註】。」

「好啊。坦尚尼亞，我們來啦！」

儘管現在關妮兒已經正式成爲德魯伊，她依然需要指導和練習截至目前爲止對她而言都還只是理論的技巧。她已經熟記咒語和繩紋形狀，但由於我們最近……很忙，她還沒施展過任何法術。

我們感謝庇里牛斯的款待與幫助，然後轉移到東非。關妮兒和我一起伸出手掌，放在一棵傳送樹上，我告訴她要轉移到提爾・納・諾格上哪一棵特定的樹旁。

「妳先。我們隨後就到。」

「萬一我迷路了呢？」

「不會的。不管妳去哪裡，我都在後面跟著。」

她深吸一口氣，閉上雙眼一會兒，然後轉移世界。

「她很快就會開始和我交談了，對吧？」歐伯隆說。

「對，很快。」

「好吧，在我們的交談切換到免持聽筒前，我要你知道，你是我最喜愛的人類。」

「噢，謝謝，歐伯隆——」

「就連你在做噁心事時也一樣。」

「這樣說……眞是寬宏大量。」

歐伯隆再度揚起鼻頭，不過不是爲了表達任何意見。他鼻孔開闔。「阿提克斯，我聞到死人。很多很多。朝我們逼近。」

我皺眉看著我的獵狼犬。「吸血鬼？」

「除非我們錯過了殭屍末日，不然應該是。」

「四面八方？」

「不，都在這一邊。」

那表示他們是法國吸血鬼。或許伊比利半島的吸血鬼也不遠了。在和希歐菲勒斯聊過之後，我可以想像他會下令全世界的吸血鬼來獵殺我們——我顯然沒有停止訓練學徒，所以我得假設他已經啓動了對付我們的計畫，全世界的吸血鬼都在找尋我們。

只要我一直待在同一個地方，要找我或許不是什麼難事；我古老的血液散發出和現代人類不同的氣味，如果神祕的妖精線人有對他們提過我在進行關妮兒與大地間的羈絆儀式，他們就會知道要搜查歐洲的荒野。

我一點也不想留下來應付數量不明的吸血鬼，於是轉移到提爾・納・諾格，看見鬆了口氣的關妮兒在旁邊等待我們。她在黑暗中雀躍兩下。「我成功了！」

「沒錯。現在我們去坦尚尼亞。再帶一次路吧。」

註：犬羚（dik-dik）是一種體型嬌小的羚羊，也被稱爲「小羚羊」。英文名來自牠們的叫聲。

我們花點時間，找了個適當的地方進行轉移。我們挑選了曼亞拉湖國家公園【註】裡的一塊刺槐林地，然後和之前一樣，讓關妮兒先走。

「你打算告訴她剛剛那些吸血鬼的事嗎？」歐伯隆在她離開之後問道。

「很快就會告訴她。我要先好好想想。她現在要擔心的事已經夠多了。」

抵達潮濕、炎熱、充滿弱肉強食動物的坦尚尼亞時，我們都施展了夜視能力。關妮兒很亢奮。

「我可以變形了嗎？」

「等一等。先和歐伯隆羈絆。」

「喔！對。唉！我很抱歉，歐伯隆，我真的太興奮了。」

「她簡直一副快要尿出來的模樣。」

「他了解。」我對她說：「好了。透過魔法光譜觀察歐伯隆和我之間的連結。妳得用同樣的方式和他產生羈絆，這樣妳才能聽見他的想法，也讓他聽見妳的。」

「你也能聽見我的想法嗎？」

「不行。我認識的人中唯一能和人類心靈溝通的只有莫利根，而她也不是透過傳統羈絆方式達到這個目的的。」

「要是我們都處於動物形態呢？」關妮兒問：「我們可以讓歐伯隆當中間人來和彼此交談嗎？」

「我想是可以的。」

「如果你們想把我逼瘋的話。」

「但我們應該盡量少這麼做。」我補充。

關妮兒點頭。「可憐的狗狗可能會發瘋。」

「她比你敏感一點，阿提克斯。」

「嘿！」

「給我兩個月去影響她，我敢說她會幫我弄條法國貴賓犬。」

「不要利用她的善良天性！」

「你是認眞的嗎？乾脆叫我不要當獵狼犬好了。」

關妮兒輕呼一聲，瞪大雙眼。「我聽見了！聽見最後那句話。你爲什麼要他別當獵狼犬？」

「哈囉，聰明女孩。」

「嗨，歐伯隆！很高興終於聽到你的聲音了！你都叫我『聰明女孩』嗎？」

「他從皮囊行者那件事開始就是這樣叫妳了。小心點。他打算用花言巧語騙妳幫他做件事。」

「是這樣嗎？」她揚眉詢問我的獵狼犬。

「別管那個壞心眼的德魯伊。我才沒有什麼不好的意圖。我想要的只有食物而已。」

「而今晚你想要吃體型很小的羚羊。」

---

註：曼亞拉湖國家公園（Lake Manyara National Park），位於坦尚尼亞的國家公園。

「沒錯！不過我也能將就別的獵物。」

「好吧。我從來沒有狩獵過，所以你得給我一些提示，萬一我搞砸了，還請原諒我，好嗎？」

「今晚我不會刁難妳。」

「很好。因爲我的掠食者形態是頭大黑貓。」

「妳是愛『貓』人士？」歐伯隆甩過頭來看我。「阿提克斯，你沒提過這件事！」

「這又不是我的選擇，歐伯隆！」關妮兒說：「我的掠食者形態是蓋亞挑的。如果我能決定，一定要跟你和阿提克斯一樣當獵狼犬。」

「這是眞的，老兄，」我暗地裡說道：「她不能決定動物形態。再說，這有什麼關係？不管處於什麼形態，她都是關妮兒。」

「好吧，這樣說很有道理。」歐伯隆承認。

「什麼很有道理？」關妮兒問。

「他說不管什麼形態，妳始終還是聰明女孩。」

「喔。那倒是眞的。阿提克斯，或許我們應該在情況允許下盡量開口跟歐伯隆說話，這樣就不用老是問他在回答什麼問題？」

「是呀。好主意。我已經習慣心靈交流了，所以可能要點時間才能改掉這個習慣。」

「開始打獵吧。」

關妮兒和我寬衣解帶，然後把衣服放在一棵傳送樹旁。我們要求大地裂開，隱藏我們的武器。

「變形前還有件事。」我說：「我必須修改妳的項鍊。」

「喔。」關妮兒伸手觸摸掛在喉嚨下方的寒鐵護身符。「幸好你有想到。不然我可能會被勒死。」

「我來幫妳弄，好嗎？讓它能隨著妳的形態改變大小？我可以教妳怎麼做，不過那要一點時間。」

「沒關係，請動手。」她說。

「要調整到好，妳必須所有形態都變過一遍，反正妳老早就想變形了。」我走到她身後，解下她的項鍊，我發現這條項鍊很鬆、鏈條很長。我拿著項鍊，後退一步。「我們從頭開始。先變馬。上。」

關妮兒唸誦能將她的靈體羈絆在手臂上無可抹滅的馬形刺青中的咒語。她化身爲一匹美麗的銅栗色馬，也有人說那是紅褐色，鬃毛的顏色比身體淡一點。她鼻孔開闔，打了個噴嚏。我一邊對她描述她的外形，一邊調整她頸部的項鍊，記下大小和位置。她嘶鳴一聲，馬蹄踏地，一條腿、一條腿地踏，顯然在努力調適自己現在擁有四條腿的事實。我施展第一部分的羈絆法術，允許項鍊能在她變形後縮回人類尺寸。

「好了，變回人類。我知道妳想奔跑，但這裡並不是適合奔跑的場所。這裡的樹林裡有豹，還有其他飢餓的動物。」

關妮兒噴噴鼻息，然後變回人形。「阿提克斯，太神奇了！四條腿！還有馬蹄！實在太棒了！」

「我知道。看看妳的項鍊。」

她低下頭去，發現她的項鍊就和之前一樣掛在脖子上。

「你厲害。」

「不要吹捧他。他的頭已經脹到和齊柏林飛船一樣大了。」

我再度解下項鍊。「好了，貓形。」

關妮兒變形，化身爲毛皮光滑的黑美洲豹。我可以從較短、較粗的尾巴和較寬的頭加以辨識。她也打了幾下噴嚏。

「恭喜。妳是美洲豹。」

聽到這個消息，關妮兒興奮得放聲吼叫，把歐伯隆、我，還有附近的動物嚇得鴉雀無聲。

「我想所有聽到剛剛那聲吼叫的動物都嚇得屁滾尿流。」歐伯隆說：「然後跑去躲起來。狩獵小提示第一條：不要出聲。」

關妮兒壓低雙耳，表達她的歉意。我量了量她的項鍊，要她變回人形。

「抱歉，歐伯隆。」她聲音恢復後立刻說道：「是海倫・雷迪【註】的錯。剛剛我是在『我是女人，聽我吶喊』的影響下才叫的。」

「沒關係。我說過今晚不會刁難妳。」

「好了，」我說著取回項鍊。「來看看妳是什麼鳥吧。喜歡的話就飛一會兒，不過別讓我們等太久。」

關妮兒變形，我忍不出歡呼。「妳是遊隼！世界上速度最快的鳥！飛吧！自由翱翔！」

關妮兒勝利式地高叫一聲，立即振翅高飛；一時之間，彷彿就像動物星球頻道裡某個雄偉壯麗的畫面；接著雄偉壯麗的畫面消失了，因爲她在傾斜轉向後疾墜而下。她再度嘗試，再度墜地，接著，在第三次嘗試時，她朝向月亮爬昇，以時速兩百哩的高速俯衝而下。手忙腳亂地滑行落地、隨即變回人形後，她抱住肚子，呻吟連連。

「噢。阿提克斯，我肚子很不舒服。」

「那是因爲妳短時間內連續變形。當妳像剛剛那樣對物理定律扮鬼臉的時候，宇宙往往會透過生理狀況來討回公道。」

「我沒有對我的脾臟還是什麼的造成永久傷害，對吧？」

「沒有。不適感會慢慢消退。這只是一種妳無法治療或壓抑的疼痛。飛得如何？」

「棒呆了。至少第三次棒呆了。我敢說我會非常享受那種形態。」

「肯定會的。最後一種形態：海獅。」

她變成海獅，然後拍擊鰭肢。歐伯隆對她嚓嚓大笑，我則一邊輕笑一邊調整她的項鍊。

---

註：海倫．雷迪（Helen Reddy, 1941-），七〇年代歌手，支持女權；當時紅極一時，被視爲七〇年代流行樂之后。關妮兒引用的是她的名曲《我是女人》（*I am Woman*）歌詞「I am woman, hear me roar」。

「好了，現在保持這個形態一段時間。我要在所有動物形態和項鍊尺寸之間產生遞迴效果，讓妳可以直接從馬變成遊隼，或美洲豹，或海獅，而妳的項鍊就能因應而變。」幾分鐘過後，我完成了。「好了，從海獅變成美洲豹，我們開始打獵吧。」

「也該是時候了！」歐伯隆說。

關妮兒變成美洲豹，我則變成獵狼犬。我們一起打了個噴嚏。我的毛皮帶有紅色光澤，不過前腿刺青的部分有道白色條紋；我看起來和獵狼犬有點差別，因爲我其實是古代的愛爾蘭戰犬，現代獵鹿犬和獵狼犬都是由我這種戰犬配種而來的。不過這對歐伯隆而言沒差；在他眼中，我就是一頭獵狼犬，和他同一族的。

「好，現在從鼻孔深吸一大口氣。」歐伯隆對關妮兒說。她照做，隨即開始不受控制地打噴嚏，比之前變形時嚴重多了。她甚至試圖用爪子摀住嘴巴，看起來非常有趣。

「嘿，從沒想過世界上的味道能這麼刺鼻，是吧？」關妮兒趁打噴嚏的空檔朝他吼叫。「噢，妳過幾分鐘就會習慣的。好了，我們要妳帶我們去找犬羚，但是要避開狒狒、河馬、鱷魚，或其他大型貓科動物。」

我們一隻犬羚也沒找到，不過歐伯隆一點也不失望。他整段旅程都興高采烈，因爲關妮兒不斷打噴嚏，也一直沒有習慣她的新嗅覺。她向來對氣味有點敏感；她第一次遭遇惡魔時足足吐了十分鐘。路過一坨壯麗非凡的犀牛排泄物時，她開始乾嘔，試圖逃離現場，但乾嘔導致美洲豹流暢優雅的動作變成抽搐顫抖的舞蹈。歐伯隆嚓嚓大笑，整個翻倒在地，難以控制地向天揮爪。

「你知道，羈絆關妮兒的三個月裡，我基本上都很無聊，但現在我好過多了。我覺得已經得到補償了。我從沒想過會看到美洲豹被犀牛屎臭到摔倒。而這坨屎八成還是犀牛被她剛剛那聲吼叫嚇到拉出來的。」

關妮兒還在乾嘔，努力遠離地上那股氣味，肚子直接貼在一望無際的草地上。接著她想起有其他選擇，於是化身爲遊隼形態。她鳴叫一聲，展翅高飛，讓自己飄升到聞不到草原氣味的高度。

「噢！」歐伯隆說：「她說她不打獵了。她想在你放東西的那棵樹下和我們碰面。」

「好吧，我們最好閃了。總不能一直這樣嘲笑她。」

「但是很好玩。」

「我們要去提爾・納・諾格找孤紐。我敢說他會餵你點心。」

我們開始跑回關妮兒在上空盤旋的那棵傳送樹。

「孤紐的酒吧裡有美味魔法開胃菜嗎？像是眞正用水牛做的水牛翅膀【註】，而不是小雞翅？」

「不，他沒有那種東西。不過他是三工匠之一。」

「聽起來有個不錯的背景故事。」

「其實也算不上什麼故事。他們都是布莉德的兒子，擅長各式各樣工藝技巧。」

「噢喔。他們有遺傳到老媽的脾氣嗎？」

註：Buffalo Wings字面意思是「水牛翅膀」，不過其實是「水牛城辣雞翅」，雞翅不裹粉直接炸並佐以辣醬汁。

「沒，他們個性都很開朗。孤紐擅長打鐵和釀酒；盧基達是木工大師；葛雷恩亞則是黃金、青銅與黃銅大師。」

「所以這個故事裡沒有悲劇女主角？既然擁有三工匠這種封號，他們就該各自幫個美麗的公主打造一件超棒的物品，試圖贏得她的芳心，然後輸掉的兩個就去死。」

「你一定是想到了來自其他文化的故事。愛爾蘭女人都很剽悍，想做什麼就做什麼。我可以提出範例A、B，還有C，就是莫利根、布莉德和富麗迪許。」

「有道理。那麼圖阿哈・戴・丹恩的烹飪之神又是誰？」

「印象中似乎沒有。」

「所以古愛爾蘭人有個釀酒之神，卻沒有烹飪之神？」

「我們的優先順序十分明確。」

「好，既然這樣，你怎麼知道孤紐會給我點心吃？」

「他隨時都備有點心——椒鹽卷餅之類的東西來吸引客人。這樣你才會多喝點酒。看到沒？優先順序。」

「如果優先順序和肉有關，我會比較安心。」

接著我們安安靜靜地走了一會兒，這讓我有時間思考吸血鬼跑來庇里牛斯山包圍我們的意義。既然從來沒有吸血鬼如此積極獵殺過我，這肯定是希歐菲勒斯幹的好事。這表示想要解決此事，我就必須幹掉他——這做法遠比殺光所有吸血鬼符合邏輯多了。但就算我殺了他，他的繼任者還是有可能下達同樣的追殺令；吸血鬼並不是喜歡和平共處的那種怪物。想要確保我的安全，我就得讓李夫・海加森成爲全世界最強大的吸血鬼。

一想到這一點，我立刻知道這就是他的計畫。

他只是假裝幫我，其實是要幫他自己。就像在亞歷桑納那次一樣，他運籌帷幄，誘導我除掉他的死敵，奪取他想要的地位。而他很清楚取得那個地位之後，他就可以高枕無憂，不必像世界上其他吸血鬼那樣擔心我的威脅。他在薩洛尼基幫助我們——撕碎最後三個黑暗精靈——不是出於熱心助人或擔心我們，純粹是爲了他本身的利益。我是他踏上權力頂端的車票，所以他不能讓我死。

我可以爲此痛恨他；但他還是會認定我需要他，從而善加利用這一點。他知道只要他還有機會幫我除掉希歐菲勒斯，我就不會動他一根寒毛。

關妮兒落地變回人形後看起來很不高興。我也變回人形，自地面下的藏匿處喚回我們的武器。

「你那樣很不厚道，歐伯隆。」她氣沖沖地穿上衣服。

「很抱歉，我不知道會那麼糟。」

「但是你希望會那麼糟。」

「事實上，妳已經遠遠超出我的期望。」

「什麼！」

「啊！那樣講毫無幫助，老兄。」

「我是說我不知道妳化身美洲豹後，嗅覺會變得有多敏銳。我以爲妳會打個兩次噴嚏，然後就好了。妳後來的反應是很好笑，不過我並不想要讓妳受罪或什麼的。我很抱歉。」

「這樣講好多了。」

「好吧，爲了不讓美洲豹形態變得一無是處，我顯然必須努力調適。我今天肯定讓世界上所有美洲豹蒙羞了，所以我活該被你們嘲笑。但是蓋亞幫我挑選了那個形態，所以我得想辦法克服，這樣才能好好服務大地。你保證晚點讓我再試一次？」

「當然！」

關妮兒拍拍他，然後朝我看來。「現在要去哪裡？」

「這個，如果沒弄錯的話，提爾・納・諾格上有個畢業禮物在等妳。」

「一個放滿現金的信封，還有一張所有圖阿哈・戴・丹恩都有簽名的卡片？」

我嗤之以鼻。「不，比那個更史詩級一些。」

# 第二十三章

孤紐臉上那抹驕傲的笑容簡直可以照亮百老匯。他將一件藝術品放到關妮兒伸出的手中，說道：「這是史卡維德傑。」

關妮兒默默欣賞片刻，瞪大雙眼，闔不攏嘴。那是根製作精美的橡木杖，杖身刻滿超出我知識範圍的繩紋。

站在孤紐身後的盧基達問：「她爲什麼不說話？」

「沉默是表達喜悅最完美的方式。」我說。

「最完美？我可以發表意見嗎？」

「我是在引述莎士比亞的句子，歐伯隆；這表示我可以這麼說。」

「那傢伙說話都不用負責任的！可惜他沒有活下來享受這一切。他可以走到別人面前，說：『你看起來很像你爸，而他的臉像顆乾巴巴的奶頭！我是莎士比亞，所以我可以這麼說。』」

關妮兒忍耐不住，噗哧笑了出來，接著立刻臉紅。

「抱歉。我是在笑獵狼犬說的話。」

孤紐和盧基達點頭表示理解。

「這把魔杖太棒了。」她補充道，而這是事實。木杖上刻滿了凱爾特力量與速度的羈絆繩紋，一端鑲鐵，另一端則鑲銀。金屬部位沒有凸起或凹陷在木杖裡，它們會和附近的木質部位同時接觸對手。這表示工匠製造出了一種可以對付妖精、酒神女祭司，還有狼人的武器，而其上的羈絆繩紋能在關妮兒手持木杖的同時，加持她的力量與反應速度——就算短時間沒有接觸地面也行。它與我的熊符咒運作方式差不多：趁關妮兒接觸大地時儲存魔力，然後在沒有接觸大地時分享魔力。

「不會折斷，當然。」盧基達說：「而且防水。」

「鐵不會生鏽，銀也不會失去光澤。」孤紐補充。

「太神奇了。」關妮兒說：「但是杖身上這些是什麼羈絆繩紋？阿提克斯，你認得嗎？」

「那其實是富麗迪許刻的。」盧基達解釋。「或者該說，是我刻的，但是她提供的繩紋。它們就是這把魔杖名字的由來：史卡維德傑在現代愛爾蘭語裡的意思是『影之杖』。唸誦正確的咒語，它就能讓妳隱形。眞正的隱形，不是僞裝羈絆。很棒的繩紋，不過我也不是徹底理解。我只是依照指示刻文而已。妳最好去問問富麗迪許。」

關妮兒很驚訝。「富麗迪許爲我這麼做？」兩個工匠點頭。「爲什麼？」

「我也很想知道。」孤紐說：「她從來沒有教過任何人那個羈絆繩紋，妳知道。」

「是呀，從布莉德到棕精，所有妖精都超想學的。」盧基達說。

「但是現在你知道了，對吧？」關妮兒指著繩紋問。

「不。她在那裡添加了各式各樣繩紋。我不知道哪些是隱形羈絆，哪些純粹是裝飾用。我認爲所有繩紋都有其作用，但這些都不是標準羈絆。它們獨一無二。這是件非常特殊的法器。」

關妮兒記得不要直接感謝他們。「兩位令我深感榮幸。我會竭盡所能不辜負兩位的期望。」

「好女孩。」盧基達說。

「來喝酒慶祝吧？」孤紐問。「我剛好帶了幾瓶酒來。」

我們身處盧基達的工作室，這是我造訪過最舒適的工作空間之一：地板上都是木屑，一面牆旁擺滿加工過的木材和放有木塊、節瘤，與樹枝的架子，另外一面牆邊則擺滿已經完工的作品。我們站在工作台旁，車床、鑿子、刨刀都在工作台上等著盧基達技巧高超的雙手臨幸。空氣中瀰漫著松木、杉木和老橡木的氣味，而這些氣味對所有人的鼻子來講都比犀牛屎要好聞多了。

我們稍早先到馬拿朗・麥克・李爾家去梳洗打理，換上乾淨衣物。現在我們看起來比較像是傳統愛爾蘭人，而非現代美國人，身穿他那種藍灰色調的束腰外衣和褲子。馬拿朗送給關妮兒一條海扇貝和海馬串成的銀腰帶作爲畢業禮物，並且大大稱讚她的動物形態。芳德送她幾支銀髮夾，還有幾塊可能有魔法效力的餅乾。歐伯隆和我遭受冷落；直到我說我們得去盧基達那裡一趟，他們根本不記得我也在場。

關妮兒把頭髮梳得閃閃發光，我可不是在盧基達那裡唯一覺得她看起來像女神的人。一條龐大的身影遮蔽了大門，一個低沉的聲音叫道：「富麗迪許！妳今天比平常更加迷人！」

關妮兒轉向說話之人，發現那是歐格瑪；歐格瑪在發現自己認錯人後驚訝到臉色發白。

「喔！眞對不起，」他說，隨即臉頰泛紅。「我沒有不敬的意思。」

「沒有關係，先生。」關妮兒說著笑嘻嘻地斜眼看我一眼。「被誤認爲著名美女並不是什麼糟糕事。」

歐格瑪微笑。「我看得出來妳已經和大地羈絆了。恭喜。而且妳還有件新武器——恭喜、恭喜。妳想試用看看嗎？」

「事實上，我想。」關妮兒說著一臉讚賞地看了史卡維德傑一眼。

「我們可以來場友善的比試嗎？」

「多友善？」

「這樣如何，三戰兩勝。贏的人可以拿走對方的衣服。」

關妮兒在我有機會阻止她前揚眉說道：「比了。」歐格瑪是圖阿哈．戴．丹恩中著名的戰士，達格達的弟弟，盧同父異母的弟弟，三工匠的祖父。他從前負責處理國王的麻煩；某些提到他死亡的神話故事都被過度誇大。他是個死不了的狠角色。努阿達．銀手，圖阿哈．戴．丹恩的老國王，常常會指著這個無法擊敗的怪物或那個勇不可當的傢伙，叫歐格瑪去處理一下，然後對方就會被處理掉。有一天，他說，可惡，歐格瑪，愛爾蘭需要一套書寫系統，於是歐格瑪發明了歐甘文。不過關妮兒大概很清楚這些故事，而她還是決定要接受挑戰。我主動提供建議的時刻已經結束了。

歐格瑪身上只穿一條基爾特裙，渾身肌肉隨著每個動作起伏，他向盧基達借棍子用。他比任何人都高很多，攻擊範圍遠遠超過關妮兒。關妮兒走到工作室另外一頭，在滿地木屑裡挑選適當的位置。她實驗性地轉動影之杖，習慣它的重量和長度。魔杖越轉越快，最後如同螺旋槳般化為殘影。

歐格瑪也開始熱身，旋轉木杖的速度快到吹起關妮兒的秀髮。他可不是會被輕易嚇倒的。

好吧，至少不會被言語嚇倒。

在指導關妮兒格鬥技巧時，我教她要在展開攻擊前充分利用男人的弱點。如果對方是個瞧不起女性的大男人混蛋，她就可以光靠一句「婊子」刺激對方展開魯莽攻擊；也可以假裝害怕來讓對方掉以輕心。

歐格瑪不是那種人，事實上圖阿哈·戴·丹恩裡不太容易找到這種人，因爲過去幾個世紀裡他們都很樂意接受布莉德統治。

如果對方是個經驗不足的年輕人，又或許是缺乏魅力的男人，大聲推測他的雞雞很小就可以讓他喪失武術格鬥所需的沉著冷靜。

歐格瑪也不是那種人。歐格瑪是屬於第三種人，像我這種人，認爲關妮兒的武術技巧氣勢不足、威脅不大，但卻極具魅力。

只要歐格瑪沒有透過魔法光譜觀察關妮兒，察覺到她和我之間的緊密連結，那麼他的腦子就會有一部分——或許是一大部分——幻想能夠色誘她，而這也就表示他不希望傷害她。關妮兒只要讓他以爲他有機會就好了。

於是她對他微笑，稱讚他的耳環，然後是他的六塊腹肌，最後在等待回應時若有深意地盯著他的基爾特裙。

「謝謝妳。」他微笑說道。

「開始。」關妮兒說完轉身迴旋，連跳兩下，在第一擊中灌注重力及離心力，對準他的腦袋直擊而下。這是非常凶猛的攻擊——或許太凶猛了點。歐格瑪橫舉木杖，擋下攻擊，彈開影之杖後，他立刻雙手平推，再度擊中關妮兒的魔杖，避免她順勢變招。現在她淪爲防守的一方，而且重心失衡。歐格瑪採取遠距離攻擊，不斷刺出木杖，迫使關妮兒奮力擋格。

馬拿朗・麥克・李爾之前提過的提爾・納・諾格當前政治狀況突破我腦前葉的大門，噗通一聲坐上沙發。歐格瑪肯定隸屬布莉德的陣營，而不管錯得有多離譜，如果他認定關妮兒是莫利根的手下，這場友善比試可能就不會那麼友善。歐格瑪會不會就是攻擊我們的幕後主使人？只要有心，他肯定有足夠關係追查我們的下落。

我差點就拋開這個想法，因爲這種行爲很難和他兩個孫子——盧基達和孤紐——溫文儒雅、慷慨大方的表現聯想在一起——如果說有誰算是布莉德陣營的人，肯定就是他們兩個了，而他們對我們始終很和善。

儘管如此，歐格瑪還是可能有他自己的訴求，與其他人無關。提爾・納・諾格沒有統一的意識形態，一切都不像表面那麼簡單。就連格鬥也一樣。

關妮兒預料到對方的攻擊，凌空截下一杖；由於她木杖在上，方便施力，理應能夠強壓歐格瑪的木杖；不過歐格瑪的勢道雖然受阻，木杖卻文風不動。他太強壯了，即使處於劣勢，關妮兒還是壓不下去。她提起木杖，甩向他的腦袋，不過聰明的做法應該要壓低身形，横掃他的腳；然而他下盤沉穩，不容易失去平衡，所以或許冒險攻擊頭部比較有可能打傷他——如果有打到的話，肯定會打傷他。可惜歐格瑪身體後傾，臉頰微側，避開杖擊，同時出手揮下他的木杖。這一下重重擊中關妮兒的膝蓋——導致她動作停滯一秒——而歐格瑪只須這一秒。他繼續進逼，她失去平衡，無法跟上他猛烈的攻擊，於是他突破防守，自膝蓋後方絆倒她。

她心知自己即將倒地，於是在摔倒的同時喊道：「可惡！」

「哈！打得好。」歐格瑪笑道：「妳訓練有素。」他伸出手掌，扶她起來，關妮兒則向他怒目而視。我認得那種表情，忍不住微微一笑。歐伯隆也認得。

「喔，這下他慘了。你看見了嗎，阿提克斯？他完蛋了。他會被從天而降的鐵砧砸扁，而他完全沒發現自己大難臨頭。」

「是呀，我看到了。」我說：「但在這裡別亂說話。記住，這裡的人可以聽見你的話。」歐伯隆開口時，盧基達和孤紐都笑嘻嘻地看了他一眼，不過幸好歐格瑪沒有在聽。

我不確定歐格瑪是不是故意裝出那副看輕她的態度——換句話說，我不確定他是不是故意要激怒她——不過無論如何，關妮兒都眞的動怒了。每當發怒時，她就會把能力發揮到另一個境界——不是在盛怒下的野蠻力量，比較像是獲得打鬥所需的超強觀察力和清晰判斷力。我曾試圖訓練她沒有情緒波動地施展這種力量，因爲她不應該在盛怒下才能發揮最強實力，不過我徹底失敗了。情緒最能激發她的格鬥本能；當初就是對繼父積壓許久的怒氣讓她決心要當德魯伊的。

正當她擺開架勢，打算再戰一回合時，富麗迪許走進工作室。她已經擺脫宮廷裝扮，換回平常穿的棕綠皮革裝。

「這是幹嘛？」她問：「比賽嗎？」

「友善的比賽。」歐格瑪回應道。關妮兒沒有附和。佩倫跟在富麗迪許身後。他看起來精疲力竭，不過十分開心，而且他還找裁縫幫他做了套新衣服。顯然佩倫收到指示要盡量展露他的胸毛，因爲此刻他茶棕色短衫上方開得很深的V領外露出大量銅色的鬈曲胸毛。

「比賽很好。」他說：「我想看。」他朝我漫步而來，邊走邊自皮帶裡掏出一瓶伏特加。

富麗迪許揚起一手。「暫停一下，好嗎，歐格瑪？我們的新進德魯伊大概還不清楚要如何使用她的新武器。」

「她很清楚。」他對她擔保道：「她技巧高超。」他再度微笑，關妮兒臉上惱怒。她決定不再和他調情了。

「他讓情況越來越糟。」

「我知道。這樣好。」

「妳不會給她什麼不公平的優勢吧？」歐格瑪說：「我的木杖沒有加持羈絆。就只是普通木杖而已。」

這話惹來一陣輕笑，富麗迪許又多笑了幾聲，然後才說：「我們知道，歐格瑪。」

富麗迪許對歐格瑪保證關妮兒不會隱形或是施展類似的魔法，而且只要暫停一下就好，他鬆了口氣。

不過眼看富麗迪許和關妮兒說起悄悄話，我不禁開始有點緊張。

富麗迪許肯定是布莉德派系的人馬。如果說有什麼特別之處，就是她比歐格瑪或任何人都更像是布莉德的心腹。我永遠不會忘記當年安格斯・歐格跑來殺我時，富麗迪許綁架歐伯隆，強迫我與愛神直接衝突。她是奉布莉德的命令行事。她同時也是說服我接受已經證實錯誤的大肛毛領主理論的人。

接著我渾身發毛，想到她很可能就是和吸血鬼聯絡的人。

兩個事件相隔數月，我直到此時才把它們聯想在一起：首先是富麗迪許跳下我的床，打算攻擊我，因為我和名叫李夫・海加森的吸血鬼「結交」；接著李夫・海加森在寒冷的西伯利亞凍土帶告訴我，幾個世紀前就是富麗迪許建議他去沙漠等我，而我遲早都會在躲避安格斯・歐格和妖精的過程中逃到那裡去。

他們其中之一在是否相識這件事上對我說謊。話說回來，富麗迪許一看到吸血鬼就立刻解除對方羈絆的機會遠大於告訴他如何找出世界上僅存的德魯伊；不過如果富麗迪許真的和吸血鬼談了條件，肯定會盡力掩飾這個事實。她甚至可能會給我學徒一件沒人看得出用途的魔法武器。

我不禁納悶，關妮兒的魔杖上除了隱形羈絆外還刻了些什麼繩紋？會不會是追蹤她所在位置的羈絆？吸血鬼的晚餐鈴？我知道質疑禮物很不禮貌，但是這魔杖很可能和特洛伊木馬【註】有異曲同工

註：特洛伊木馬（the Trojan Horse）是特洛伊戰爭時期希臘軍打造的巨大木馬。希臘軍在戰場佯裝撤退，只留下這匹木馬在戰場。特洛伊人就把木馬當作戰利品帶回特洛伊城，卻連木馬中的希臘伏兵一同帶回城裡，造成自己的滅亡。此後也用來形容那些表面上是「禮物」，但是內藏陷阱的東西。

之妙。就算它真的是禮物，隱形羈絆在對付人類以外的對手時也未必有多大的效果；吸血鬼可以利用其他感官確實察覺她的動作。

我發現陰謀只有在你是策劃者時才顯得有趣；或當你是那種住在拖車裡，相信政府在掩飾外星人的人時——他們必定從幻想政府欺瞞國民到什麼地步中獲得很多樂趣。但是在絕對肯定你自己就是某件陰謀的目標時——事情就一點也不好玩了。那就像是食道逆流的食譜。

**我需要中和胃酸鈣片。**

「這可不是放鬆心情的方式，阿提克斯。」

該是我自己也來策劃點陰謀的時候了。我找孤紐過來，想和他私下聊聊。釀酒神露出友善的笑容，與我互握手臂招呼，而不是握手。

「你在想什麼，世上最古老的德魯伊？」

「你會做那種防止竊聽的隔音區嗎？」我問：「我一直沒有學會那個把戲。」

「當然。」孤紐說：「想在提爾．納．諾格認真討論事情，你就得學會這個把戲。妖精無所不在。」他唸誦幾句古愛爾蘭咒語，然後兩眼上翻，施法完畢。他的施法方式沒有馬拿朗．麥克．李爾那麼優雅，而我也沒聽清楚他的咒語。「好了。」他說：「喜歡的話，晚點教你。」

「謝謝。提爾．納．諾格現行的貨幣是？」

「金幣和銀幣還是到處都能用。」

「太好了。我想知道有沒有任何紫杉人經常光臨你的酒吧？」

「紫杉人？」孤紐收起和善的表情。「你想殺誰，阿提克斯？」

我聳肩。「不是這裡的重要人物。我只是想除掉地球上一些吸血鬼。」

孤紐皺眉。「那場仗很久前就打完了，阿提克斯，德魯伊輸了。」

「我沒輸。我只是停戰很長一段時間。現在吸血鬼又盯上我了，還有關妮兒。這一次，我不打算呆坐那裡任由他們主動出擊。我現在擁有足夠的資源——妖精擁有足夠的資源——而我們該利用這些資源。」

孤紐考慮我的話，點了點頭。「好吧，但是爲什麼要找紫杉人？」

「吸血鬼感應不到他們。沒有心跳，沒有血。但是紫杉人卻擁有魔法視覺，可以看穿吸血鬼的靈氣，知道要插哪裡——我是故意要說雙關語的。他們本來就是木頭，所以，噢，一根樹枝穿胸而過，然後就解決了。砍掉腦袋，拿來向你領取賞金，記在我的帳上，我每個月來結清一次。」

「哇喔——把頭帶來給我？還記帳？」

「有何不可？」

「我可不想在吸血鬼開始追查是誰在對付他們時遭受牽連。你知道，他們可以跑來這裡。他們有聯絡人，而且可以雇用紫杉人或任何其他人。」

「你知道他們的聯絡人是誰嗎？」

「不知道。」

「好了，我很肯定你也有你的聯絡人，有辦法像他們一樣進行巧妙的交易。難道你的酒客裡沒有人專門處理這種見不得光的事情嗎？」

「有啊。」他承認道。

「那就雇用他。」

孤紐搖頭。「你是在要求我開啓戰端。」

「不，戰端早已開啓。我只是請你幫我打贏這場仗。而且說眞的，我們也不是只能找紫杉人，這筆賞金可以提供給所有追求財富的人。讓吸血鬼再度嚐嚐遭人獵殺的滋味。他們逍遙的日子已經過太久了。」

「所有吸血鬼都可以殺？」

「對。只要是義大利吸血鬼。從羅馬開始，然後向四周擴張。事實上，順著當年羅馬人征服歐洲的路線。這樣可以先除掉最古老的吸血鬼，然後獵殺行動就會越來越輕鬆。」此刻希歐菲勒斯人在希臘，不過李夫也是。我還不想看到他死，以免日後還有用得到他的地方。然而全世界的吸血鬼都接受來自羅馬的命令，該是我們攻擊他們大本營的時候了。如果紫杉人行動成功的話，希歐菲勒斯八成就得趕回義大利去坐鎭指揮。

「我們怎麼知道吸血鬼的腦袋是不是來自義大利？」孤紐問。

「用有ＧＰＳ定位的手機錄下砍頭的畫面。」

「你知道他們會製造新的吸血鬼來取代損失？」

「我知道。不過新吸血鬼都很年輕、軟弱、愚蠢，而且獵殺他們的又是一群小妖精，他們不會知道爲什麼要恐懼並獵殺德魯伊。」

孤紐笑容滿面，接著哈哈大笑。「你回來了幾個月，提爾・納・諾格又熱鬧了起來。沒人會說你是個無聊的傢伙。」

我們討論了一會兒賞金之類的細節，富麗迪許則在這段時間內指導完關妮兒。我心情大好，非常期待和孤紐這段談話的成果；當年李夫在與索爾一戰中傳出死訊後，全世界吸血鬼紛紛趕來爭奪他的領土。釋放出羅馬本身的領土肯定會讓全世界吸血鬼爲了成爲吸血鬼老大而爭得你死我活；而在這麼做的同時，他們會留下其他比較小型的權力眞空，吸引更多吸血鬼出面爭權。到時候獵殺兩個德魯伊就會變成微不足道的小事了。哇哈哈哈哈哈哈。

當歐格瑪和關妮兒準備展開第二回合時，我光從她的目光就看出她會打贏。她在觀察對手；她會採取守勢，引他進攻，然後毅然決然地展開反擊。我已經吃過很多次這種虧了。歐格瑪也在觀察他的對手，但觀察的方式錯了。他是在欣賞關妮兒的雙腿和胸部的線條，已經開始幻想贏走她的衣服後會看到什麼光景。他的行爲舉止透出自大，過度自信，沒看出第二回合將與第一回合大不相同。

開打後，歐格瑪三十秒內就被擊倒在地，除了歐伯隆和我，所有人都大吃一驚。關妮兒伸手來到他臉前，說道：「打得好！你訓練有素。」

所有人鴉雀無聲。才剛滿三十歲的新進德魯伊竟然敢這樣對活過無數世紀的神講話？用他自己的話去嘲弄他？我實在太驕傲了。

歐格瑪很有風度，沒有亂發脾氣。他憑自己的力量起身，拍拍基爾特裙上的灰塵，然後懊惱地笑道：「好吧，算我太輕敵了。」

他應該要道歉的。道歉會讓她氣消，然後她就會失去專注；她會開始注意到她在與傳奇人物較勁，而且還有神在旁觀。但是他這種承認錯誤卻不道歉的態度，讓她繼續把注意力放在他身上。

第三回合打得十分激烈，而且持續很久。兩位戰士都展現了高超戰技。關妮兒想要贏，如果對手是其他人，她肯定會贏，但這下歐格瑪認眞了，而他的打鬥經驗畢竟還是比她豐富好幾世紀。

當歐格瑪終於瓦解她的防禦、二度擊倒她時，已經滿身大汗，臉上流露鬆了口氣的神情。觀眾掌聲雷動——甚至堪稱震耳欲聾，因爲佩倫在我身邊鼓掌。

「我眞是越來越喜歡你們族人了。」他蓋過掌聲大聲道。

掌聲漸歇後，歐格瑪朝關妮兒眉目傳情，說道：「妳的衣服，請。」

「沒問題。」她說，然後消失不見。

工作室裡的人先是發出一陣困惑的聲音，接著開始哈哈大笑，因爲所有人都想到她啓動了影之杖上加持的法術。

「阿提克斯，你可以過來幫我拿一下這個嗎，拜託。」她大聲說道。

「當然。」我朝她之前的位置走去，然後在她的手抓住我的衣服時停步。她把我拉近，然後引領我的手接觸史卡維德傑。一碰到魔杖，我立刻就看見她了。

「我現在在他們眼裡是隱形的，對吧？」她低聲問道。

「對，現在我們兩個應該都隱形了。」

「讓我試試這樣。用這個頂住我的肚子。」她撩起上衣，我用魔杖接觸她的肚子，然後她放開手。「現在如何？」

我問歐伯隆：「你看得到我們嗎？」

「看不到。」

「好了，」關妮兒說：「繼續拿好。」她迅速脫下衣服，過程中一直與魔杖保持接觸，然後把上衣和褲子丟給歐格瑪。它們一離開她的手立刻現形。歐格瑪失望的表情引來更多笑聲。我發現這算最好的結果；儘管技術上而言，這場比賽是歐格瑪贏了，不過關妮兒沒有任何損失；而且就某方面而言，她也算有以智取勝。從今而後再也不會有人膽敢看輕她。

一個身穿布莉德宮廷制服、很眼熟的妖精，出現在工作室門口，神態傲慢地清清喉嚨。所有神在認出這個傳令後都停止動作，朝他看去。他的聲音有點像霧笛【註一】，透露出一股末日氣息。

「所有圖阿哈・戴・丹恩立刻前往宮廷，聽取奧林帕斯使者帶來的信息。」

盧基達對傳令皺眉。「希臘的還是羅馬的？」

「兩個都有。荷米斯與墨丘利【註二】一起前來傳訊。」

關妮兒側頭看我，低聲問道：「他們怎麼能跑來這裡？」

註一：船隻在海上航行遇到濃霧、燈光號誌失靈時，會利用霧笛（foghorn，或稱霧號）輔助，在霧中或黑暗中發出警告信號。

「身為諸神使者，他們和我們一樣有能力穿梭神域。」我解釋：「不過方法不同。」

「知道是為了什麼事嗎？」孤紐問傳令。

妖精拳頭抵嘴，輕咳一聲，彷彿在謹慎考慮怎麼回應。「儘管不能肯定，不過我猜是和鋼鐵德魯伊有關。」

好幾個神都差點朝我們的方向轉頭，不過他們及時忍住，沒有洩露我們隱形在場的事實。

「那我們最好立刻趕去。」歐格瑪說。所有神紛紛點頭，出聲表示同意，魚貫走出工作室。關妮兒和我跟了出去；我們叫歐伯隆在工作室裡等我們。我脫下上衣給關妮兒穿，以免我們被迫現身，不過我打定主意要像牆上那隻著名的蒼蠅一樣──就是每次都會飛走，從來沒被打扁的那隻。

當我們抵達妖精宮廷所在的寬敞草地時，關妮兒覺得跑來看奧林帕斯使者覲見的妖精比之前少很多的現象十分有趣。除了妖精領主，幾乎沒有其他妖精到場，就連妖精領主也沒有全員到齊。然而，所有圖阿哈·戴·丹恩都在布莉德的命令下於短時間內轉移到宮廷出席了。

兩個奧林帕斯使者神飄在離地三呎的空中，距離布莉德王座所在的小丘約莫十碼。她此刻的打扮比上次正式許多，身上多了不少皇室藍和粉藍色的飾條。她在等待圖阿哈·戴·丹恩到齊時裝出一副無聊的模樣。當所有座位都坐滿後，她好整以暇地轉頭面對兩個奧林帕斯神，說道：「全員到齊。你們可以開始了，兩位。」

有些老師喜歡告訴學生希臘和羅馬諸神唯一的差異就只有名字。這種說法其實很不正確。除了腳踝上的翅膀外，荷米斯與墨丘利幾乎沒有什麼共通點──所有奧林帕斯兩個神域中相對應的神都一樣。畢竟希臘人和羅馬人是兩個不同的民族，他們想像中的神也大不相同。

荷米斯的體脂低到誇張，我很想朝他丟個起司漢堡，看看他會不會伸手去接。他的肋骨和血管很明顯，有些血管本身彷彿包了一層肌肉。他的眼睛外緣有一圈紅色，神情冰冷，眼球如同塞得太滿的飛機置物箱般微微凸起，不過此刻目光集中在布莉德的防禦力場上——除非我猜錯了。如果兩邊談不攏，荷米斯隨時可以大打出手。他的手掌很大，手指方正粗短，有點像是法蘭克・米勒【註三】的素描作品，他赤裸的腳掌也超大的。他擁有默劇演員般的膚色，說話也很像默劇演員——換句話說，他讓墨丘利代表發言。他右手握著使節杖，彷彿隨時準備拿來打人。

墨丘利一副剛剛離開米蘭內沙某間美容中心的模樣。依照現代一般人心目中的形象，他是會幫你迅速送花給愛人的神。古銅色的皮膚和潔白的牙齒給我一種他超級欠扁的感覺。他腳上穿著涼鞋，十指在腹部前交抵，然後開口說話：

「潘恩、法烏努斯、阿緹蜜絲與黛安娜要求各位立刻釋放在奧林帕斯山遭到綁架的樹精靈。」

大事不妙。我本來以為布莉德的傳令已經夠傲慢了，但墨丘利一字一句都足以當傳令的指導老

---

註二：希臘神話中，荷米斯（Hermes）是宙斯與女神邁亞之子，個性狡猾、能言善道，是旅行者守護神、掌管牧人，也是商業、騙徒與小偷之神，與彩虹女神（Iris）同為奧林帕斯的神使；墨丘利（Mercury）為羅馬神話中的商業與訊息之神，被認為是荷米斯的羅馬版。兩者都常以頭戴翼盔、腳踏有翼涼鞋的形象出現在各種作品中。

註三：法蘭克・米勒（Frank Miller, 1957-）是美國著名漫畫家，代表作有《萬惡城市》（*Sin City*）、《斯巴達三百壯士》（*300*），以及《蝙蝠俠：黑暗騎士再臨》（*Batman: Dark Knight Returns*）等。

師。他的嘴唇彷彿會直接流出輕蔑與不屑。

「如果她們受到傷害，」墨丘利繼續：「德魯伊敘亞漢・歐蘇魯文將會死無葬身之地，而圖阿哈・戴・丹恩也必須為了沒有控制他的行為血債血償。他本來就已經死定了——」他補充道。「因為巴庫斯立誓要宰了他。」

「你們的神找錯對象申訴此事了。」布莉德回應：「因為我們不是你們要找的德魯伊。我們也沒有權力控制他的行為。他並非我們的子民，我們不必為他的行為負責。」她轉向她的朝臣。「你們有聽說過綁架樹精靈的事嗎？」

現場一片沉默，十下心跳的時間過後，她再度轉向奧林帕斯使者。「這就是你們的答案。」

「我們聽見妳的回應，會將妳的說詞一字不漏地帶回奧林帕斯。」

「在你們離開前，我有個問題。」布莉德說：「萬一我能和德魯伊取得聯繫，你們會在他交出樹精靈後保證他的安全嗎？」

奧林帕斯使者交換眼色，荷米斯向墨丘利輕輕點頭。

「如果他在今晚內交還樹精靈，那麼除了巴庫斯，其他奧林帕斯眾神都不會找他麻煩。」墨丘利說。

荷米斯終於決定開口了。他的聲音像是旋律優美的詠嘆調正努力想要掙脫呆板的演說，或有人把創意十足的天才塞入灰色西裝和深灰色的辦公隔間裡，然後叫他永遠待在裡面。墨丘利有辦法以完美無瑕的語調說聲「哈囉」，然後給人一種陰囊被踢了一腳的感覺，但是當荷米斯——兩神中外表比較粗獷的——開口時感覺既美妙又悲傷，讓我想要買杯啤酒讓他藉酒澆愁。「只要立刻交還樹精靈，我的萬神殿裡所有成員都願意原諒他私闖神域的行爲。」

好了，有他這句話就夠了。我想要立刻交還樹精靈。關妮兒也是。

「阿提克斯，我們走。」她低聲說道。

「是呀，走吧。」

我們在布莉德與奧林帕斯使者道別時轉身離開宮廷。我們有任務要辦。

「此事越快解決越好。」我在離開妖精聽力範圍後立刻對關妮兒說：「我們可以在所有奧林帕斯眾神等待荷米斯和墨丘利來回傳訊時辦好此事。」

「我贊成。」關妮兒說：「但是我想先換套衣服。」

「喔。對。」

我們先回工作室與歐伯隆會合，然後轉移到科羅拉多西南部昂康培葛雷荒野上的安全藏身所。那是間位於老鳥礦營地附近的小木屋，烏雷市以西十哩，是我在六年前爲了和奧丁合作而用化名購入的。木屋周圍的樹林有與提爾・納・諾格連結，是這種情況下最理想的會合地點，也是預先存放換洗衣物的好地方。它不在凱歐帝的管轄範圍，必要時可以讓歐伯隆獨自待上一陣子——因爲它設有一扇大狗門，裡面還有許多食物和飲水，更別提有豐富的松鼠和鹿可供狩獵。

關妮兒和我迅速換衣服，然後叫歐伯隆獨自在這裡待一段時間。

「多久？」

「希望只有幾個小時。不會超過三個月。反正你也搞不清楚時間。現在，聽著，你絕對不可以跑進附近任何礦坑。礦坑禁止進入，你懂嗎？如果有松鼠跑進去，你就當牠死了；你不能追進去。還有你不能假裝礦坑是蝙蝠洞。你在這裡是解救不了高譚市的。」

「好。我記得這些規矩了。」

「狩獵愉快，老兄。」我拍拍他，他搖尾巴。關妮兒束好一組備用飛刀，然後親吻他的頭。

「希望我們很快就能和你一起去打獵。」她說。

「好耶！或許我們該試試北美馴鹿。凍土帶比較沒有刺鼻的氣味。」

「你考慮得太周到了。」她微笑說道。

「嘿，你離開前可以先放《魔戒首部曲》的第二片給我看嗎？我要複習一下摩瑞亞礦坑是長什麼樣子。」

# 第二十四章

我們轉移到奧林帕斯上第一個樹精靈的樹旁，謹慎觀察附近區域。確定沒人後，我開啓通往時間緩慢島的傳送門，要求關妮兒看仔細點。「後面的我會要妳來做。」

「好呀。我們爲什麼不能隨時隨地開啓傳送門？」

「如果身處之處沒有和提爾・納・諾格羈絆在一起，妳就根本無法開啓傳送門。但我們不常開啓傳送門，因爲這樣做要耗費更多時間和能量，而透過樹木轉移世界只要一點點大地的力量。那就是安格斯・歐格的大型地獄傳送門會把附近土地徹底吸乾的原因。」

東尼小屋附近的死亡之地已經有部分恢復基本運作了，但還是有大片土地死氣沉沉，而我們花了好多年才帶回了非常微弱的生機。

第一個被我們和樹隔絕開來的樹精靈飄在時間之島地面上方數呎，不太確定地看著我們。她雙手伸向我們，絕望無助地試圖抓住這個世界。我抓著關妮兒的左手，叫她伸另一隻手進去，把樹精靈拉出來。

「不用長棍子或什麼道具嗎？」

「不，只要半邊身體待在這裡，妳就不會被扯進那道時間流。」

「那把她拉出來呢？不會造成頸部扭傷之類的嗎？」

「不會，在那道時間流裡，她才剛開始落下。地心引力才剛弄清楚她出現在島的上空裡，但她還沒有一整秒墜落五碼或什麼的。看看她。她根本沒有移動，而對我們而言已經經過兩個月了。現在把她拉回來就和跳探戈時伸長手臂把妳的舞伴拉回來沒有多大差別。抓她的時候輕一點。記得，在她眼中，我們只是天空的殘影。」

「好。」關妮兒伸手穿越傳送門，手指慢慢握住樹精靈的手腕。「準備好了嗎？」

「好了。動手。」

關妮兒一拉，樹精靈再度腳踏實地，隨即在關妮兒放手後身形搖晃。樹精靈眨了眨眼，重重坐倒在她的樹蔭之下。

「怎麼回事？我的頭好昏。」

「眞對不起。」我以拉丁語道。

她看我一眼，瞪大雙眼。「你的臉。剛剛不是還有半張臉是燒焦的嗎？」她發現關妮兒也不一樣了。「而妳的手臂上多了奇怪的圖案。這是什麼魔法？」

「這是大地和妖精的魔法。」我回答：「我爲造成妳的不便及任何痛楚道歉。我是逼不得已才利用妳去吸引法烏努斯的注意。妳知道，他不讓我幫學徒和大地羈絆在一起。但是事情已經結束了，或說很快就會結束了。我會補好妳與樹之間的羈絆。」

「怎麼補？」

「就像我之前解除羈絆時一樣，只是反過來而已。妳有辦法看見妳和樹之間的羈絆嗎？」

「不行。我只能感應到。」

「那如果好過一點了，請告訴我。應該要不了多久。」

關妮兒伸手去扶樹精靈，但她縮手閃開。「我自己來就行了。」

「好吧。」關妮兒說，面露友善的笑容退開。她繼續與樹精靈聊天、道歉，我則在魔法光譜中想辦法修補我之前在樹和樹精靈的羈絆中所製造的小混亂。這麼做花的時間比解除羈絆要長一點，因爲創造向來都比破壞複雜，不過還不至於像是去現代診所看醫生時，病患得在體會耐心的眞義後才有可能接受治療那麼久。我修補完後，樹精靈確認自己再度恢復完整。

「太好了。再一次，我很抱歉必須這麼做，不過我很高興能夠讓妳完全復元。我們還得在妳五個姊妹身上重複這個程序，需要時間和空間才能這麼做。如果妳接下來兩個小時內可以不去通知法烏努斯或其他神的話，我們就有足夠時間不受干擾地修補樹精靈和樹的羈絆，等到大家都安全之後，妳就可以通知法烏努斯，參加熱烈的返家宴會，做些和現代拉丁語中幾個依然十分知名的情慾詞彙有關的事情。」

樹精靈聽得下巴都掉下來了。關妮兒比個像史巴克的招呼手勢，祝她「生生不息，繁榮昌盛」【註】。

---

註：史巴克的招呼手勢即《星艦迷航記》（*Star Trek*）中的瓦肯舉手禮（Vulcan salute）——先併攏食指與中指，然後併攏無名指與小指，最後盡可能張大拇指，通常會祝福對方「生生不息，繁榮昌盛」（Live long and prosper）。

「你是誰？」樹精靈問：「我很迷惘。」

「長久以來，我用過很多化名。」我開口道，不過關妮兒剛好想起了某個特定的化名，於是跳進來插嘴。

「在多倫多，人們叫他奈吉爾。」她說。

「唉。妳絕對不會想在多倫多當奈吉爾的。」我告訴她：「相信我。」

「我不知道多倫多在哪裡。」樹精靈說，一臉迷惘。

「那是位於大海另一邊的城市，會舉辦很棒的電影影展，但是冰上曲棍球隊超爛。」我解釋，不過她還是聽不懂我在講什麼。「他們的票價貴翻天，但打從一九六七年後就再也沒有贏過史丹利盃了。我知道總是可以期待明年，但是，可惡，妳知道？」講這些一點幫助都沒有。樹精靈看起來像是要縮成胎兒體位的模樣，所以我想最好先不要煩她，去找下一個樹精靈。我對關妮兒比個手勢，我們轉移到下一個樹精靈的樹旁，重複剛剛的流程。我們盡量少與她們閒聊，不過態度非常客氣，不停道歉。我把最後兩個交給關妮兒，傳送門和修補羈絆全套都讓她處理。她沒有關閉傳送門就去幫樹精靈修補羈絆，我晚點會和她聊聊這件事情。

最後一個樹精靈在修補過程中表現得比其他樹精靈困惑，但也是所有樹精靈裡最不高興的一個。她並不害怕我們，也不怕威脅我們。在我修補好她和樹的羈絆時，她說：「你將會承受凡人從未遭受過的折磨！」

「但是我都修補好了。」我抗議。

「你從頭到尾都態度傲慢。」她邊說邊步入她的樹中。進去之後，她的聲音立刻改變。「折磨。」她說，或是樹葉說的，因爲那個聲音細不可聞，彷彿晴朗無風時樹葉在沙沙作響。

我看向關妮兒，她聳肩。「結束了。」她以英語說道。

「我不知道。剛剛有點奇怪。既然我已經示範過我可以摧毀她與樹之間的羈絆，她對我們的態度應該更好一點才對。」

「那是因爲她有朋友在附近。」我身後傳來一個聲音。

關妮兒和我立刻轉身，但一時間卻什麼也沒看到。接著一大群白衣女人步入我們的視線範圍，她們圍繞著一個得意洋洋的身影。

「我說過要親手把你撕成碎片的，德魯伊。」巴庫斯說：「我或許是個瘋子，但我通常都會記得那種事情。」

# 第二十五章

一般來講，我都很珍惜新體驗。比方說，我至今依然記得我的第一支甜筒：超級人工覆盆子口味，吃到我舌頭變成藍色。第一次馬達加斯加之旅很棒，因爲狐猴還滿妙的；牠們會趁你不注意的時候拿水果丟你的後腦，然後在你轉過頭去時伸手去指其他狐猴。不過有時候你也難以享受新奇事物，比方說當你得轉身逃命的時候，而現在就是那種情況：因爲那個樹精靈的關係，我無法轉移離開，每當我要去摸那棵可惡的樹時，它就會甩開我的手。新奇的體驗，但是很不酷。

「我們要隱形嗎？」關妮兒問。

「不，他們會聞到魔法味道，然後追上來。」

「那個男的是我的。」巴庫斯對酒神女祭司說：「妳們可以去和那個女的玩。」接著他帶著眞正永生不死的自信對我直衝而來。

「不要近身扭打。」我連忙建議關妮兒。「和她們保持距離。她們比妳壯，但速度沒妳快。」或許建議她拔腿就跑會比較好，但她已經開始朝她們移動。現場有將近百名酒神女祭司，但卻只有一個關妮兒，不過由於酒神女祭司喝酒喝到傻傻的，又自覺人多勢眾，所以難以相信關妮兒竟然會主動攻擊她們。而且她們也沒有對木頭免疫。我瞥見她一躍而起，狠狠擊中一顆腦袋，爲接下來的戰鬥打好基礎。酒神女祭司頹然倒地，關妮兒立刻跳開，暫時滿足於讓這群醉醺醺的野人在後面追趕。我喜歡她這種一受到威脅就搶先出擊的做法；她了解突襲的價值，並且常常能利用它取得致命的成果。

接下來我就沒機會繼續看她了；巴庫斯已經來到我面前。他和他的信徒一樣對鐵免疫，所以富拉蓋拉派不上用場，於是我沒有拔劍出鞘。我們從未近身肉搏過，我本來希望永遠不會走到這個地步。但我見過他與李夫打鬥的模樣，他的戰技並不高超，只是力氣超大。我筆直躍起八呎，他一頭撞上樹精靈的樹，導致樹身碎裂哀鳴。

「噢，小心點！」樹精靈說。

我躍起時雙腳內縮，不過下墜時看準了巴庫斯的反彈時機踢出右腳。他下巴中腳，連退數步摔倒在地。他的皮膚在我眼前改變：娃娃臉的登徒子變成一個發酒瘋的怪物。原先粉紅色皮膚下隱約可見的藍色血管現在像是綠色藤蔓般凸起鼓動，眼白轉為深勃艮地紅色。要是被他抓到，我可就慘了。不過挑釁他對我有好處，因為他越生氣就會越沒辦法克制自己。既然我很清楚他是什麼樣的人，我決定採納自己給過關妮兒的建議，說道：「來吧，婊子。再衝一次，看我怎麼對付你。」

接著他完全失去理智，臉色發紫，口水直流，大吼一聲，完全不在乎自己有多失態。他站起身來，渾身發抖，怒不可抑地放聲吼叫，一直叫到肺裡沒氣為止。我心平氣和地看著他吼，趁機思考該怎麼擊敗他。和北歐諸神或圖阿哈·戴·丹恩不同——也與我不同——這些天殺的奧林帕斯眾神是殺不死的。他們會受傷，但不管多嚴重的傷勢都能痊癒；就算慘遭解體、炸成碎片，他們還是會在奧林帕斯重生，換上乾淨外袍。我一定有辦法解決他，不然莫利根就會出現在這裡幫我對付他，實現她的承諾。

最好的解決之道就是逃跑，然後利用其他樹轉移離開。事實上，我希望關妮兒這麼做。但是樹林裡傳來的慘叫聲不是她發出的；不論是在戰場上，或是在做慈善的時候，施都比受更有福。

巴庫斯發洩完畢，再度朝我衝來。我壓低身形，擺出跳躍姿勢，輕而易舉地騙巴庫斯跳過我的頭頂。他的臉第二次撞上那棵樹，我則趁他凌空飛過時使盡吃奶的力氣狠狠捶中他的胯下。在我的想像中，他應該要縮成一團，抱住他那兩顆被壓碎的葡萄，但是並沒有。這一拳打得他翻過身去，在我身後面部著地，而他落地的同時手忙腳亂地抓住我的雙腳。那只是情急之下胡亂揮手，算不上什麼招式或攻擊，但還是讓我重心不穩，隨即趴下。

在我有機會爬開之前，他一手抓住我的腳踝，把我拉了過去。我翻過身來，對準他的頭就是一腳。這一腳踢得他脖子後仰，牙齒飛濺，但他搖了搖頭，滿嘴是血地獰笑。

「不，既然落在我手中，你就休想逃跑。」

爲了報復，他朝我胯下揮出一拳，不過我及時轉身，以大腿承受。這下肯定會留下大片瘀青。我又踢了他臉一下，那個混蛋哈哈大笑。顯然他和我一樣可以壓抑痛覺，不過與我不同的地方在於，他很享受生理上的疼痛。我多踢幾腳，努力讓他笑得更大聲。

巴庫斯終於被踢膩了，於是揮手格開我的腳，然後跳上前來，壓住我的膝蓋。我挺起背脊，腹部緊縮，狠狠擊中他的腦側，但這一下並不足以擊退他。他抓起我的肩膀，把我壓回地上。如果是普通對手，這做法很蠢，因爲我還是有辦法打斷他的肋骨；但巴庫斯毫不在乎。他說了幾句拉丁語挑釁我，不過我沒去理他，趁機以古愛爾蘭語唸誦咒語，在他的外袍和樹精靈的樹上產生羈絆。羈絆法術生效了，但還是沒能擊退巴庫斯。他向前撲倒，任由破碎的外袍離體而去，說什麼也不肯放開我。我開始懷疑自己有沒有辦法對抗他的蠻力。我擷取魔力，發現附近的魔力少到不像話，這才想起關妮兒沒有關閉傳送門。我要她幫忙才能脫離險境——不過此時此刻，她很可能也覺得要我的幫忙才能擺脫酒神女祭司。

我以俄語求救，要她打爛酒神的手肘。我不停重複這句話。

「你在說什麼？」巴庫斯問：「簡潔有力的髒話嗎？」

他的手指深深陷入我的肩膀，直到他的拇指緊扣骨頭爲止。我的攻擊毫無作用。他壓下我的右肩，然後拉扯左肩，要不了多久，他就會把我的手臂扯離肩窩。他持續拉扯，眞的打算把我的肢體一條條地撕成碎片。

他沒有料到會被偷襲，我也沒有。不過我有看見——他肯定也有感覺到——他的左手彎向錯誤的方位，聽見骨折和肌肉扯斷的聲音，難以置信地看著手臂內側冒出的白色碎骨。他震驚無比地癱在我身上，我終於推開他；幾個酒神女祭司緊追而來，尋找隱形了的關妮兒。

我站起身來，跟巴庫斯拉開一段距離。我們兩個的左手都廢了，但此刻只有一個人清楚接下來該怎麼做。巴庫斯對著慘不忍睹的手臂大吼大叫，傷口還不斷噴出奧林帕斯眾神體內類似鮮血的東西——靈液，我記得他們是這麼叫的。在受到同樣的傷勢下，他治療的速度遠比我快，但他全副精神都放在傷口上，跪倒在距離依然開啓的傳送門前不到十呎。他或許根本沒有發現它，因爲他剛剛是從側面撲過來的。我冷靜朝他走去，右半身向前，他一看到我逼近立刻起身，起身的同時開始後退，越來越接近傳送門。酒神女祭司跑過我們之間，依然在找關妮兒，在能夠輕而易舉除掉我時盲目地遵守最後收到的命令。巴庫斯大吼大叫，對我比劃右手，挑釁我上前攻擊。我仔細挑好位置，等待兩名酒神女祭司路過我們之間，然後以強化過的速度衝上前去，一腳踢中他的胸口。他試圖用右手抓我的腳，但速度不夠快。他向後跌開，穿越傳送門，發現身後沒有地面時已經太遲了。

我在他憤怒的吼叫聲中關閉傳送門。「要過一千年後他的屁股才會著地。」我說。

# 第二十六章

突然和巴庫斯失去聯繫後，酒神女祭司立刻把關妮兒拋到腦後，開始納悶她們身在何處，爲什麼會穿著白色睡衣。

「喔，我的天，妳的牙齒怎麼了？」其中一個說。

「我的牙齒？妳的牙齒才怎麼了呢？」

「我的牙齒很正常！等等。」她將指甲裂開來的指頭塞入嘴中，發現自己滿嘴尖牙。「喔，老天呀，我的牙齒全都變尖了！」

一旦有人開始尖叫，瞬間感染所有人。她們尖叫一部分是因爲搞不清楚狀況而導致的恐懼；一部分也是擔心接下來要花多少錢看牙醫。我倒是很爲她們高興：我們找出了一個解放她們的方法，她們終於可以恢復成人類了。

關妮兒現身了，手持史卡維德傑，一臉擔憂地看著我垂在身旁的左臂。

「沒錯，妳可以把它推回原位。」我說。

「我就怕這個。」她說。

「謝謝妳幫忙。正常情況下，我會爲了這麼久還不關閉傳送門的事訓妳一頓，不過這次就算了。」

她笑了笑，親我一下。「謝謝。」

讓業餘人士把手臂推回肩窩不是什麼愉快的經驗，但當你可以施展魔法時，這總比購買保險然後等五個小時讓專家來做要好。我們一起往北奔跑一段路，找到一棵沒有惱人樹精靈住在裡面的傳送樹，轉移到鳥礦營地附近的小木屋，和快樂的獵狼犬打招呼。

「好消息，阿提克斯！」歐伯隆一邊說一邊朝我們雀躍而來，顯然剛剛跑去昂康培葛雷河喝過水。「我獨自確認了這座礦坑裡沒有炎魔。也沒有哥布林或洞穴巨人。只有老鼠。不過我不知道牠們吃什麼。這不禁讓你想到《第一滴血》裡的那些老鼠，記得牠們嗎？牠們就這麼在礦坑深處閒晃，看不出來巢穴何在，等待飽受折磨的越南老兵，在試圖逃離有權指揮州警和國民兵的殘暴小鎮警長時，路過礦坑。」

「歐伯隆，你有跑進礦坑裡嗎？」

「沒有，我只是在礦坑入口聽聲音，還有到處聞一聞，真的！」

「歐伯隆？」

「好啦，我或許有越過入口。我只是想要躲開那兩隻渡鴉。」

「哪兩隻渡鴉？」

「已經跟我好一陣子的那兩隻。就在那邊屋頂上，看到沒？」

我望向礦坑領班的屋子，看見他說的那兩隻渡鴉。不是普通的渡鴉，比正常渡鴉大一點，而且各有一隻眼睛微泛白光。

「那是胡金和暮寧。」我說。

關妮兒神色一凜。「奧丁的渡鴉？」

「對。」

她開始掃視四周。「他在這附近？」

「我懷疑。他絕不會在沒有必要的情況下再度進入我的攻擊範圍。他八成有備用渡鴉和其他必要的東西。我敢說這是富麗格在召集兵馬。既然妳已經和大地羈絆了，她就要我立刻去殺芬利斯。不過還是提高警覺，以免我猜錯了。」

我們開始朝領班的屋子前進，目光一直在搜尋附近的威脅。沒有任何發現，但胡金和暮寧竭盡所能地以令人聯想到死亡的動作【註】讓我們感到毛骨悚然。

將要抵達前廊時，富麗格自後院飄了出來。她換了另一套戴利克機器人式的禮服，給人藍、綠、白色漩渦狀的棉花糖融化在巧克力裡的感覺。她笑著向我們打招呼，一副殷勤好客的模樣，幾個月前的陰沉表情蕩然無存。她的手臂從頭髮下伸出，優雅地朝廢棄屋的大門揮了揮。「要進去嗎？」

我皺眉。「或許不是好主意。」我說：「這棟屋子已經廢棄多年了，我上次進去時，滿地都是老鼠屎。」

註：原文為Memento mori，是拉丁警示語，意指「謹記（你將會）死亡」。中古世界這個主題常被用於藝術作品上，例如以具體擬人化的死亡（死神）在人群中舞蹈，或引導眾人前往墓地的「死亡之舞」主題繪畫。

「喔，我知道。不過現在已經不一樣了。」她神祕兮兮地壓低音量。「有個矮人欠我人情，所以我允許他幫我們清理這裡。他清理得十分用心；我敢說你一定不會認得裡面的模樣。但是我該警告你——他在服喪。」

「我很遺憾。」關妮兒說：「但是這有什麼好警告的？」

「這個嘛，」富麗格伸手扯了扯下巴上的隱形鬍鬚——不然就是在比某種手語。「他……你知道。在服喪。」

「不，我們不知道。」我說。「我們從未見過貨眞價實的北歐矮人。」

「我敢說他沒有蘇格蘭口音，也不會叫你『小伙子』。」

「喔，好吧，你們或許期待會看到他滿嘴鬍鬚，不過沒有，你知道。他們表達哀悼的方式是剃掉鬍鬚。」

「而不是用哭的？」

「一點也沒錯。」

「如果問他爲什麼在服喪，會不會很沒禮貌？」

富麗格微笑。「妳不用問。他會原原本本地告訴妳。這也是服喪的程序之一。事實上，德魯伊，他的故事就是我來此的理由。如果這樣都不能說服你幫我們除掉芬利斯，大概就沒有什麼能說服你了。喔，我還要警告你們一件事，」她停在門前說道：「他是個符文詩人，所以請原諒他奇特的說話方式。就算是講英文，他也很喜歡咬文嚼字。」

她知道我們不希望背後有人，於是率先進屋，然後等我們進來。屋內看起來和之前大不相同。之前地上鋪了一張淺褐色的破爛地毯，上面滿滿都是天知道多少老鼠排泄出來的屎尿，現在由光滑亮眼的硬木地板取而代之。斑剝的壁紙也都煥然一新，給人溫暖的感覺。

好吧，這樣說或許不盡不實。牆壁的顏色其實是冷色系的，不過我曾花了整整一個禮拜強迫自己看HGTV【註一】，而在那段超級煎熬的經歷裡，我注意到節目中的屋主或設計師都很喜歡用「溫暖」來形容他們想做的裝潢。就算要採用冰藍色，也是溫暖的冰藍色。我發現「溫暖」是重新裝潢界裡最全方位的正面形容詞；屋主簡直聽不膩。設計師可以告訴小倆口說他打算在冷凍庫裡一座大理石台上放個溫暖的貝拉【註二】冰乳房，而那對小倆口還是會拚命點頭，除了溫暖兩個字外什麼都聽不見。我在此慎重聲明，領班小屋奇蹟式的重新裝潢一整個就是溫暖。就連負責裝潢的矮人也很溫暖。富麗格向我們介紹他叫弗加拉。他溫暖地向我們打招呼。

弗加拉很明顯在服喪。他雙眼通紅，神色淒涼地看著我們，我盡量忍住不去嘲笑他那可憐兮兮的小下巴，小小白白的，滿是痘疤，上方的嘴唇噘起，掛著一道超級濃密的小鬍子。他一開口，我們立刻看出矮人要留大鬍子的原因：他們的下巴實在太適合用來表達情緒了，又能抖、又能皺，給人一種「這個矮人好欺負」的感覺，而他們顯然認爲那會引發不好的聯想。

---

註一：HGTV（Home & Garden Television），居家生活頻道。
註二：貝拉（Beira），凱爾特神話中的萬物之母；在神話中是個單眼、白髮、深藍肌膚的女巨人。

他的聲音中氣十足、鏗鏘有力，缺乏蘇格蘭口音，帶有濃厚的北歐口音，而他以這嗓音邀請我們來到桌旁坐下。我注意到他把滿頭黑髮通通編成長短不一的辮子，不是牙買加辮子頭，也不像我曾在任何男性頭上見過的髮型。每條辮子上都或勾或綁著東西，大多是金銀飾品，不過我也有看到彩色條紋緞帶。他看見我滿臉好奇，於是伸出一根粗手指指著他的辮子。

「你留意我的髮辮，要留一年零一天。服喪的象徵，兄弟的回憶，友情的旗幟，部族與工藝的戒指。」

「是，富麗格告訴我們了。我很遺憾。」

「我會全盤托出，一五一十，等有時間。」他說：「現在，麵包和蜜酒召喚我們，胃口大開，見證我所煮食的佳餚，包覆鐵中，火焰吞捲，佐料添風味。」

他自豪地比向爐火上的一個鍋子。壁爐看起來和新的一樣，爐前放著一張長木桌，桌旁有長凳，桌上有蠟燭。蜜酒壺的酒等著倒入角杯，木碗裡則放滿脆皮麵包。牆上掛著交叉的斧頭和盾牌。弗加拉十分用心地將客廳變成蜜酒殿【註】。溫暖的蜜酒殿。

他幫我們每人舀了碗燉肉，並在我們的要求下給歐伯隆也舀一碗。弗加拉先看富麗格一眼，確認她不介意。她聳了聳肩，說道：「德魯伊。」弗加拉也聳聳肩，幫獵狼犬舀了一碗。

歐伯隆對他的燉肉讚不絕口。「阿提克斯，你真的得弄清楚他是怎麼做的。如果這是北歐矮人每天在吃的東西，你就要和他們交朋友。真的。超認真。我是說，真的。」

「好啦，歐伯隆，我聽見了。」

「但你就只有坐在那裡！聰明女孩，告訴矮人他超棒的。」

「你煮的實在太好吃了，弗加拉。眞希望我們能夠經常到矮人家做客。」她說。

「謝謝，關妮兒！也該是有人聽獵狼犬說話的時候了！現在告訴他說他的下巴看起來像顆有凹痕的高爾夫球。」

歐伯隆最後這句話是在關妮兒一邊喝蜜酒，一邊聽弗加拉親切回應時說的。她不但嗆到，還把蜜酒吐了出來。

弗加拉和富麗格看起來有點慌，我則像個混蛋一樣哈哈大笑。歐伯隆也嚓嚓笑。

「妳最好習慣這種情況，」我說著幫她拍背。「因爲以後這會變成常態。他一直都是這個樣子。」

「謝謝你及時提醒我。」她邊喘邊說。接著我們花了點時間爲失禮行爲向主人致歉。

吃完晚餐，我們又跟弗加拉說了很多恭維和道謝的話之後，他清理餐盤，然後端出幾杯愛爾蘭咖啡。

「非常感謝，弗加拉。」我說：「你有仔細研究賓客的喜好。」

「我很樂意這麼做來滿足你的需求，因爲如果你有時間的話，我有個很長的故事有待分享。」

---

註：蜜酒殿（a mead hall）是古斯堪的那維亞或日耳曼文化中的大型建築，整座建築物就是一座大廳。國王會在此宴客或慶祝。

「我敢說這個故事與洛基有關。」我說。

矮人點頭。「的確。」

「我們略知一二。」我說：「我們在亞歷桑納從洛基手中救了佩倫。」

富麗格驚訝揚眉，弗加拉眼睛上方那堆壯觀的眉毛也揚了起來。

「佩倫還活著？」富麗格問。

「是，但他的神域確實毀了。他現在是圖阿哈・戴・丹恩的客人。」

富麗格湊上前來。「他有說洛基爲什麼要追殺他嗎？」

「他說洛基想殺索爾，而既然如今他殺不了索爾了，他只好拿佩倫代替。」

富麗格沒有說什麼，只是搖頭表示不認同。弗加拉轉向她。「那麼看在九大國度的份上，他爲什麼要找上我們，渾身冒火、脾氣暴躁、肆意破壞、大吼大叫地要找一個名叫『愛德哈』的傢伙？」

「阿提克斯，等等！閉嘴！」

「呃，那是我的錯。」我說。

「可惡，你從來不聽我的！」

「你的錯？」弗加拉問。他瞪大雙眼。「是你把洛基・眞相屠殺者引到尼達維鐸伊爾的？」

「聰明女孩，快！阻止他！」

關妮兒動了一下，不過沒有眞的出手。「恐怕是這樣，」我說：「抱歉。」

「啊！矮人還會做好吃的美食給我們吃嗎？不。你搞砸了一切！」

「是你幹的！」弗加拉說著就要站起，富麗格伸手放在他肩膀上安撫他。

「弗加拉，他是我們的客人。」富麗格說。

「他是我們的敵人！」矮人吼道。儘管她試圖拉他坐回去，他還是站起身，指著我道：「心胸狹窄、口無遮攔！七乘以七百個護盾兄弟死在——」

「什麼？」我問。

「耐心點，你看得出來他不知情！」富麗格說：「他不可能知道洛基和赫爾會做出這種事。」

「他們做了什麼？」我問：「弗加拉，拜託，我不知道出了什麼事。告訴我他們做了什麼。」

矮人瞪視著我，一副手癢要拔斧頭的模樣。富麗格的手一直放在他肩上。他深呼吸好幾次，下巴透著殺戮的慾望，直到他終於鼓起意志力迫使自己冷靜坐下。

「我認爲比較恰當的做法，」他說：「是先讓你知道我服喪、剃鬚結辮的原因。到時候你的女人和獵狼犬就會了解，我要殺你師出有名，是我榮譽的職責所在。」

歐伯隆對他低吼。

「立刻給我住口！」

「麻煩，」我對他道：「說下去。」

□

或許如果有收到警告，號角吹響，我們就有機會採取更有效的防禦措施，搬出防禦力場和防火石。可惜在當時，我們的防線潰敗、慘遭蹂躪，我們的石門融化，在洛基盛怒釋放出的火山硫磺氣息下化為岩渣。他在尼達維鐸伊爾上通行無阻，四下宣洩怒氣，眼中充滿惱怒與苦難，瘋狂殺戮，吐出在那陰森洞窟黑暗深處囚禁多年的奴役生涯中所承受的毒液。他放火燒死我們的守衛，在他們的慘叫聲中怒吼，要求我們交出矮人製作的陰險傀儡愛德哈。他等待我們回應，我們則據實以告，我們對這個傀儡一無所知；但他拒絕相信，打定主意不肯接受眞相，因為他就像狂風擅長引發謠言風暴般擅長說謊。在橘黃色火焰圍繞下，他穿越尼達維鐸伊爾的通道和皇家洞窟——遠古的矮人家鄉，在那天前從未遭人入侵的庇護聖堂。他越來越深入地底，穿過我們的城市，進入簡陋的礦坑，甚至越過礦坑，燒燬矮人從未接觸過的岩石，大地之中的處女地。我們在黑暗中失去他的蹤影，他的火焰熄滅，也不再要求我們交出愛德哈，深淵中一片死寂，再也聽不見半點低語聲或找錯對象發洩的怒氣。

我們想要知道答案，於是派人前往阿斯加德、華納海姆，還有別處打探：洛基究竟如何獲釋？諸神黃昏開始了嗎？愛德哈是誰？有很多矮人都以此為名，但沒有一個國王的鐵匠曾打造出如此命名的傀儡。

首先回覆的是先知卓見、睿智果決的奧丁・萬物之父。他警告我們要當心冷酷狡詐的赫爾，要我們在國度中搜查她的間諜；絕不能讓她知道洛基身處尼達維鐸伊爾。我們立刻搜索、逮捕、審問；我們找到很多她的手下——死亡之音、永恆荒蕪的連絲陰影——盡數囚禁。但我們太晚行動，完全於事無補。

我們沒有隱瞞洛基入侵的消息，四處向人打探相關問題。赫爾肯定已聞洛基・巨人種來到尼達維鐸伊爾，在某個遠離我們吃飯、工作、居住範圍的洞穴深處，失去火焰、聲音和飽受痛苦摧殘的形體。

我的肩膀扛下了高山的重量，那是隨著國王命令而來的負擔。奧爾凡王——維斯特利之子【註】，黃金髮、精壯男、妻室成群、勇猛善戰——命令國王的鐵匠，而鐵匠就來命令我，我的任務簡單明瞭：石材軍團，國王的直屬戰鎚，需要專門對抗洛基的護甲，不但要能防火，還要防禦他的憤怒。

我是七名符文詩人之一，最資深、最博識，能以符文中的真理、元素的形態加持盔甲，藉以符合思緒、行爲與目的；武器也一樣，刻上我在工作室牆間高歌的古今隱喻語法，以生命的詩篇、戰爭的歌謠加持鋼鐵與石塊。

從未有人達到這種成就，將護甲的防火能力加持到足以承受洛基・弒親者毫不容情的怨念、火髮暴行、性情乖戾的惡作劇。但上面並沒有問我辦不辦得到，只要我完成任務。

整整七天，我對鋼鐵高歌、與符文奮戰，但卻無法找出任何能讓鋼鐵在火焰中保持冰涼的符文和歌謠。在倔強與絕望的驅使下，我拿皮革實驗，卻意外找到成功的做法。我進一步研究，更加堅定

註：在《埃達詩》的〈Völuspá〉中，曾提及奧爾凡（Aurvang）的名字；而維斯特利（Vestri）是在北歐神話中負責支撐由巨人尤彌爾（Ymir）頭蓋骨所形成的天空四角的矮人之一。

信念，以水氣封閉皮膚，以勇氣強化肌腱，將獸皮緊實到足以格擋攻擊，讓表皮不會燒焦，只會龜裂。我製作出來的符石有方有圓，同時具有排熱與防禦作用，是在盛怒前處變不驚的印記，澆熄火舌的浪潮。

我在鐵匠之火中投入兩張皮盾，一張經由我的詩文加持，另一張沒有。標準皮盾燒燬，詩文皮盾只有邊緣焦黑裂開。我志得意滿、驕傲自大，將我辛勞的成果加持到一整套護甲上，而赫爾的大軍就在這個時候抵達尼達維鐸伊爾。

她父親的行蹤傳入她那致命的雙耳，然而耐心冷卻她的怨恨。她立刻召集卓格大軍，入侵我們的高山，攻擊我們的家園，玷污斧頭砍鑿出來的廳堂。他們手持武器——即是我們的鐵匠如今開始製作的現代步槍——展開進攻，射擊我們的通道，但是沒有分散兵力；他們一路深入地底，通過我們各式各樣的寶庫。他們總數超過數千，不過我們也是，且因我們認爲諸神黃昏已然展開，打定主意要阻止他們。

鎚號聲傳遍尼達維鐸伊爾，石材軍團集結，加上黑斧部隊、護盾兄弟、憤怒處女，還有知識守護者。礦工和工匠、商人和磨坊匠，所有人都應召而來拿起武器，爲了防禦國度而放下手邊工作，只有我本人及其他符文詩人應奧爾凡王要求沒有參戰。「你們得待在工作室裡，勤奮不懈。」他說：「繼續鑄造能夠除掉謊言之父的盔甲，爲我們找出他的那一刻做準備。」

於是我的鎚子沒有參戰，國王的吟遊詩人永遠不會在我族人的爐火旁傳頌我的勇氣。

他們只會這樣唱：

神色冷酷、鐵石心腸的矮人，不分老幼，以及所有護盾兄弟，前往對抗赫爾旗下步履蹣跚的藍**卓格**、令人憎恨的冰霜暮光女王。她手下沒有呼吸的大軍，浸泡於悲痛的精油，用自米德加德礦坑中竊取的武器擊發一輪子彈。當天尼達維鐸伊爾上呼聲震天，顫抖的牙齒、開火的步槍、巨響的盾牌、英勇的戰呼。前線戰士備好武器，配備鑲有詩文符石的盾牌和頭盔，無畏無懼地衝鋒陷陣，反彈金屬子彈，攻擊那些生前毫無榮譽可言的殘破士兵。他們脖子以下的部位不怕任何攻擊，一聲不吭地承受反彈的子彈。

護盾兄弟持續推進，完全沒有料到末日將至。

狡詐的赫爾，冰與絕望的新娘，以墓碑旁的低語對士兵下令，他們隨即揚起武器，射擊護盾兄弟頭上的洞頂，岩石反彈子彈，從天而降撕裂血肉，擊斃許多沒有機會為部族進擊、沒有砍下任何**卓格**腦袋的矮人。

前線戰士繼續推進，後方饒富機智的護盾兄弟舉起詩文護盾，調整子彈反彈的方向，破解赫爾計謀。最後雙方短兵交接，**卓格**終於體會了矮人的力量！斧頭揮過盾牌上空，腐敗的頭顱飛離腐敗身軀，前鋒踐踏倒地的**卓格**，後排部隊則砍得他們支離破碎。

一開始**卓格**戰線潰散，井然有序的攻勢受阻，但接著他們就像屍體脹滿蒼蠅和蛆一樣狂洩而出，通道中擠滿他們邪惡的身軀，堅守陣線，阻礙我們的攻勢，後排部隊則朝護盾兄弟頭上的洞頂清空武器裡的彈夾，無盡的子彈向上發射，藉由反彈撕裂我們，有些子彈還在反彈兩次、三次，甚至四次後擊中矮人。

藉由反彈戰術，卓格慢慢造成損傷，在激烈戰鬥、殺聲震天與狹窄岩牆間以懦弱的攻擊屠殺高貴的矮人。赫爾的死亡大軍力挽狂瀾，擊潰直到最後依然英勇作戰的護盾兄弟，再度推進。

矮人弟兄血肉模糊的屍體阻礙雙方人馬攻守進退。傷兵不管傷勢多重，在狹窄通道與大匹敵人之前都無法獲得救治；他們只能忍受痛苦、奮力呼吸、滿心絕望，直到光榮的死亡為他們帶來寧靜與永恆的榮耀。

後退、後退，護盾兄弟在赫爾大軍的猛攻下無能為力地節節敗退。不過卓格進攻得十分吃力，在大量屍體上緩慢移動，耗費幾個小時才能推進矮人平常步行五分鐘的距離。

就在此時，一支強大的護盾兄弟部隊在大洞窟中集結，準備保護附近的市集、住宅與街道。在大洞窟裡，反彈戰術效用不大，而護盾兄弟也有自己的火器。於是當通道部隊退入大洞窟時，他們立刻在將軍的信號下撤退，來到戰線後方，讓卓格衝入陷阱。

在一輪矮人槍械的攻擊下，數千名步履蹣跚的戰士當場倒地，大洞窟中傳出震耳欲聾的歡呼聲！不停抽搐、頭顱破碎的藍色卓格一排排倒下，化為噁心的灰燼，只剩下武器。

然而他們前仆後繼，如同螞蟻或夏蜂般難以計數，在我們連續開火擊倒上千名卓格後，他們暫時休兵，我們則燃起希望，以為我們的戰術讓赫爾重新評估草率入侵尼達維鐸伊爾的計畫。但接著他們再度擁入大洞窟，不過情況卻與之前大不相同。他們在腦袋前方高舉從我們死去弟兄手中奪去的詩文盾牌，導致我們無法擊殺他們，只能在他們殘破的身軀上打洞，除了透過打爛腿骨或粉碎腳踝來拖慢他們的速度外，完全束手無策。接著赫爾恐怖的計畫逐漸成形，我們全都嚇得冷汗直流，因爲這個計畫完全奠基在死於通道中的護盾兄弟上：卓格開始組織盾牆，三面盾牌高，牌牌相扣，然後又組織另外一面盾牆，如此製造出一條能讓他們安全移動的盾牌長廊。

那確實就是條長廊。奇怪的是，卓格沒有試圖在大洞窟中推進、奪取我們的財寶、摧毀我們的性命，或蹂躪我們的家園。護盾兄弟放下現代武器，拔出斧頭和戰錘攻擊盾牆，整座大洞窟迴盪著雷鳴般的交戰聲響，卓格身首異處，矮人則被赫爾那些無懼手下擊斃。我們收到回報，卓格以最快的速度穿越洞窟，顯然另有目的，只是意圖不明。

接著一個斯瓦塔爾夫——長期居留在我們國度裡的黑暗精靈大使，於奧爾凡王的宮廷中鞠躬行禮，宣稱他爲赫爾帶來口信，因爲她沒有其他能與我們安然交談的途徑。

「說，」奧爾凡王道，顯然怒不可抑。「然後滾出我的國度！爲了斯瓦塔爾夫海姆今日的背叛，今後我們兩地永不往來。」

「我們只是傳達訊息，不該遭受遷怒。」大使說：「尤其是我的訊息可以拯救許多矮人性命之時。你願意耐心聽我說，壓抑怒火，顧全大局？」

我們的國王不做承諾。「先說再說，斯瓦塔爾夫。」他說。

黑暗精靈皮笑肉不笑地再度鞠了個躬。「赫爾要我轉達，她不打算佔領你的國度，也不希望繼續傷害尼達維鐸伊爾的高貴矮人。她只想要找出她父親，洛基，因爲她聽說他最近造訪過這裡。她的大軍只會在自衛或遭受阻礙的情況下攻擊矮人。」

「那等她找到她爸，然後呢？」奧爾凡王大吼，怒氣勃發，耐心流逝。「她會粉碎我的通道、燒燬我的洞窟、屠殺我的子民嗎？」

「不，高貴的國王。」斯瓦塔爾夫回答：「如果可以，她會盡力壓抑他的瘋狂，帶他離開此地。她的敵人是阿斯加德和華納海姆，而非尼達維鐸伊爾的高貴矮人。」

「你還有其他要說的嗎？」國王問。

「我的信息已經帶到了，陛下。」

「那就從我面前消失，離開我的國度！我再也不要見到你！」

遭受懲罰卻毫無悔意的斯瓦塔爾夫離開後，國王召見我。我連忙應召趕去跪地覲見國王。

「弗加拉符文詩人，」他說：「你以詩人和護甲加持者的身分為我族服務多年。現在我得要求你執行一項英雄式的任務。去拿亡者裹屍布穿。跟蹤赫爾的部隊，查探他們的企圖，然後回報給我。除非必要，不可殺敵。你要活著歸還裹屍布，回報他們的計畫。」

「我定不負所託，陛下。」我在深深鞠躬時流下淚水。我從未肩負過如此重責大任。

亡者裹屍布是早在我出生前幾個世紀，由史上最偉大的符文詩人——米歐凡吉爾，手指靈巧、嗓音甜美、工藝技巧天下無雙的拉斯維斯之子——所製。亡者裹屍布只有符文詩人能使用，一旦穿上，就能讓亡者以爲穿裹屍布的也是亡者。這條裹屍布獨一無二，因爲沒有任何人能夠複製米歐凡吉爾的詩歌；所有人都能看見他的符文，但他在製作裹屍布時所吟唱的關鍵詩歌卻早已失傳。

收到命令後，有人帶我來到國王寶庫取出亡者裹屍布，我祖先工藝技巧的神聖遺產。我拿起我的防火詩文護盾，前往護盾兄弟還在與敵軍交戰的前線。我沒有試圖突破盾牆，因爲那樣會暴露在槍林彈雨之下。我被夥伴從上空拋過盾牆，如此落地後就不須擔心子彈，而在裹屍布的守護下也不會被亡者發現。

我重重落地，不過沒有受傷，雖吸引了亡者的目光，不過沒有引來子彈。身分沒有洩露，目的沒有曝光，我加入亡者隊伍，穿越自己的國度，成爲入侵者的一員。

米歐凡吉爾符文詩人製作的寶物實在神奇！我行走在腐敗、邪惡與未知意圖之間，始終沒有被敵方察覺。我們經過擁擠的住宅區，然後經過礦坑和藏寶庫，我跟著死亡大軍一路向下。接著，在近乎永恆的旅程，深入就連我也不知何處的地底時，前方和後方的卓格停止前進，靠著兩旁通道牆壁而立。我連忙照做，靜靜等待，在沒有任何人呼吸的通道中持續呼吸，直到一頭巨犬急奔而過：赫爾的地獄犬加爾姆，一雙黃眼透露出無可比擬的決心，跟隨著一股我聞不出，但肯定是由強烈怨念和刺鼻硫磺所組成的氣味。

亡者大軍和我追隨牠的腳步而去，繼續向下前進，進入多年沒有矮人踏足的黑暗地道。當四周黑到我目不視物時，裹屍布發揮效用，在不驚動亡者的情況下爲我提供照明。

繼續前進一小時後，我進入一座已經擠滿卓格的大廳。就在那裡，高處一塊岩層上，我看見洛基·火息仰臥在地安詳沉睡，皮膚上綻放出一層火焰般的藍色靈氣。

加爾姆坐在他身旁，時刻警戒，忠實護衛。赫爾的軍團沒有打擾他，只是面朝外側，準備面對任何威脅，直到此時此刻，他們依然持續等待，守護著沉睡的洛基——赫爾之父，惡作劇之王。

我立刻趕回報告國王這個消息，他則斷然派遣使者前往阿斯加德，告知赫爾在尼達維鏍伊爾的作爲。

赫爾找到了父親，她的目標達成，亡者不再擁入尼達維鐸伊爾，但依然一聲不吭地在我們城市地底深處等待著身披怒火的洛基再度醒轉。

當天有超過一萬名卓格死在矮人武器下。七乘以七百名護盾兄弟爲了守護家園而亡，他們的子嗣失去父親、女人成爲寡婦。爲了什麼？爲了讓一個自私的神在地底深處睡覺！爲了一個德魯伊愚蠢的謊言！你之所以看到我剃鬚結辮，是因爲我在那場戰役中失去了舅舅和外甥！我現在爲什麼不能以公正之名，要你爲三個月前信口胡謅的言語血債血償？我死去的家人要你付出代價，當天所有戰死的矮人家人都要你付出代價！

□

「你不准動，」富麗格對弗加拉說，她的聲音冰冷，他的則充滿怒火。「不可動粗。他們都是你和我的客人。」

矮人一副快氣炸了的模樣。「但是我的榮譽——」

「得再等一段時間，」富麗格幫他說完：「奧丁有個計畫，可以幫你的族人報仇雪恨，並讓德魯伊付出代價。」

「什麼計畫？」我問。

「你已經很清楚了。現在是展開計畫的時候。」富麗格說。「趁洛基和赫爾在忙其他事，加爾姆待在其他地方的機會，削弱他們展開諸神黃昏的實力。赫爾的國度已經半空。你得潛入赫爾，除掉洛基之子，芬利斯──奧丁剋星，諸神吞噬者。」

「你要我去赫爾除掉芬利斯？」

「對。」

「我以為他被綁在一座黑湖中央的小島上。」

富麗格兩眼一翻，揮了揮手。「那是史努利・斯圖呂松瞎掰的。他受困在赫爾，一直以來都由她的手下照顧。」

「我不能潛入赫爾。」我知道通往尼達維鐸伊爾和約頓海姆的轉移點──前者在冰島，後者在西伯利亞──但我始終沒有找出通往世界之樹第三條樹根的轉移點，而那條樹根能夠帶我前往赫瓦格米爾之泉【註】，以及北歐最底層的國度。

「錯了。女神弗雷雅會帶你過去。她是你的嚮導，也是你回程的保證。」

我哼了一聲。「請見諒，富麗格，但是弗雷雅絕非我回程的保證。六年前奧斯陸那件事之後就不是了。那樣和妳拿把霰彈槍頂著我的頭，讓弗雷雅扣下扳機沒什麼差別。」

註：赫瓦格米爾之泉（Hvergelmir），名字代表「冒泡沸騰之泉」，是世界之樹上三座泉水之一，位於尼弗爾海姆，巨龍尼德霍格與一群蛇住在這裡。

「那天她玷污了阿薩神族的榮譽，但影響最大的還是她自己的名聲。這就是她贖罪的機會。只有帶你安然回歸才能讓她重返榮耀。」

「等我從赫爾回來之後呢？她會在實現承諾後攻擊我嗎？」

「不，當然不會。但你不會孤身犯險。好心的奧爾凡王已經承諾派遣黑斧部隊隨行。」

「黑斧部隊！」弗加拉驚呼：「多少人？」

「全部。你會率領大軍獵殺一匹狼。」

「他不是匹普通的狼，妳很清楚這一點。」我說：「洛基幹嘛跑去睡覺？」

「類似奧丁之眠，」富麗格說：「他在療傷。他已經很多個世紀沒有好好睡上一覺了。他精疲力竭，不知道要睡多久才能完全復元。」

「所以他醒來後會變得更強？」

「沒錯。」

「他還會瘋到無可救藥嗎？」

「他的精神狀態向來難以預料。他曾經為了逗史卡迪笑而拿繩子綁住一頭山羊的鬍鬚和自己的睪丸。那是場非常激烈的拔河比賽，也是他表達善意的方式。如果你問的是他會不會不像從前那麼喜歡惡作劇，我想是不會的。」

「弗雷雅有可能在不和卓格大軍衝突的情況下帶我們潛入赫爾嗎？」

「可以。你們會走阿薩神族專用的通道。」

一時之間沒人說話。桌旁眾人目光飄移，查看別人的表情，壁爐裡傳來木頭劈里啪啦的聲響。這就是奧丁於幾年前要求我做的那種事。既然我直接及間接導致許多本來會參與諸神黃昏的神死亡，當然就得肩負起他們原先的責任。芬利斯非死不可，而現在就是殺他的最佳時機，趁他還被鎖在赫爾，而赫爾大部分兵力都不在家的機會。

「我的獵狼犬要待在這裡。」我說：「安安穩穩，無憂無慮。」

「不，我要跟你去！」

「不，此事沒得商量。我不要你冒險。」

「但是我和你在一起向來都很安全。」

「在赫爾就不安全。」

「你的學徒呢？」富麗格問。

「她已經不是我的學徒了。她現在是正式的德魯伊，可以自行決定要怎麼做。」我說。我轉向關妮兒，輕聲說道：「妳沒有義務和我同去。妳應該留在這裡，去破壞妳繼父的石油生意。帶歐伯隆一起去。」

關妮兒瞪大綠眼凝視著我。她緩緩搖頭，接著揚起左手撫摸我的鬍子。「笨蛋。我要跟你去。我的決定。」

「好。」

「如果我叫你笨蛋，然後伸爪去拍你的臉，我也可以去嗎？」

「不行。」

歐伯隆哀鳴。「不公平！」

「我們總有一個要活下來。我一直希望你是能活下來的那個。」

「萬一你沒回來呢？」

「去烏雷找個喜歡友善大狗的人。」

「他們不會叫我歐伯隆。他們會叫我麥克斯。你知道有多少大狗都叫麥克斯嗎？差不多是全部。」

阿提克斯，不要去。寄一盒有毒的狗食去給這匹狼，然後就別管他了。反正他又沒看過打劫電影。」

「這倒是個好主意。」

「是呀，我向來都比你聰明。」

# 第二十七章

我了解寬宏大量之神吸引人的原因。有些時候，就像現在，我非常希望能夠得到諸神的寬恕，而如果我眞的能夠感受到這種寬恕，我會像吸食母乳的嬰兒般緊咬寬恕的源頭不放。但奧丁並非寬宏大量之神，圖阿哈・戴・丹恩也不是。雙方都是有債必追，套句我的大德魯伊的說法：「不要繼續把全世界看成用來插屌的大洞。」

富麗格的臉上也沒有任何寬恕之情，而她算是北歐諸神中最樂於助人的神。她目光冰冷，絕不會對我說：「走吧，我已經原諒你了。」

在人性中尋求寬恕也很傻。偶爾或許有人會說要寬恕，搞不好有人眞的有這個意思，但人大多會砍掉因爲飢餓而竊取麵包之人的手臂；我們是群踐踏同類尊嚴來凸顯自我價值的卑賤生物。

我不管怎麼做都於事無補；哭泣不能治療悲痛，憤怒也無濟於事。我唯一能做的就是盡力活下去，讓功勞足以彌補之前的過錯。我隨口一句話害死了將近五千名矮人，爲此我必須除掉全世界所有神話故事中最大、最凶猛的狼。

一碗摻毒的狗食絕對殺不死芬利斯。他八成也不會去碰下毒的牛排；他太聰明了，不會上這種當。當年要不是提爾犧牲一條手臂，他根本不會被弗加拉祖先的傑出作品——用六樣不可能的材料製成的葛里普奈爾【註】鎖住。芬利斯是匹可以交談、與之講理的狼，就像人——至少像古北歐人——一樣。他再也不會相信北歐人拿給他的任何東西。但那並不表示我們不能對他下毒。

「給我們時間準備。」我對富麗格說：「我們什麼時候去哪裡和弗雷雅和黑斧部隊會合？」

「瑞典斯庫格哈爾東南方的半島頂端。奧斯特拉・塔坎尼。你知道嗎？」

「維納恩湖北端？」

「一點也沒錯。時間就，瑞典時間的午夜。這樣夠你們準備嗎？」

「我想夠。」

「弗雷雅會在那裡和你們碰頭。」富麗格起身，接著其他人也跟著站起。歐伯隆知道我們這次來訪已經結束了。

「看來不會有甜點了。」

弗加拉透過濃密的眉毛瞪我，然而氣勢完全被光禿禿的滑稽下巴摧毀殆盡。富麗格對我們點頭，我們則感謝她和弗加拉的熱情招待。矮人朝我們低吼一聲，我想那就是他現在能對我們發出最禮貌的聲音了。

「你至少可以在離開前問他食譜嗎？」

「我想他寧願把我們放進他下一道菜的食譜裡。」

我們自行離開領班住所，上坡走回我們自己的木屋。

「所以我們要去赫爾，嗯？這要怎麼準備？」

「我們還要跑趟運動器材店，買點弓箭之類的——美國的就好了，店裡最好不要有黑暗精靈或吸血鬼。然後我要調配一大堆毒藥。」

「我猜猜看：附子草？」

「對。我們爲什麼要戴塑膠手套？」

「因爲葉子裡的毒素會滲入皮膚。」

「歐格瑪說得對。」我說：「妳訓練有素。」我本來以爲手臂會挨她一拳，但是關妮兒身體一沉，出腳將我掃倒在地。她繼續前進，頭也不回地說話。

「最頂尖的老師。」她說。我正要說我愛她時，她又補了一句：「這樣不會有用的。」

「什麼不會有用？」

她停步轉身，等我爬起來。「待在安全距離外用毒箭射他。」

「爲什麼沒用？」

「如果那麼簡單，他早就被人殺了。眞那麼簡單的話，弗雷雅自己就可以帶把狙擊槍過去，一槍打爆他的腦袋；奧丁也可以用神矛解決他；就連哈比人都可以用難以想像的準度和力道拿石頭砸死他。」

註：北歐神話中，北歐眾神試圖用各種鎖鏈綁住芬利斯（芬里爾狼），但都被他掙脫了。於是眾神請矮人幫忙打造了用貓的腳步聲、女人的鬍鬚、岩山的根、熊的肌腱、魚的呼吸、鳥的唾液打造出繩索葛里普奈爾（Gleipnir）。芬利斯本來不肯被綁，卻被眾神哄騙「去試試看」，最後導致他無法脫身。

「我要唱首瑞克・詹姆斯【註】風格的諷刺詩來讚美妳，關妮兒。『她是非常聰明的女孩，你不會帶回家去見歐格瑪的那種女孩。在可以給你牛排吃的時候，她絕不會給你孢子甘藍。』」

關妮兒拍拍歐伯隆，稱讚他的歌聲，我則從地上爬起，拍拍身上的灰塵，然後嘆氣。「妳說得對，我太樂觀了。但我還是覺得要調毒藥。我會塗在富拉蓋拉上面。如果妳有機會拔出來用的話，可以塗在飛刀上。或許我們該幫妳弄把匕首之類的。妳的魔杖不太傷得了他。」

「它能讓我接近他。」她指的是魔杖的隱形法術。

「沒錯。但妳還是沒辦法獨自除掉他。他的聽覺和嗅覺都很敏銳。如果妳想偷襲，我們就得分散他的注意力。」

「矮人部隊應該足以分散他的注意力，你不認為嗎？」

「希望如此。」

「也希望這次的情況比你上次用毒來得好。」

「一定要。」她是說我們在亞歷桑納不幸遭遇皮囊行者的事情。

與歐伯隆道別後，我們開始四處奔走。我們拿了一些手套和袋子，轉移到德國一座長有許多附子草的森林——附子草又叫烏頭草，還有其他許多名稱。有些種類的附子草生長在美國境內——就連我們在科羅拉多的小木屋附近都有——但這座森林的附子草毒性最強。

再跑一趟賣豪華露營用具、羊皮拖鞋，還有許多實用器具的大型運動器材店後，我們各多了兩把尺寸大到足以吸引芬利斯那種大狼注意的匕首。我們回到科羅拉多的小木屋，提煉毒藥，準備武器。歐伯隆外出狩獵晚餐，所以我們沒有叫他，自己享受了個鴛鴦浴，並在洗澡的過程中順便做了些運動。完事之後，我認爲已經受夠我的落腮鬍了。這鬍鬚是在關妮兒受訓過程和羈絆儀式中逼不得已才留的，現在我應該可以定時刮鬍鬚了，所以又留回了之前的山羊鬍。

鬍子修好後，已經接近午夜。我們決定換上黑衣，化身凱爾特忍者。換上舒服的黑牛仔褲、長袖黑襯衫，甚至還戴了黑手套。我們都把寒鐵護身符塞在上衣裡面；大腿兩側各綁一把剛淬毒的匕首；我也在富拉蓋拉上塗了毒藥。

「準備好了嗎？」我問。

「我不知道。我們該帶點瓶裝水之類的嗎？」

「應該不用。富麗格沒提到這個。這次行動應該要不了多少時間。必要的話，我們向矮人要水喝就好了。」

「萬一他們不給我們呢？」

「那我們不得已只好偷矮人的水了。」

「天啊，阿提克斯。從現在開始，後勤補給就由我負責。」

「這倒提醒了我。我們要去的地方很冷。我先教妳莫利根教我的提高核心體溫的羈絆術。就算

---

註：瑞克．詹姆斯（Rick James, 1948-2004），美國八〇年代放克音樂（Funk）的代表歌手之一；歐伯隆改編了他一九八一年單曲*Super Freak*的歌詞：She's a very kinky girl. The kind you don't take home to mother...

在雪地裡只穿T恤和牛仔褲也不會冷得發抖。」

「太棒了！」

我們轉移到維納恩湖北岸，或是北岸附近。我們位於一座常綠林的林冠下，面對南方，湖水的味道在夜空中撲面而來。朝湖岸走上一分鐘，我們就看見一堆大營火，還有許多人影。施展夜視能力後，我們看見還有更多等在黑暗的湖岸邊、全副武裝、頭戴頭盔的身影，通通都是矮人。這裡確實有支矮人部隊，沒錯——但卻只有一團營火，大概代表了某種信號。

我轉頭觀望，馬上嚇了一跳。就在離我不遠處，有一輛黑到我完全沒看出來，裝滿武器的大型車輛。這輛車絕非人類所造。我差點直接撞上去；幸運的是，車裡沒人轉動武器瞄準我。

我在樹林邊緣伏低，施展僞裝羈絆。我看不見關妮兒，她大概已經施展了僞裝羈絆，或是隱形法術。

「妳有看見弗雷雅嗎？」我低聲問道。她的聲音自我左側響起。

「我不知道她的長相。」

「人群裡最高的那個。」

「啊。有看到，她就在營火附近，不過不在火堆旁。後面幾排。站在雙輪戰車上。」

我在火堆附近尋找，最後終於看到她了。「好了，我們偷偷過去和她打招呼。如果她背叛我們，我們就抓她當人質，退回森林裡，然後轉移離開。直到我們確定一切安全爲止，保持隱形。」

「收到。」

眞希望我會凱歐帝稱之爲「聰明潛行」的法術，那就能夠隱藏腳步聲，可惜我們得盡可能放輕腳步，穿越沙沙作響的沙地，利用風聲、交談聲和護甲磨擦聲來掩飾我們的行蹤。

黑斧部隊的武器十分驚人——我是說，他們的手臂都天殺地粗。他們的肩膀和二頭肌比大多數健美先生還大，上面的毛多到連佩倫都會肅然起敬。而這些手臂都裸露在寬大的黃金胸甲之外，沒有護具保護，讓他們可以自由自在地朝任何方向揮動武器。黑斧部隊不持盾牌，單靠詩文護甲；他們的胸甲和頭盔上都刻有多半具有防彈效果的符文。他們左手不拿盾牌，而是拿格擋用的斧頭，頂端有把小彎刀，握柄處還有保護手指的斧衛。右手的斧頭上有著鐮刀般的黑色刀刃，上面刻有顯而易見的符文；我猜作用是貫穿護甲。這是一支富拉蓋拉部隊。

除了黃金詩文胸甲和頭盔，黑斧部隊身上其他部位都穿著黑色薄片護甲。這些護甲彷彿在說：拿你的槍和箭去瞄準閃亮又堅固的部位，不要去管剩下那些你根本看不清楚的地方。這是支擅長夜間行軍的高機動步兵部隊。

少數黑斧士兵的頭盔下有露出鬍鬚蓋在胸甲上，但大多數士兵都沒有鬍鬚。這表示他們的頭髮八成也有結辮，萬一弗拉加把洛基是被我們騙去尼達維鐸伊爾的消息傳開，他們大概也不會是我們的粉絲。

關妮兒和我在微微洩露行蹤的情況下接近弗雷雅。我們偶爾會發出聲響，導致幾個好奇的頭盔朝我們轉來，但他們都沒有看見我們，於是認定那些聲響都是我們後面的矮人所發。

弗雷雅和她的雙輪戰車附近擠滿了黑斧士兵，我們在兩排外就再也擠不進去了。如果她想拿下我們，我們可不太容易抓她當人質。在別無他法的情況下，我出聲招呼。附近的矮人立刻緊握斧柄，轉頭看向我出聲的位置。

「你在哪裡？」女神大聲問道。營火自她長達腰際的金色髮辮上反射光芒。她相貌美麗，不過下頷有點男性化。她個性高傲，也有理由高傲。我入侵阿斯加德那天，她殺死的霜巨人比任何阿薩神族還要多。

「首先，妳可以保證妳絕對不會傷害我們嗎？」我問：「富麗格保證過妳不會，但我想聽妳親口保證。」

「以我的榮譽起誓，我絕對不會傷害你們。」弗雷雅說：「想不想傷害又是另一回事了。」

「夠好了。」我說，然後取消偽裝羈絆。「我不會，也不想傷害妳。」

一旦確認我的位置，弗雷雅立刻看向我身後。「你不是有帶另一個德魯伊來嗎？」

「她在場，覺得安全時就會現身。」

「你們兩個搭我的戰車。黑斧部隊乘坐他們的運輸工具。你們準備好了嗎？」

「好了。」

弗雷雅目光下移，對雙輪戰車旁邊一名身材特別高大的矮人說道：「黑斧大師，我們在赫瓦格米爾之泉碰面。」

「是，女士。」他下達命令，湖岸四周傳來響亮的回應。矮人朝向樹林移動，搭乘他們的大型戰鬥直升機。弗雷雅附近的空間清空後，關妮兒解除隱形，輕輕點頭。

「弗雷雅女神，很榮幸見到妳。我是關妮兒。」

弗雷雅沒有回禮，不過有點頭回應。「跟我來。我們順著世界之樹樹根前往赫瓦格米爾之泉。從那裡就會看見赫爾的大門和石牆。一部分黑斧部隊會攻擊石牆的一端吸引注意，我們的隊伍就會飛越另外一端防守不嚴的石牆，進去尋找芬利斯。」

我們爬上她的雙輪戰車，我一開始覺得有點搖晃，隨即想起拉這輛雙輪戰車的並不是馬或牛或其他默獸，而是兩隻灰色家貓。弗雷雅發出一下奇特的貓叫聲，戰車突然前進，一開始有點顛簸，不過在離開地面、升上空中後就順暢多了。我們先越過湖面上空，然後迴轉飛向森林。我們掠過看起來像綠色絨毛鐵絲的樹木，來到一座小池塘上空，直接俯衝而下。我知道接下來會是什麼情形，但是關妮兒不知道。她雙手緊握戰車邊緣，說了聲「呃」，然後就沒再多說什麼了。

結果池塘裡的水並不算很濕。那是道通往北歐世界的傳送門。我是從池塘裡一棵大樅樹樹根上看出這一點的，就像俄羅斯那座通往約頓海姆之泉的池塘一樣。我們沒必要當眞沉入水中：氣壓突然改變，耳中啪地一聲，我們已經順著世界之樹的樹根向下飛往尼弗爾海姆。我們的視線清晰片刻，接著就竄入該世界命名由來的濃霧中。

這趟旅程讓我想起拉塔托斯克。儘管歐伯隆可能不太認同——狗天生就不喜歡松鼠——我認爲拉塔托斯克是很了不起的松鼠，實在不該枉死在諾恩三女神手中。他會死都是我的錯，當然。我開始覺得自己永遠無法讓十二年前傾斜的天平恢復平衡。

世界之樹的樹根消失在黑暗中，冒泡的河水在一座有十一條河流貫穿拱道的壯麗石牆下啵啵直響。其中鳩尤爾河【註一】流經赫爾城門附近，我們一定要渡過才行。但現在矮人製作出了飛行機器，守橋人已經失去討價還價的籌碼。就連高大的石牆也不構成阻礙，但弗雷雅打算維持它還是阻礙的假象。矮人的戰鬥直升機降落在鳩尤爾河畔，隨即分兵一半開始攻擊赫爾的石牆，希望能夠吸引戰士趕來防守，不讓他們察覺我們的眞實意圖。

他們帶著弗雷雅的祝福飛去展開攻擊，我則趁機環顧四周，打量尼弗爾海姆的陌生景色。我有點希望弗雷雅有帶數位相機，讓我和關妮兒可以在赫瓦格米爾之泉外圍石牆上，像觀光客般擺姿勢拍照。我們會笑容滿面地指向東方，然後在照片上打字：「尼德霍格在那邊！」

在尼弗爾海姆，即使透過濃霧灑落的微弱星光下，還是可以從冰塊裡隱約看見藍色和粉紅色的色彩。它們提供慰藉，反映出另一個更爲明亮的世界；它們低語著在和它們徹底相反的世界暮斯貝爾海姆中凶猛燃燒的火焰。在某種特定光線下，加上一點想像力，巨大的冰塊有可能會被誤認爲方形白卡車後座販售的傳統紅白藍炸彈冰棒【註二】。

當我們盤旋而起，自濃霧上方飛向赫爾時，我看見遠方幾座有些許黑色焦痕的高大紫色峭壁，與寒風中孤獨聳立的大樹。儘管背景看來一片嚴寒，旋轉不休的濃霧中還是隱約可見似乎沒有那麼寒冷的色彩與希望。而那一切都在我們飛過石牆、進入赫爾後徹底消失。

赫爾裡沒有藍色或任何其他顯示世界上可能會有太陽或冰淇淋小販的東西。這裡的色調完全侷限在古斯塔夫・多雷【註三】版畫作品的色調，灰色、黑色、微妙的明暗變化形成觸眼生痛的交叉陰影線，凸顯出許多明亮突兀的虛無空間，如同白斑症的斑點，以眞正光線會對人眼造成的影響來糾纏死人的回憶。清新空氣中飄著一股洗碗水和發霉的氣味；濃霧是由遭受扼殺的夢想和絕望無助的嘆息，在肺裡積聚成濃縮奶油般的黏液後，吐出的濕冷口氣所組成。

弗雷雅駕駛雙輪戰車從選定的位置駛入濃霧，但我完全看不出這片噁心的濃霧裡有任何類似地標的東西。對我而言，感覺就像是重重墜入如同蜘蛛網和鼻涕般的空氣裡。

黑色的矮人戰鬥直升機緊跟而來，安靜得有點詭異，我想它們是用壓縮怒氣作為燃料，不然就是其他很有創意的能源。

關妮兒比我早一秒開始窒息咳嗽。濃霧如同濕雪般爬入我們的鼻孔和肺部，滯留在手臂。我們同時轉向弗雷雅，她看起來不受影響——不過也像在屏住呼吸。我猜她只是「忘記」要提醒我們。我轉過身去，用背阻隔濃霧，吸了幾口乾淨空氣，夠我撐上一段時間。關妮兒照做。

我很想「不小心」撞到弗雷雅一下，迫使她張口呼吸，但我決定讓她享受這點卑微的報復。畢竟，我殺了她的雙胞胎哥哥；相形之下，這根本算不了什麼。

一直到我們降落在赫爾冰凍的岩石上，才終於擺脫了濃霧。濃霧如同十呎高的屋頂般飄在我們頭上，對地平線造成負擔，像河流中的枯葉緩緩旋轉。附近沒有任何會動的東西。矮人的戰鬥直升

---

註一：鳩尤爾河（Gjöl）是北歐神話的冥河，從赫瓦格米爾之泉流出的十一條河之一，傳說北歐死者要抵達赫爾（北歐冥界）一定要經過河上的鳩拉布魯橋（Gjallarbrú），守橋人是巨人莫斯古斯（Módgud）。

註二：紅白藍炸彈冰棒（bomb pop），美國一種三色冰棒。

註三：古斯塔夫・多雷（Gustave Doré），十九世紀法國畫家，以素描、諷刺畫聞名，繪製了很多有名插畫。

機在我們身後呈一直線降落，逐漸形成一面牆壁。槍械全部轉去面對我們後方。

「這些槍對付不了芬利斯，對吧？」關妮兒問。

「赫爾深愛她這個怪物兄弟。」弗雷雅幾乎是用吼的，自雙輪戰車上拔出一把長矛。「在他身旁布下強大的防禦力場。如今沒有弓箭、子彈能夠擊中他，就連奧丁之矛也沒辦法。我們得近距離除掉他。」

關妮兒的綠眼和我對看一眼。她神色得意，揚起拳頭。我和她碰了一拳。

「他在哪裡？」我問。

弗雷雅以長矛指向我們前方的濃霧。「那邊。不遠。」

「爲什麼什麼都看不到？」

「這裡的霧就是這樣。你以爲你能看見地平線，偏偏就是看不見。可見範圍不到二十碼。」

「太好了。他現在可能聽見我的聲音，或聞到我們的氣味嗎？」

「很有可能。」

「妳有計畫？」

「有。走過去，殺了他。」

我耐心等待更多細節。

「最好——」她補充：「能夠趕在赫爾發現我們潛入石牆，動用一切資源來對抗黑斧部隊前殺了他。一旦他們開火，立刻就會吸引大群敵人。有些敵人將會突破戰鬥直升機的防線，到時候我們的五千人部隊絕對不會是她數十萬大軍的對手。」

一陣撼動空氣的嘶嘶聲響貫穿弗雷雅的聲音而來，接著戰鬥直升機陣線又傳來更多類似聲響。

「那是什麼槍？」關妮兒問。

「圓鋸發射器。」弗雷雅首度對我們露出笑容。「瞄準敵人的頸部，不過也能砍斷手和腳。妳不覺得超愛矮人的嗎？」

「他們魅力十足，沒錯。」關妮兒說。

「我們走。」弗雷雅說。「時間不多了。我會和芬利斯交談，然後正面進擊。你們從側面包抄。注意，他動作很快，還能改變體型。」

「什麼意思？」我問。

「他是巨人後裔、洛基．變形者之子，就像赫爾和約夢剛德一樣，他可以任意改變大小。」

「太棒了。所以如果我們路過一隻小狼，不要相信他？」

「一點也沒錯。」

我對自己施展僞裝羈絆，拔出富拉蓋拉，還有右腿上的毒匕首。我把匕首拿在左手，萬一用掉，我左腿上還有一把。關妮兒以左手持杖，一邊拔出右腿上的匕首，一邊唸誦隱形咒語，當場消失。

「我走左邊，關妮兒負責右邊。」我說。

「那我走正面。」弗雷雅說。

我輕輕踏著裸岩，步入濃霧之中，檢查我與大地間的連結。就像在阿斯加德一樣，魔法仍在，不過很緊繃、很微弱，彷彿只有一格無線網路訊號。如果突然需要大量魔力，我必須從熊符咒裡擷取。我默默強化自己的力量和速度，心知必須這麼做才能對付芬利斯這種怪物。

身後的矮人戰鬥直升機突然槍聲大作，因爲他們啓動了火力更強的武器。一定有大批卓格朝我們逼近。赫爾並非戰略大師，但是擁有那種類型和數量的士兵，她沒必要是戰略大師。當你的部隊眞的可以任意犧牲，不用寫信給他們深愛的家人致哀，也不用支付老兵津貼，或擔心後勤補給的情況下，你就不需要有多高明的戰術。弗雷雅說得對：我們沒有時間揮霍。想要生離此地，就得速戰速決。

走出二十碼外，我還是沒有找到芬利斯。再走二十碼也依然毫無蹤影。但我聽見右後方傳來弗雷雅的叫聲，接著我正右方傳來一陣雄渾的吼叫。我轉身，但在可惡的濃霧中什麼都沒看見。儘管如此，我還是朝向那陣嘶啞的聲音前進。

「弗雷雅，是嗎？我姊告訴我說妳哥哥前一陣子死了。眞是太可惜了。我沒有向妳致哀，是吧？請容許我表達哀悼之情。」

弗雷雅告訴芬利斯可以拿他的哀悼之情去做些什麼。天上降下一陣嘲諷般的輕笑聲。我順著笑聲抬頭望向右上方，看見兩條巨大的狼腿深入濃霧之中。再過去一點，半張狼嘴——芬利斯的鼻子和血盆大口，探出濃霧。顯然他決定要以超巨大的形態面對我們。跟站立時肩膀高達六呎的加爾姆相比，芬利斯起碼高上兩倍，甚至更高。那種尺寸的嘴巴可以把我們當牛奶骨頭【註】咬，只不過我們咬起來濕軟多了。我盡量安靜迅速地朝左邊前進，尋找他的後腿。弗雷雅繼續說話，引他分心——她做得很好。可惜他還是察覺我們了。

「你帶了什麼人來？」他沉聲問道：「我聞到其他人的氣味。」

「我帶了矮人來對抗卓格追兵。」女神回道：「我想他們正在屠殺他們。」

「我不這麼認爲。」芬利斯大口聞了兩下後說道：「不是矮人的臭味。是別的味道。人類。活人。他們在哪裡？」

關妮兒比我先找到他的後腿，因爲就在這個時候，芬利斯大叫一聲，狼口消失在天上的濃霧裡，迅速轉身咬向左側某個很痛的部位。他右後腿爲了平衡身體而向前跨出，直接踏在我面前。腿上綁了一條紅絲帶，我立刻認出那是傳說中的葛里普奈爾，於是我聚起所有強化過的力量，舉起富拉蓋拉狠狠砍向絲帶上方，希望能夠砍瘸這頭怪物，吸引他的目光。奏效了！算是。

富拉蓋拉乾淨俐落地貫穿他整條後腿，一劍截肢，但這也表示我釋放了他。因爲缺少後腿支撐體重，他沒有轉向右側，而是繼續向左轉了一圈，大尾巴甩中我的胸口，讓我飛向後方。我放脫富拉蓋拉和匕首，雙手護住腦袋，以免撞上岩石。這下沒有摔得那麼淒慘，不過也不好受。我左手承受大部分落地的衝擊，當場扭斷。我的手肘也在地上撞得令我忍不住出聲哀號；巴庫斯被關妮兒的魔杖擊中時大概就是這種感覺。我的左手一時之間派不上用場了；就算有魔法協助，扭傷也不會在短時

註：牛奶骨頭（Milk-Bones），狗餅乾品牌，特徵是外表做成狗骨頭形狀。

間內恢復。晚點我的尾椎肯定也會很痛，不過暫時讓腎上腺素壓抑下來。

我的耳中滿是火炮發射和巨狼號叫的聲響，但我渴望聽見關妮兒的聲音，任何讓我知道她還活著的聲音都好。我們開始行動後，我就再也沒有聽見她的聲音了。

我爬起身來，撿起富拉蓋拉，接著抬頭看見弗雷雅衝向一頭體型小多了的狼，而那頭狼還在逆時針方向轉圈，拚命在咬某樣……看不見的東西。關妮兒還活著！我也衝上前去，不過在左手無法動彈的情況下姿勢有點難看。

弗雷雅不像關妮兒，沒有隱形，大吼大叫。她顯然想要吸引魔狼的注意，而她也成功吸引到了──或許和她預期中的有點不同。在我展開衝鋒時，她挺起長矛撲向他。她在他衝上前來時出矛插向他的腦袋，讓關妮兒把握機會逃命。他看見長矛，隨即縮小身體，同時轉頭，導致她錯失目標，只擦過他的腦側。芬利斯張嘴咬中弗雷雅的雙腳，她放聲慘叫，他則將她甩入濃霧，繼續回頭去找剛剛突襲他左側的隱形惡魔。關妮兒八成把所有飛刀通通插入他肋骨裡，氣得他怒不可抑。他撲向左邊，咬向看不見的東西，幸好什麼都沒咬到。我也撲向芬利斯──沒有被他發現──但他還在持續縮小，以便加快轉身速度，進而抓住關妮兒。他縮小的速度比我預估得更快。我起跳時用力過猛，眼看就要直接從他上方越過。我揮劍砍向他的腦袋，結果只割傷了他兩耳中間的部位，除了劍上的毒藥，沒有造成任何持續性的傷害。截至目前，儘管不斷被淬毒武器擊中，他還是沒有流露任何不適的跡象。

然而，這一劍引起了他的注意。他突然咬合大嘴，發出下顎和牙齒交擊的聲響，咬中片刻之前我雙腳所在的位置。我安然無恙地落在另一側，不過身形有點不穩，他則在開口說話前沮喪地叫了一聲。

「是誰在攻擊我？是誰像懦夫一樣隱形？給我現身！」

是呀，沒錯。我一直灌輸關妮兒一個觀念：在和敵人拚命的時候，絕對、絕對不要講究什麼公平競爭。在無關緊要的比賽裡，講究榮譽和運動家精神很不錯，但在眞正的打鬥中死去的向來都是堅守榮譽之人。「性命相搏的時候，」我對她說：「妳一定要利用所有優勢確保灑血的人是對方，而不是妳。如果妳喜歡在事後爲了採取不公平優勢而有罪惡感，隨便妳愛怎麼罪惡就怎麼罪惡。重要的是活下來感覺。」

然而眼前這個情況，自動現身或許能讓關妮兒安全一點。這樣可能讓她有機會徹底解決芬利斯。他的斷腳處還在噴血，我也看見有好幾把飛刀插在他血淋淋的皮膚上，還有一把大匕首插在左腳。那道傷口加上斷掉的右腳，他絕對沒有辦法朝我疾撲而來。這樣做有機會成功。

我取消僞裝羈絆，對他吹口哨。「這裡，孩子。好狗狗。」

他雙眼閃閃發光，嘴唇後翻，露出利齒。

「你是誰？」魔狼吼道：「哪個新神嗎？」

他說的是古北歐語，我以同樣的語言回應。「不算。我只是個被神惹火時會把神幹掉的傢伙。比方說弗雷爾。」

芬利斯眉頭一皺，彷彿被我甩了一巴掌。

「你殺了弗雷爾？而你還和弗雷雅一起來？」

「因爲目標是你，懂嗎？對了，你的腳怎麼樣？」

「我想應該和弗雷雅差不多。」他單靠前腳和受傷的左後腳盡力朝我撲來，可惜不但姿勢難看，而且遲鈍。關妮兒拔出第二把匕首，利用魔狼本身的衝勢劃開他的身體右側。芬利斯大喊一聲，試圖轉向右邊，但這個動作導致他得用還在噴血的斷腳承受身體重量，於是他悽聲慘叫，失去平衡，摔倒在從傷口灑落滿地的內臟上。

我再度施展僞裝羈絆，朝他衝去，心裡默默向莫利根禱告，祈求關妮兒沒被壓在他底下。儘管芬利斯已經縮小很多，還是比加爾姆大。如果關妮兒腦袋壓在那麼重的東西下，肯定沒辦法呼吸。

芬利斯試圖起身，但卻只有胡亂甩動。缺乏右後腿支撐，他沒辦法再度起身，而他的傷勢終於開始影響他了。他雙眼搜索我的蹤影，心知一切都已經結束了。

「我詛咒你，屠神者。」他咬牙切齒地說：「你還有所有——」

我砍入他的後頸，劃開他的脊椎。「閉嘴。」我說。

我匆忙在狼皮上擦拭富拉蓋拉，張口叫喚關妮兒。她自大狼頸部另一側現身，笑嘻嘻地看著我。她左手一片血紅。

「害你緊張了，是不是？」

我肩膀一鬆，鬆了口氣。「有一點，沒錯。」

「致命一擊砍得漂亮。」

「謝謝。那是怎麼回事？」我揚起下巴比向她的手臂。

「被他一、兩根牙齒咬到。不礙事。沒有狂犬病。」

矮人部隊方向傳來一陣轟然巨響，提醒我們該是離開的時候了。

「妳有看見弗雷雅摔在哪裡嗎？」我問。

「沒。忙著逃命。」

「我想她被甩往那個方向。」我說著比向身後一個大概的方向。

我們一起朝我印象中的方向跑去，彼此保持十碼左右的距離。我開始有點心慌，考慮起萬一弗雷雅死了，我們要怎麼離開赫爾。我十分肯定可以利用世界之樹的樹根轉移回瑞典那座小池塘，但是越過石牆和赫爾大門完全又是另一回事了。如果告訴矮人他們最喜愛的女神已變成磨牙玩具，我懷疑他們會願意載我們離開，而我很肯定那兩隻貓只會聽弗雷雅的命令。

關妮兒先找到她。

「阿提克斯，她在這裡！不過情況很糟。」

弗雷雅的長矛躺在她殘破身軀的一段距離外，雙腳扭曲成很奇怪的角度，而且血肉模糊。

「好吧，妳修復她的皮膚，但是只有皮膚，聽見了嗎？不要刺激腎上腺素。我負責止血。」

我們伸出雙手開始療傷；如果我們沒有及時趕到，芬利斯造成的傷口足以令她失血至死。她已經失去意識了，要不了多久腦子就會開始缺氧；她須要輸血，但在這裡沒辦法。

「天呀，失血太多了。」關妮兒說：「希望我們可以塞點血回去。」

「妳和世界上所有外科醫生都有這種想法。」

弗雷雅的右腳和右手都斷掉了，大概是落地時摔斷的。她很可能有腦震盪，不過幸好腦後沒有血。我不能在這裡幫她接骨。

「我們得把她抱上雙輪戰車。」我說：「妳想我們能夠隱形嗎？」

關妮兒點頭。「隱形法術啓動後，只要皮膚接觸到魔杖就能隱形。我們可以從兩側用肩膀支撐她，然後用外側的手把魔杖固定在後頸上，半拖半抬地帶她離開。」

「動手【註一】。」

「是，艦長。」

我又花了幾秒穩定弗雷雅的循環系統，然後依照計畫把她抬在我們中間。才剛走出三步，我們就聽見芬利斯的屍體附近傳來憤怒的吼叫聲。認出那個沙啞的聲音後，我們連忙加快腳步：那是赫爾的聲音。如果她突破了黑斧部隊的防線，我們就無法估計將會面對什麼情況。

我們在赫爾悲痛的叫聲中繼續拖著弗雷雅朝戰場前進。想要忽略赫爾發出的聲音很不容易。畢竟她的喉嚨有一半是腐爛的死肉，所以不可能發出正常叫聲。淚水、黏液，加上眞誠的情感流露導致她的聲音類似可怕的野獸叫聲。

想起哀悼階段理論【註二】，我在想不知道奧丁有沒有考慮在赫爾進入憤怒階段後會發生什麼事。此時此刻會不會就是諸神黃昏的引爆點？還是說她會繼續忍耐，等洛基自沉睡中甦醒再說？

在身處赫爾和她的大軍之間的情況下，每跨出一步似乎都漫長得不像話。我很想爬上雙輪戰車，飛離此地——但誰知道弗雷雅的飛天貓現在是不是還活著？

濃霧遮蔽了一切，我們只能聽見戰鬥的聲響、矮人的慘叫，還有卓格最終倒地的聲音。當我終於看見交戰雙方的情況時，我立刻知道自己永遠不想與黑斧部隊為敵。

赫爾必定是在一波勢不可擋的卓格攻勢下突破防線的，但現在大多數卓格都躺在前方的岩地上，僅存的卓格也在和矮人的近身肉搏中紛紛倒地。黑斧部隊一斧接著一斧地封閉突破點，砍斷對方腦袋，偶爾還連胸口一併砍下來，這就是他們的肌肉所產生的力量。我親眼證實了他們的斧頭能夠貫穿護甲的猜測；我看見矮人的斧頭砍穿不死士兵的鋼鐵頭盔就像砍爛濕厚紙板一樣輕鬆。

一群面朝外側的矮人吸引了我的目光：他們在守護弗雷雅的雙輪戰車。

「我們回家的車在那裡。」我對關妮兒說：「妳看見了嗎？」

「有。」除了地上的卓格殘骸以外，雙輪戰車和我們之間沒有卓格。

「如果我們突然在他們面前現身，他們會二話不說把我們砍成肉醬。現在就撤除隱形法術，我和他們打招呼。」

「撤除了。」

---

註一：動手（Make it so.）是影集《銀河飛龍》裡畢凱艦長常說的話。

註二：心理學家Kübler-Ross提出哀悼階段（Stages of Grief）說法，描述人們遇到個人損失（包括失去親人、自己生命所剩無幾、失業、離婚等等）時，心理會經歷以下五個階段：否認、憤怒、討價還價、抑鬱、接受。

我以古北歐語大叫，希望赫爾沒有在戰場聲響和她自己的悲痛之間聽見我說話。「黑斧部隊！過來！來弗雷雅這裡！保護女神！」一打矮小的戰士衝過來圍住我們，護送我們前往雙輪戰車。

「她還活著嗎？」一個粗啞的聲音問。

「還活著，但是傷得很重。魔狼死了。」

「他要是沒死，赫爾也不會叫成那樣。」

「說得對。該走了。」

「我去報告黑斧大師。」矮人說著看我們安然上車。「別等我們，出發！」

他說得倒很容易。可惜當我轉向雙輪戰車前方時，那兩隻貓瞪我的模樣顯然並不急著離開。

「嘿，貓咪。」我說：「我們走。閃人了。來啦。」我指向上方的濃霧天頂。「飛出石牆。快點動身。」牠們瞪著我。其中一隻開始舔下體。「跑啊！」我叫道：「嘿呀！開始拉！咻！」牠們繼續瞪我，繼續舔下體，就是不肯動。「動身，可惡！」

「阿提克斯，這樣沒用的。」關妮兒說。

「是喔？好吧，妳來試試。」

關妮兒扶起弗雷雅，讓貓看見她的臉。「聽著，」她說：「弗雷雅受傷了。」貓咪突然開始關心；牠們本來漠不關心的眼神現在完全專注在關妮兒和弗雷雅身上。「你們的主人需要幫助。我們得立刻離開。越過石牆，順著原路回去。帶我們去找富麗格。只要帶我們去找富麗格，我就買鮪魚給你們吃。」

至少我以爲她說的是鮪魚；她的話淹沒在赫爾的怒吼聲中。她以半火辣、半腐爛的形象現身，頭髮直達鼻涕般的濃霧天頂，要求在場之人給她個交代。儘管她遠在二十碼外，我們卻已經聞到臭味。「誰殺了他？」她想知道，白骨外露的左手上握著那把饑荒刃。「是不是弗雷雅？」雙輪戰車向前一震，我們立刻騰空而起；弗雷雅的貓突然急著想要離開現場了。

「不。是我殺的！」我叫道。

赫爾雙眼聚焦，接著在認出我時瞇起眼睛。「你！你早就應該死了！」

「妳應該從阿薩諸神的錯誤中記取教訓的。」我說：「永遠不要招惹德魯伊！」

我不該說這種話的。

正當我們飛入濃霧之雲，所有戰場聲響都讓濃稠的霧氣掩去時，赫爾巨大的右掌跟著我們進來，抓住雙輪戰車的末端，讓我們停在半空中。關妮兒和我失聲大叫，而那兩隻貓則用一陣主要是由母音構成的聲音大聲抗議。

幸好弗雷雅的貓力氣很大，赫爾沒辦法把我們拉回去，但我們也無法逃脫。赫爾的右手屬於「火辣」的那一半，所以看起來很美麗、很文雅，一點也不像連在一個恐怖怪物的身體上。關妮兒在大腿上摸索，想找把飛刀來射，不過她的飛刀全部插在芬利斯身上，匕首則插在他腳上。我把我的匕首給她。

她接過匕首，高舉過肩，筆直射入那隻美麗的大手上——力道沒有重到會把手掌釘在戰車上，不過卻狠狠插入其中。下方傳來一聲吼叫，我們在手掌消失的同時沖天而起。我想那兩隻貓有點急，因爲這次我們似乎沒有在鼻涕般的濃霧裡待很久。之前很可能是弗雷雅刻意在裡面飛慢一點的。

「那把匕首淬了毒，對吧？」關妮兒問。

「有。我們可以懷抱期望。不過我懷疑她會被毒死。」

我比較希望黑斧部隊能夠安然撤退；我沒有時間了解他們的處境。我有點擔心尼達維鐸伊爾的矮人之後會遭受反擊。只希望此事有嚇到赫爾，能讓她三思而後行。

「嘿，關妮兒，」我在衝出濃霧、飛向石牆時說道：「妳能請貓咪不要關閉通往米德加德的傳送門，好讓矮人通過嗎？」

「當然。我不知道他們能不能辦到，不過我試試看。」

「謝謝。我不想拋下所有尼弗爾海姆的矮人不管。」

寒風中紅髮飄逸，關妮兒要求我們的司機爲矮人保持傳送門開啓。我隱約聽見貓咪回了一聲：

「喵。」

「歐伯隆說得沒錯。」我說：「妳眞的是愛貓人士。」

# 第二十八章

越過石牆後，聲音和光線都恢復正常。顏色回來了，石牆對面震耳欲聾的炮擊聲迴盪在我們耳中。飛到一定高度後，我們看見石牆受創嚴重，而赫爾卻完全沒有反擊。她一直沒有升級防禦系統，認定攻擊將會由她發起。或許這件事也能讓她忙上好一陣子。

一定有人在注意我們，不然就是矮人有使用無線電或之類的通訊器材，因爲這邊的矮人停止進攻，直升機開始起飛，跟隨我們的雙輪戰車。從戰車後方看去，許多矮人直升機正無聲無息地飛越石牆，跟著我們回家。我不曉得有多少矮人回來，但我知道矮人十分看重榮譽，而這場勝利能讓他們好過一點。

我們以九十度角沿著樹根向上飛升，幸好沒有掉下雙輪戰車。不過如此完全忽視地心引力倒是讓我們有點頭昏。

「我越來越喜歡這種貓咪戰車了。」我說。

我們竄出池塘，天空充滿不同的星象——地球的星象——接著我們調轉車頭，在黑暗中找出一道彩虹。我是在這個時候發現關妮兒從未聽過朗尼·詹姆斯·迪奥【註】的。我實在是太震驚了，幾乎完

註：朗尼·詹姆斯·迪奥（Ronnie James Dio, 1942-2010），重金屬搖滾歌手，曾經組過彩虹樂團。

全忘記我們正在通過拜弗洛斯特，前往阿斯加德的彩虹橋。一直到我們抵達阿斯加德，遇上個眉頭深鎖的不知名守橋人後——海姆達爾已經死了——我才注意到我們已經不在地球上了。貓咪對皺眉守橋人喵了一聲，彩虹隨即指向別處；弗雷雅的貓立刻沿著彩虹返回米德加德，來到烏雷附近山區的礦坑領班住所。

關妮兒難以置信：「這表示富麗格都沒離開過？」

「這個嘛，弗加拉花了很多心力把這裡弄得這麼溫暖。」

我們在木屋前廊上把弗雷雅交給富麗格照顧，並且滿意地回報芬利斯已死、赫爾的石牆嚴重損毀，至少有超過半數的黑斧部隊可以回歸尼達維鐸伊爾。富麗格轉頭面對前廊屋簷下的兩團黑影：「告訴他。」兩隻渡鴉飛入黑暗之中。

在弗加拉有機會問我們問題、或提出挑戰之前，富麗格請他去幫弗雷雅煮點湯喝。他惡狠狠地瞪了我們一眼，然後一聲不吭地奉命而去。

「謝謝你們，德魯伊。」富麗格說：「你們嚴重打擊了赫爾的計畫。我們會持續告知最新進展。」

她低頭去看弗雷雅，送客的意味十分濃厚，於是我們向她道別。

我們一聲不吭地走回我們的木屋。歐伯隆在家裡等，剛剛吃飽他獵到的東西，一副昏昏欲睡、對我們的遭遇不感興趣的模樣。

「啊啊，人類回來了。」他一邊打呵欠，一邊隨便搖了搖尾巴。「你知道，雖然夏天才剛結束，但這麼高的山上很冷。來吧，人類，實現你們進化的目的，幫獵狼犬生個火吧。」

我們哈哈大笑，關妮兒揉他的肚子，我則在壁爐中幫他生了一小團火。等他滿意之後，我趁關妮兒換掉染血上衣時煮了些熱巧克力泡棉花糖。我們在廚房裡碰杯，然後接吻。

「現在怎麼樣？」關妮兒問。

「這個嘛，我們可以去弄清楚提爾・納・諾格上想殺我們的究竟是誰。」我說：「或是開始將妳的寒鐵護身符和靈氣羈絆在一起，或是查明是不是全世界所有邪惡小丑都是黑暗精靈假扮的。」

關妮兒戳戳我的胸口。「我有個更好的主意。不如幫我向所有元素一一介紹？我至今也才見過幾個而已。」

「德魯伊世界導覽？我們可以做件背面印有所有元素生物清單的T恤。」

「好。不過首先，我們先到一座名字我不會發音的城市，找間有超級大床的豪華旅館。」

「看在地下諸神的份上，妳眞是太聰明了。」

歐伯隆在客廳裡完全清醒過來。「喔，不！等等！先找座貴賓犬飼養場放我下來！」

我們在墨西哥特拉爾普亞華市找到的那張大床十分符合我們的需求，之後我們就去佛蒙特州的一間貴賓犬飼養場接暫住在那裡的歐伯隆，開始一場德魯伊世界導覽。我向關妮兒介紹了幾條人類能走、通往提爾・納・諾格的舊世界通道。偶爾會有人類意外發現這些通道，出現在提爾・納・諾格上，而如果他們運氣超好的話，就可以找到路回家。

我得說，知道這些古老傳送門是好事，因爲儘管爲數不多，但當樹木轉移點失效時，它們依然可以維持運作。它們建構在山洞裡，和樹木取用的力量不同。

這些導覽有些部分非常酷，因爲洞穴就是這麼酷，我向關妮兒強調這一點。然而事實上，我別有用心：我希望關妮兒不會被任何人抓到。就戰略上而言，愛上她是個錯誤，是會被政治權謀家利用的那種錯誤，因爲我的敵人——吸血鬼、黑暗精靈，所有你想得出來的敵人——永遠會把關妮兒當作對付我的籌碼。現在她本身也是個狠角色了，擅長某些連我都比不上的技能，但是在墨西哥享受兩人世界時，我突然想到接下來我們沒有多少機會能夠保持低調。她永遠不會有機會眞正享受她的力量，和世界發展出和諧共處的感應。我不停回想之前耶穌說過只要我願意逆來順受，就能夠承受土地的那段話。但現在我已經無法回到從前那段只有一個神想要殺我的美好時光了。如今只希望地球能夠倖存下去，直到某個能夠逆來順受的人出面繼承它。也希望我們兩個德魯伊也能倖存下去。

我還沒看膩她呢。

我們走出羅馬尼亞阿普塞尼山上的一座山洞；這附近——從前是外西凡尼亞【註一】的鄉間，喀爾巴阡山西部——以數以百計的洞穴出名。我們自洞口看見的景象比較類似田園風光，和吸血鬼扯不上關係。山下的牛羊安心地分享著豐美的草地，不遠處有座友善的森林在對我們招手，完全沒有帶著恐怖氣氛的大型石造建築。

「你不是說這裡是外西凡尼亞嗎？」歐伯隆問。

「對，我是這麼說的。這裡也確實是。」

「我以為會看到一整條路排滿插了屍體的木樁，一路通往弗拉德【註二】的城堡。還有陣陣濃煙——這是關鍵。因為如果你很邪惡，你家附近就應該隨時都在失火。」

「最近吸血鬼比較低調，歐伯隆。」

「好吧，我希望我們至少會遇上個喜歡用不恰當語調大聲嘲笑他人痛苦的傢伙，最好是出現在廣告之前，搭配漸強的刺耳配樂。嘿。你有感覺到嗎？」

「感覺到什麼？」

我問完之後立刻就感覺到了：大地震動——越震越強。我向阿普塞尼【註三】元素打聲招呼，然後提問：//你好/和諧/提問：板塊運動？//

//你好/歡迎德魯伊/建議：跑/不是板塊運動/神在透過我發威//

「我們得離開這裡。」我在地面劇烈震動時說道。我們聽見身後傳來岩石裂開的巨響：我們剛剛離開的洞穴在穩定存在數百年後突然崩塌，塡滿石塊。我們連滾帶爬地衝下山丘，通過巨石和頁岩進入下方的樹林。一道小山崩緊追而來。

「有人在追我們。」我向關妮兒解釋，她大概沒聽見我和阿普塞尼的匆促交談。「有神透過元素引發山崩。我們轉移到科羅拉多去。」

「收到。」她說。

抵達我們在山上看到的那座友善森林之後，我們伸手接觸一棵傳送樹，但卻沒有反應；通往提爾・納・諾格的通道被切斷了。

「大混亂。」上方的樹枝傳來一個沙啞的聲音。我們尋找聲音來源，找到了：一隻紅眼烏鴉瞪著我們看。是莫利根。

「你們沒辦法在這塊大陸上找到任何可以轉移離開的地方。」她說，我不由自主地抖了一抖。每次聽見烏鴉說英語就讓我覺得有點害怕。「他們把你困在這裡。地震是涅普頓【註四】的傑作，法

註一：外西凡尼亞（Transsilvania），位於現在的羅馬尼亞中西部，中世紀時期曾爲獨立公國。小說《德古拉》中，德古拉伯爵的城堡就位於外西凡尼亞喀爾巴阡山脈。

註二：弗拉德（Vlad III, 1431-1476）出生於外西凡尼亞，人稱穿刺公，吸血鬼德古拉最廣爲人知的原型，瓦拉幾亞（現羅馬尼亞東南部）的統治者。

註三：阿普塞尼（Apuseni），外西凡尼亞的山脈。

註四：涅普頓（Neptune），羅馬神話中的海神，也被羅馬人視作馬神，管理賽馬。是希臘海神波塞頓的羅馬版。

烏努斯封閉了所有通往永夏之地的通道。古老傳送門不是坍了，就是有人看守。你得跑去不列顛群島，敘亞漢——我是說眞的，一路跑過去。這是我唯一預見你存活下來的途徑。」

「從什麼之中存活下來？」

「你等著看。腳踝長翅膀的小鬼正要來告訴你。」烏鴉朝我們身後揚揚鳥喙。我們轉身抬頭看。

荷米斯與墨丘利從天而降，兩個皮膚蒼白、神情無禮、氣燄囂張的美男子，來自羅馬的那個大聲質問我把巴庫斯怎麼了。

「去問命運三女神。」我聳肩說道。

一道閃電從天而降，擊向歐伯隆。歐伯隆先是驚叫一聲，接著朝天咆哮。

「嘿！誰幹的？找媽媽的小雞！」

歐伯隆毫髮無傷，因爲他的項圈裡有顆佩倫的火山熔岩，但是顯然有個奧林帕斯天神打算殺死他。這個舉動是要讓我搞清楚自己是什麼身分，還要把我嚇得渾身發抖、乖乖聽話。

我抬頭大聲說道：「那實在很沒禮貌，朱比特。上一個對我無禮的奧林帕斯神就是巴庫斯。」

「他在哪裡？」墨丘利又問一次。

「你要知道那個幹嘛？羅馬酒窖沒酒了嗎？」

「把他放回來，不然有你好看。」

我目光轉向荷米斯，問道：「這件事情和希臘諸神有什麼關係？」

荷米斯聳肩，用悅耳動聽的嗓音說道：「官方說法是奧林帕斯團結一致。不過事實上，綁架樹精靈的事情讓阿緹蜜絲氣炸了。黛安娜也一樣。對她們而言，所有樹精靈都很神聖。巴庫斯只是她們爲了報復承諾過要原諒你而找的藉口罷了。」

我幾乎可以聽見關妮兒在說：「我早告訴你別碰樹精靈了。」我將目光維持在兩個奧林帕斯神身上，這樣就不用去看她臉上的表情。

「好了，這件事是巴庫斯和法烏努斯的錯，不是我的錯。是他們逼我這麼做的，再說，我信守承諾，毫髮無傷地歸還樹精靈。」

墨丘利說：「我們不會讓你像對付北歐諸神那樣對付奧林帕斯，德魯伊。放回巴庫斯，不然就死。」

「放回他，不然就死？這可不算什麼選擇。如果我放回巴庫斯，他會殺了我。」兩個信差神甚至沒有費心聳肩。他們只是揚起眉毛，彷彿在說：「那又怎樣？」

「你們難道沒有聽過《第二十二條軍規》[註]嗎？給我點好處，兩位。如果我怎麼樣都是死路一條，那我有什麼理由要放回巴庫斯？」

他們毫不理會我的問題，墨丘利說：「選擇，凡人。你到底要不要放回巴庫斯？」

註：第二十二條軍規（*Catch22*），規定心理失常者可以不用飛行，但是得由本人提出申請。而一旦你提出精神失常申請，高層就會說瘋子不會承認自己是瘋子，所以你一定沒有精神失常。

去他們的。「不放，」我說。「他是個混蛋。」

「那就這樣了。」他們沖天而起，遠方現出兩輛飄在空中的雙輪戰車，在山坡前幾乎看不出來。兩條佩戴頭盔的身影——阿緹蜜絲和黛安娜——朝我們放箭。她們明白我會拒絕。早就計劃好了。

莫利根化身人形，全副武裝地降落在我們面前，舉起一面巨型黑檀盾牌擋下弓箭。我第一次見她穿上護甲。

「我是來兌現我對你的承諾，敘亞漢・歐蘇魯文。快逃。」她說：「逃往英格蘭。兩個永生不朽的狩獵女神要追殺你。我會盡量拖延她們，但我不可能撐到永遠。」她自腰間的劍鞘裡拔出長劍。

「莫利根？」

阿緹蜜絲和黛安娜駕駛雙輪戰車而來。莫利根轉身指向西方，雙眼透過黑檀頭盔綻放紅光。

「走，敘亞漢！她們來了！」

我抓起關妮兒的手臂，拉著她拔腿就跑，歐伯隆緊跟在側，衝入突然間不再那麼友善的森林。

《鋼鐵德魯伊5：陷阱》完

# 致謝

給我的家人、朋友，所有超棒的讀者：我愛你們，舉杯歡慶！

和往常一樣，我的阿爾法讀者亞倫．歐布萊恩提出的眞知灼見對我的寫作過程幫助很大。而且他還讓我重返魔法風雲會【註一】的懷抱，然後用聚骨場亞龍把我幹掉。朋友就是這麼讚。

我很幸運遇上Del Rey那群熱血阿宅編輯——而且他們往往同時又宅、又熱血。感謝崔西雅．納瓦尼和麥克．布拉夫比出牛角手勢【註二】，鼓勵所有創造世界的行爲。

我最近發現我的經紀人，伊凡．高富烈德，比我還懂啤酒。在我看來，這表示他已經成爲一切事物的權威。我敬重他的權威！

阿瑪莉雅．迪倫（@AmaliaTD）比世界上大多數人更了解北歐神話。我很喜歡和她聊天，拿點子去丟她，偶爾求她幫忙。如果你很討厭我筆下的北歐神話，請別怪她；那些令人討厭的內容都是我寫的。

註一：魔法風雲會（Magic: the Gathering）爲知名桌遊卡牌遊戲。後面提到的聚骨場亞龍（Boneyard Wurm）則是一張稀有牌。

註二：食指與小拇指向上、其餘三指下折的手勢，內文提到的搖滾歌手朗尼．詹姆斯．迪奧的招牌動作，後來變成搖滾音樂會的通用手勢，表示「繼續搖滾」。

如果你有興趣，可以在網路上免費閱讀《埃達詩》完整的內容。你可以查到所有矮人名字的出處、弄清楚洛基囚禁的情況。還有很多東西。如果去閱讀不同來源的北歐神話，你也會發現它們在很多地方互相衝突。（這沒什麼好羞愧的；這是大多數信仰體系的可愛之處。）其中一個令人困惑的地方就是九大國度的名稱和位置。我放在這本書前面的地圖是根據各個不同的資料來源，加上我本人對於北歐神話的核心信念繪製而成的：一、「三」是個神奇數字，所以三個階層裡各有三個國度；二、矮人和精靈是不同的。不，他們完全不同，對於那些宣稱他們是同一種生物的資料來源，好吧，我想他們一定是受到黑暗精靈影響了；三、基於第二點，矮人住在尼達維鐸伊爾，斯瓦塔爾夫住在斯瓦塔爾夫海姆，這兩處也不是同一個地方。

再度感謝你閱讀這本書！如果想和我打招呼的話，你可以在推特@kevinhearne或臉書上找到我。

# 發音指南

如果你是本系列故事的忠實讀者，你就會知道用英文拼音規則唸一些愛爾蘭名有點困難。既然這本書裡有很多愛爾蘭名，我打算藉這個機會重複一些從第一集《追獵》之後不曾再提過的名字。一如往常，這篇指南只是爲了幫助喜歡在腦中正確發音所有單字的讀者。我絕不會要求讀者這麼做，不管你怎麼發音，我都不會感到不快——尤其是大多數發音都以烏爾斯特腔爲基準，就連口操蒙斯特腔調【註】的人唸起來都不一樣。閱讀是爲了消遣娛樂，可惡，所以不管發音正不正確都給我放鬆閱讀！看完不用考試。

## 愛爾蘭

Aenghus Óg——AN gus OHG／安格斯・歐格（史詩級混蛋。已經死了。）

Brighid——BREE yit／布莉德（第一妖精，魔力強大，只有莫利根能夠與她相提並論。）

Cnoc an Óir——KNOCK a NOR／柯納克・爾・諾爾（馬・梅爾世界的一個地點；醫

註：烏爾斯特腔（Ulster dialect）是北愛爾蘭腔，蒙斯特腔（Munster dialect）則是愛爾蘭南部蒙斯特省的腔調。

療溫泉之源。字面上的意思是「金山丘」。）

Creidhne——GRAY nya／葛雷恩亞（三工匠之一，專長青銅、黃銅、與黃金。）

Dubhlainn Óg——DOOV lin OHG／杜維林・歐格

Emhain Ablach——Evan ah BLACH／伊凡・阿不拉奇（這裡的喉音ch常常省略，發成類似ah的音，就像富拉蓋拉和莫魯塔裡的一樣。意思是蘋果島。）

Fand——Fand／芳德（我知道，是吧？拼音和唸出來一模一樣的機率有多低？她是富麗迪許之女，嫁給馬拿朗・麥克・李爾。）

feeorin——FEY oh rin／菲歐林（愛爾蘭神話裡的妖精，在喬治・盧卡斯【註】之前就存在了；和《星際大戰》裡的爬蟲類外星人一點關係都沒有。）

Fir Darrig——fir DAR ick／菲爾達伊克（有點類似菲爾博格人，不過比較像木頭。）

Flidais——FLIH dish／富麗迪許（愛爾蘭狩獵女神。）

Fragarach——FRAG ah RAH／富拉蓋拉（能砍穿任何護甲的傳奇魔劍；解惑者。）

geancanach——gan CAN ah／剛肯阿（另一種妖精。）

Goibhniu——GUV new／孤紐（三工匠之一，專長打鐵與釀酒。）

Granuaile——GRAWN ya wlae／關妮兒（常有人問我這名字怎麼唸，答案在此。）

Luchta——LOOKED ah／盧基達（這裡的ch有點喉音，不過我認爲發起來比較像k。他是三工匠之一，專長木器。有些神話故事裡稱作Luchtaine。）

Mag Mell——Mah Mell／馬・梅爾（愛爾蘭神話中的天堂世界；非常豪華的天堂。）

Manannan Mac Lir——MAH nah non mac LEER／馬拿朗・麥克・李爾（海神及五個死後世界，包括馬・梅爾和伊凡・阿不拉奇的引渡人）

Moralltach——MORE ul TAH／莫魯塔（附有死靈法術的傳奇魔劍；被它劃上一道傷口，你就死定了。狂怒之劍）

Ogma——OG ma／歐格瑪（第一個音節和log押韻。圖阿哈・戴・丹恩的一員。）

Scáthmhaide——SKAH wad jeh／史卡維德傑（影之杖。）

Siodhachan——SHE ya han／敘亞漢（阿提克斯親愛的母親爲他取的本名。）

Tír na nÓg——TEER na NOHG／提爾・納・諾格（青春之地。德魯伊用以轉移世界的主要愛爾蘭神域。）

Tuatha Dé Danann——TWO ah day DAN an／圖阿哈・戴・丹恩（史上第一批成爲德魯伊的民族，後來成爲愛爾蘭神話中的神。）

---

註：喬治・盧卡斯（George Lucas, 1944-），美國知名導演、製片人和編劇。《星際大戰》系列的創造者。

## 北歐

Álfheim——ALF hame／阿爾福海姆

Einherjar——EYNE her yar／英何嘉

Gjöll——Gyoll／鳩尤爾（像not一樣的短o）

Hugin——HYOO gin／胡金

Munin——MOO nin／暮寧

Nidavellir——NIH da VETTL ir／尼達維鐸伊爾

Niflheim——NIV el HAME／尼弗爾海姆

Sigyn——SIG in／席格英（重g）

Skadi——SKAH dee／史卡迪

Svártalfheim——SVART alf hame／斯瓦塔爾夫海姆

Vir——VER／維（河）

Yggdrasil——IG drah sil／伊格德拉席爾（世界之樹）

Ylgr——ILL ger／伊爾格（河）

## 希臘・羅馬

Agrios——AG ree ohs／阿格里歐斯（色雷斯怪物。）

Bacchant——BOCK ent／巴克恩特（關於酒神女祭司有好幾種不同的唸法；我只是比較偏好這樣唸。）

Bacchus——BOCK us／巴庫斯

Oreios——oh RYE ohs／歐里歐斯（阿格里歐斯的弟弟，另一個色雷斯怪物。）

Polyphonte——polly FAWN tay／波利芳特（當你觸怒阿芙羅黛特時就會知道波利芳特怎麼了；她是阿格里歐斯和歐里歐斯的母親。）

Thracian——THRAY shen／色雷斯人

# 鋼鐵德魯伊

## 中英文名詞對照表

### A

Aenghus Óg　安格斯・歐格（凱爾特愛神）
Æsir　阿薩神族（北歐神族之一）
Agrios　阿格里歐斯（希臘神話的怪物）
Airmid　艾兒蜜特（凱爾特神祇）
Álfar　艾爾夫（古北歐語：精靈）
Álfheim　阿爾福海姆（北歐精靈國度）
Answerer　解惑者（魔法劍富拉蓋拉）
Apollo　阿波羅（希臘羅馬太陽神）
Archdruid　大德魯伊
Artemis　阿緹蜜絲（希臘狩獵女神與月神）
Asgard　阿斯加德（北歐神話的神域）
Aurvang　奧爾凡（北歐神話矮人王）

### B

Bacchant　酒神女祭司（希臘羅馬神話中的女祭司）
Bacchus　巴庫斯（羅馬酒神）
Beira　貝拉（凱爾特神話的萬物之母）
bifrost bridge　彩虹橋（北歐神話）
Black Axes　黑斧部隊（矮人軍團）
Blue men of the Minch　來自明奇的藍人（妖精）
Brighid　布莉德（凱爾特鍛造女神）
Brownie　棕精（妖精種族）

### C

Cassandras　卡珊卓（希臘神話人物）
Celtic knotwork　凱爾特繩紋
Cibrán　塞布蘭（德魯伊學徒）
cold iron　寒鐵
Cnoc an Óir　柯納克・爾・諾爾
Coyote　土狼神凱歐帝（美國原住民神祇）
Creidhne　葛雷恩亞（凱爾特金匠之神）
Cyclops　獨眼巨人（希臘神話）

### D

Dark Elf（北歐神話）
Deadman’s Shroud　亡者裹屍布（北歐矮人寶物）
Diana　戴安娜（羅馬狩獵女神與月神）
Dionysus　戴奧尼索斯（希臘酒神）
Dubhlainn Óg　杜維林・歐格（黑暗精靈殺手）
draugr　卓格（北歐怪物；複數：draugar）
Druid　德魯伊
Druidic grove　德魯伊教派
dryads　樹精靈

### E

Eddas　《埃達》（北歐文學）
Eldhar　愛德哈（火髮，阿提克斯假名）
Einherjar　英靈殿戰士（北歐神話）
Emhain Ablach　伊凡・阿不拉奇（凱爾特神話的蘋果島）

## F

Fae　精靈
Faerie Specs　妖精眼鏡（法術）
Faery　妖精
Fand　芳德（凱爾特女神）
Faunus　法烏努斯（羅馬神祇）
feeorin　菲歐林（妖精種族）
Fenris　芬利斯（北歐神話的巨狼＝芬里爾狼）
Fir Darrig　菲爾達伊克
Fjalar　弗加拉（北歐矮人）
Flidais　富麗迪許（凱爾特狩獵女神）
Fragarach　富拉蓋拉（解惑者）
Freyja　弗蕾雅（北歐女神）
Freyr　弗雷爾（北歐豐饒之神）
Frigg　富麗格（北歐女神，奧丁之妻）

## G

Gaia　蓋亞（大地）
Ganesha　印度象頭神迦尼薩
geancanach　剛肯阿（妖精）
Gjöll　鳩尤爾（北歐冥河）
Gjor at Reykr　約爾艾雷克（煙霧之禮）
Gleipnir　葛里普奈爾（北歐寶物）
Great Fury　狂怒之劍（莫魯塔）
the Green Man　綠人（阿提克斯二戰代號）
Goibhniu　孤紐（凱爾特鐵匠神）
Guardians of Lore　知識守護者（矮人軍團）

## H

Hauk, Hallbjorn "Hal"　霍伯瓊・「霍爾」・浩克（狼人，阿提克斯的律師）
Heimdall　海姆達爾（北歐神話的彩虹橋守護神）
Hel　赫爾（北歐神話的死亡女神，也代表她統治的死亡國度）
Helgarson, Leif　李夫・海加森（吸血鬼）
Hermes　荷米斯（希臘神祇）
Hugin　胡金（奧丁的渡鴉；思緒）
Hvergelmir　赫瓦格米爾之泉（北歐神話）

## I

Irish wolfhound　愛爾蘭獵狼犬

## J

Jörmungandr　約夢剛德（北歐神話的巨蛇）
Jötunheim　約頓海姆（北歐神話的霜巨人之國）

## K

Kaibab　凱貝（凱貝高原元素）
Kulasekaran, Laksha　拉克莎・庫拉斯卡倫（印度女巫）

## L

Ljósálfar　魯約沙爾夫（艾爾夫、精靈）
Loki　洛基（北歐魔頭、惡作劇之神）
Luchta　盧基達（凱爾特木匠神）
Lugh　盧（凱爾特光之神）
Lord Grundlebeard　大肛毛領主（阿提克斯幫某可憐妖精領主取的綽號）

## M

MacTiernan, Granuaile　關妮兒·麥特南（德魯伊學徒）
Mag Mell　馬・梅爾（凱爾特神話妖

精國度）

Maidens of Wrath　憤怒處女（矮人軍團）

Manannan Mac Lir　馬拿朗・麥克・李爾（凱爾特死神暨海神）

Mercury墨丘利（羅馬神祇）

Midgard　米德加德（北歐神話的地球）

Milesians　米爾斯人

Mjotvangir　米歐凡吉爾（北歐矮人）

Moralltach　莫魯塔（狂怒之劍）

The Morrigan 莫利根（凱爾特戰爭與死亡女神）

Munin　暮寧（奧丁的渡鴉；記憶）

Muspellheim　穆斯貝爾海姆（北歐神話的火之國度）

## N

Neptune　涅普頓（羅馬海神）

Nidavellir　尼達維鐸伊爾（北歐神話矮人國）

Nidhogg　尼德霍格（北歐神話的巨龍）

Niflheim　尼弗爾海姆（北歐神話的霧與冰之國）

Norns　諾恩三女神（北歐命運三女神）

Nuada　努阿達（凱爾特神祇）

Nymph　寧芙（希臘神話精靈／小神）

## O

Oberon　歐伯隆（德魯伊的獵狼犬）

Odin　奧丁（北歐主神）

Ogham　歐甘文（古愛爾蘭文）

Ogma　歐格瑪（凱爾特戰神、語言與靈感之神）

Olympia　奧林匹亞（奧林帕斯元素）

Olympian　奧林帕斯眾神（希臘羅馬神話）

Olympus　奧林帕斯（希臘神域）

Oreios　歐里歐斯（希臘神話怪物）

O’Sullivan, Atticus　阿提克斯・歐蘇利文

Ó Suileabháin, Siodhachan　敘亞漢・歐蘇魯文

## P

Pan　潘恩（希臘牧神）

Perun　佩倫（斯拉夫神話的雷神）

The Poetic Edda　埃達詩（老埃達 The Elder Edda）

Polyphonte　波利芳特（希臘神話人物）

Pixies　小精靈

The Prose Edda　埃達經（新埃達 The Younger Edda）

## R

Ragnarök　諸神黃昏（北歐神話的世界末日）

Ratatosk　拉塔托斯克（北歐神話裡的大松鼠）

Rathsvith　拉斯維斯（北歐矮人）

## S

Scáthmhaide　史卡維德傑（影之杖）

Scottsdale　史考特谷（美國地名）

Shield Brothers　護盾兄弟（矮人軍團）

Sidhe　希夷族（愛爾蘭、蘇格蘭神話神族）

Sigyn　席格英（北歐女神；洛基之妻）

Siren　女海妖（希臘神話女妖）

Skadi　史卡迪（北歐女神）

Stonearms　石材軍團（矮人軍團）

Surtr　史爾特爾（北歐神話的巨人）

Svártalfheim　斯瓦塔爾夫海姆（北歐黑暗精靈國度）

Sigr af Reykr　西格艾雷克（煙霧之勝利）

## T

Tahirah　塔希拉（阿提克斯亡妻）

Theophilus　希歐菲勒斯（吸血鬼）
Thor　索爾（北歐雷神）
Thyrsus　酒神杖
timestream　時間流
Tír na nÓg　提爾・納・諾格（凱爾特神話妖精國度）
Thracian　色雷斯人
Tuatha Dé Danann　圖阿哈・戴・丹恩（凱爾特神話神族）

## V

vampire　吸血鬼
Vanaheim　華納海姆（北歐華納神族國度）
Väinämöinen　瓦納摩伊南（芬蘭傳說英雄）
Vanir　華納神族（北歐神族）
Vestri　維斯特利（北歐神話矮人）
Vlad the Impaler　穿刺者弗拉德（歷史人物；吸血鬼原型）
Vir　維河（北歐神話河流）

## Y

yewman　紫杉人（愛爾蘭妖精界傭兵）
Ylgr　伊爾格河（北歐神話河流）
Yggdrasil　世界之樹（北歐神話）
Yoda　尤達大師（《星際大戰》中的絕地武士大師）

## Z

Zdenik　斯丹尼克（吸血鬼）

# 鋼鐵德魯伊

Vol. 6

# HUNTED

THE IRON DRUID CHRONICLES

狩獵女神們的終極獵殺即將展開——

Fever

## 伊洛娜·安德魯斯（Ilona Andrews）

魔法咬人
魔法烈焰
魔法衝擊
魔法傳承
魔法獵殺（陸續出版）

## 彼得·布雷特（Peter V. Brett）

魔印人
魔印人2　沙漠之矛（上+下）
魔印人3　白晝戰爭（上+下）（陸續出版）

## 克莉絲汀·卡修（Kristin Cashore）

殺人恩典
火兒
碧塔藍

## 大衛·蓋梅爾（David Gemmell）

大衛·蓋梅爾之傳奇

## 賽門·葛林（Simon R. Green）

影子瀑布
藍月東升
夜城系列（全12冊）
秘史系列
守護者之心（秘史1）
惡魔恆長久（秘史2）
作祟情報員（秘史3）
錯亂永生者（秘史4）
天堂眼（秘史5）
卓德不死（秘史6）（陸續出版）

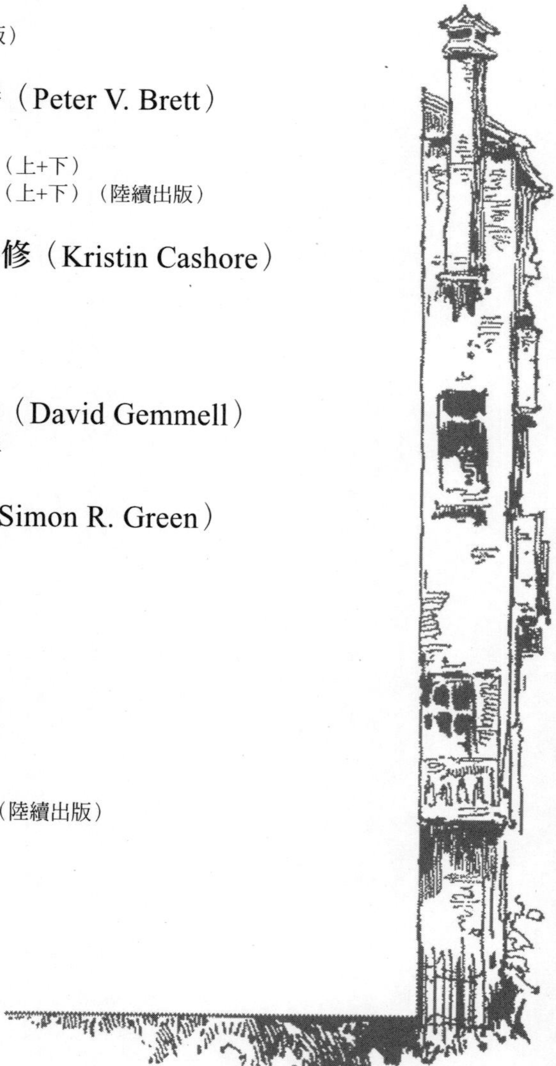

Fever

## 凱文・赫恩（Kevin Hearne）

鋼鐵德魯伊1　追獵
鋼鐵德魯伊2　魔咒
鋼鐵德魯伊3　神鎚
鋼鐵德魯伊4　圈套
鋼鐵德魯伊5　陷阱（陸續出版）

## 珍・簡森（Jane Jensen）

善惡方程式（上+下）
審判日

## 喬治・馬汀（George R. R. Martin）

熾熱之夢
光之逝

## A. Lee 馬丁尼茲（A. Lee Martinez）

神來我家
機器人偵探
怪物先生
城堡夜驚魂

## 布蘭登・山德森（Brandon Sanderson)

破戰者（上＋下）

## 安傑・薩普科夫斯基(Andrzej Sapkowski)

獵魔士　最後的願望
獵魔士　命運之劍
獵魔士長篇1 精靈血
獵魔士長篇2 蔑視時代
獵魔士長篇3 火之洗禮（陸續出版）

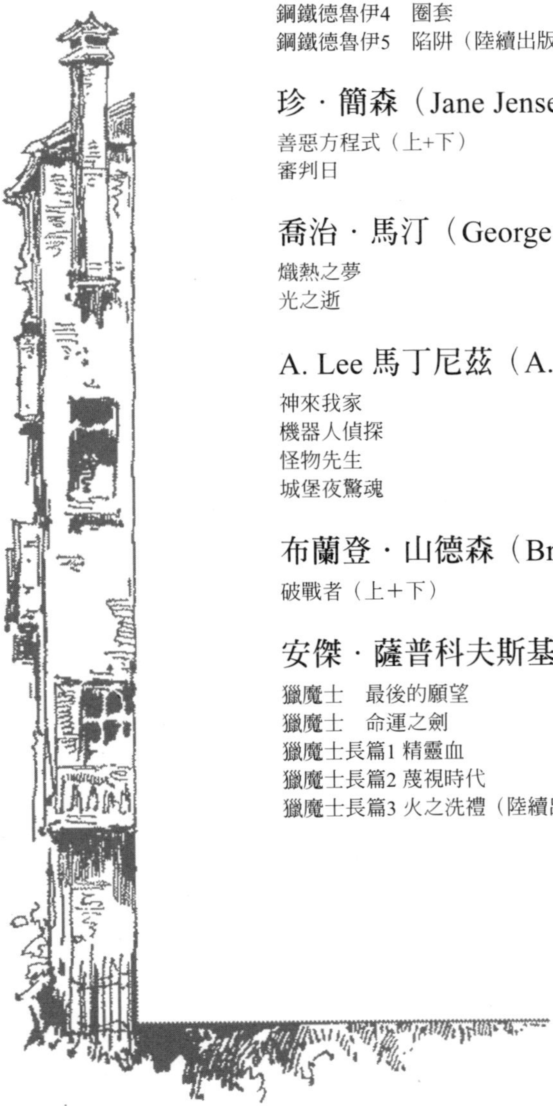

國家圖書館出版品預行編目資料

鋼鐵德魯伊5：陷阱／凱文·赫恩（Kevin Hearne）；
戚建邦譯——初版．——台北市：蓋亞文化，2015.05
冊；公分.——（Fever；FR043）
譯自：Trapped (The Iron Druid Chronicles Book5)
ISBN 978-986-319-145-2（平裝）

874.57　104003634

Fever 043

鋼鐵德魯伊 VOL.5〔陷阱〕 TRAPPED

作者／凱文．赫恩（Kevin Hearne）
譯者／戚建邦
封面插畫／Gene Mollica
地圖插畫／NIN
封面設計／克里斯
出版／蓋亞文化有限公司
地址◎台北市103承德路二段75巷35號1樓
電話◎（02）25585438　傳眞◎（02）25585439
網址◎http://gaeabooks.pixnet.net/blog
電子信箱◎gaea@gaeabooks.com.tw
投稿信箱◎editor@gaeabooks.com.tw
郵撥帳號◎19769541　戶名：蓋亞文化有限公司
法律顧問／宇達經貿法律事務所
總經銷／聯合發行股份有限公司
地址◎新北市新店區寶橋路二三五巷六弄六號二樓
電話◎（02）29178022　傳眞◎（02）29156275
港澳地區／一代匯集
電話◎（852）27838102　傳眞◎（852）23960050
地址◎九龍旺角塘尾道64號龍駒企業大廈10樓B&D室
初版二刷／2019年06月
定價／新台幣 299 元
Printed in Taiwan

GAEA
ISBN／978-986-319-145-2